Adiós, PARÍS

Adiós, PARÍS

Anstey Harris

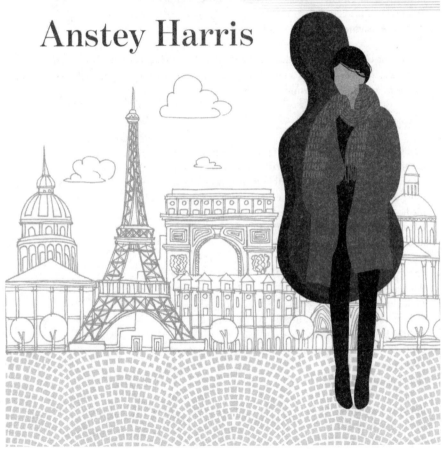

T ITANIA

Argentina • Chile • Colombia • España
Estados Unidos • México • Perú • Uruguay

Para Colin y Alba, por ser mis mejores amigos.
Y para Jane Aspden, por ser tan buena persona
en épocas muy difíciles.

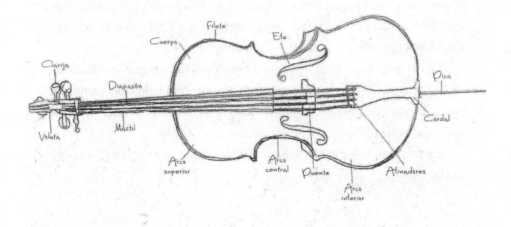

Lo que conocemos como «chelo» en realidad se denomina «violonchelo», de ahí la abreviatura «chelo». Forma parte de la familia del violín, mientras que, técnicamente, un contrabajo pertenece a la familia de la viola.

Un chelo se compone de tres materiales.

El cuerpo está hecho de arce con frente de abeto. El diapasón, las clavijas y el cordal se fabrican con ébano. Estas piezas están diseñadas para ser muy duraderas; el ébano es una de las maderas más duras del mundo. El arce y el abeto no son tan sólidos como este, pero pesan menos y reaccionan a la vibración de manera muy específica.

Básicamente, el instrumento es una cámara de resonancia con forma de caja. Ningún fabricante o, mejor dicho, ningún físico ha hecho mejoras al diseño original ni a las medidas acústicas que Stradivari, Guarneri y Amati hubiesen reconocido en la Cremona del siglo diecisiete.

El panel frontal del chelo se denomina la «tabla» o «tapa superior» y está hecho de abeto. Las efes están recortadas en la tabla a cada lado del puente, y su objetivo principal es liberar las ondas de sonido del cuerpo del instrumento.

Detrás de las efes están la «barra de bajos» y el «alma». Sin estas dos piezas, el instrumento no funciona. El alma es una fina espiga de madera que conecta las tapas superior e inferior de la caja de resonancia, atenuando y controlando así la cantidad de vibraciones entre los dos planos.

El alma debe ajustarse sin una fracción de milímetro de error para que el sonido sea afinado. El alma se encuentra un poco más abajo y a la izquierda del puente.

La barra de bajos es una pieza de pino lisa y tallada que se introduce en la parte inferior de la tabla, frente al alma al otro lado del puente. La barra de bajos se apoya en el pie del puente y transmite vibraciones a lo largo de la tabla.

Estas vibraciones se convierten en sonido: la voz característica del chelo.

1

Nos alojábamos en el apartamento de David, en París, la noche en que la mujer cayó a las vías del metro.

Era finales de julio, una de esas noches de calor tórrido en que el latido de la ciudad se acelera y se acerca al punto de inflexión, cuando todo el mundo se prepara para salir de vacaciones en agosto. Los comerciantes apuran a sus clientes con la misma urgencia con que se lanzarán a las autopistas cualquier día de estos. Los niños bullen de excitación y los jóvenes gritan en el aire estival. Todos partirán de vacaciones en menos de una semana y están ansiosos. Nunca he estado en París el tiempo suficiente como para sentirme de esa forma.

Esa noche, David y yo habíamos ido a un concierto al Conservatorio de París. Fue un regalo sorpresa, un gesto romántico.

—Esto es para ti —dijo él, y deslizó hacia mí un sobre en la mesa del desayuno. Decía «*Para Grace*» en su cuidada escritura, con letras inclinadas trazadas con la pluma negra que él siempre utiliza—. Has estado trabajando demasiado. Y yo... —continuó, se puso de pie y se acercó a mi lado de la mesa, me abrazó y me besó en la cara— ... he sido un novio horrible.

—Como si pudieras serlo.

David no ha sido jamás un novio horrible. Piensa en todo y no deja nada al azar: es parte de su encanto.

Abrí el sobre y leí el programa con un grito de admiración: ¡qué oportuno! David puede darme cosas que ni siquiera yo misma sé que me faltan.

—¿Qué he hecho para merecerme esto?

—Ya se me ocurrirá algo —respondió David—. ¿Quizá te lo mereces por haber venido hasta aquí cuando llevas semanas trabajando sin parar? ¿Por haberme perdonado cuando perdí mis dos últimos vuelos para verte o por ser tan paciente? O quizá solo te lo merezcas por ser así de guapa. —Movió mi plato a un lado, dejando un fino hilo de dulce de mermelada de melocotón sobre la mesa. Me hizo ponerme de pie—. ¿Quieres ganarte las dos entradas para el concierto?

Volvimos a la cama, riéndonos.

Sentada en la ornamentada sala de conciertos del Conservatorio de París, y mientras contenía la respiración, observé a los alumnos más destacados de ese curso dar su recital de fin de año. Un joven chelista, todavía adolescente, ejecutó «La Follia» de Corelli con tanta perfección que me conmovió hasta las lágrimas. Cuando yo tenía esa edad ensayaba seis horas diarias y no tocaba con esa maestría; no tenía el sentimiento que se necesitaba.

David tenía un pañuelo perfectamente planchado en el bolsillo de su chaqueta y me lo entregó, señalando las gruesas lágrimas que amenazaban con caer sobre mi cara. Sonrió al hacerlo.

Solo teníamos tres días para estar juntos: dos noches y tres preciosos días en París. Después yo haría el viaje de dos horas en tren de regreso a Reino Unido y él volvería a su casa en Estrasburgo. Siempre tratamos de no llenar de actividades estos viajes cortos. Pasamos el tiempo cocinando o paseando por los puestos del mercado, decidiendo qué hortalizas comprar o cómo sazonar la ensalada; tareas domésticas, mundanas y reconfortantes.

Nos levantamos tarde y nos acostamos temprano, protegidos como en un capullo. La mayor parte del tiempo nos quedamos en el apartamento, bebiendo café en el balcón de hierro, o nos arrebujamos sobre los cómodos sofás y escuchamos música. No vamos a restaurantes ni tenemos amigos aquí, ya que, de esa manera, desperdiciaríamos el poco tiempo que pasamos juntos. Nuestro tiempo, valioso debido a su escasez.

Por ese motivo, no es lo normal que estemos parados en la estación de metro para volver a casa rodeados de todas esas personas que se muestran ansiosas por partir de la ciudad. El vestíbulo de Porte de Pantin está atestado de gente; sabíamos que lo estaría. Podríamos haber esperado en un bar cercano, sentados fuera, y observar cómo las golondrinas se abalanzaban sobre los mosquitos nocturnos, pero hemos querido volver a casa. Me iré mañana por la tarde... Nuestro tiempo es tan breve, tan concentrado, que hasta los gloriosos momentos transcurridos en el concierto parecen ahora una pequeña traición.

David me toma de la mano y nos apretujamos entre los demás pasajeros. Caminamos a lo largo de pasillos revestidos de azulejos blancos hasta el centro de la estación, que también está repleta.

En el andén se respira una atmósfera pesada, caliente debido a los motores, como si el aire estuviese empapado del espíritu de los trenes. El anticuado letrero pasa sus anuncios. Faltan instantes para que llegue el próximo tren. Nos preparamos para abrirnos paso a empujones entre la multitud de chicas de piernas increíblemente esbeltas vestidas con pantalones de colores brillantes, de chicos con chaquetas de traje y camisas remangadas en un pliegue perfecto que les permite enseñar sus muñecas huesudas y de mujeres mayores con gabardinas sofocantes.

Justo frente a nosotros, con los pies casi tocando el borde del andén, hay una mujer. Está vestida con una especie de *sari* negro y un pañuelo brillante con hilos de oro sobre el pelo y los hombros.

Todo ocurre con excesiva rapidez. No podría mencionar el orden de los acontecimientos, mucho menos las consecuencias. La mujer está allí parada, con los pies paralelos a los míos, sus hombros del mismo ancho, su cabeza a la misma altura que la mía, y, de pronto, desaparece. Se desploma como en un truco de magia. Veo que se le aflojan las rodillas y que su cabeza está a punto de golpear el suelo, pero no soy lo suficientemente rápida como para evitarlo. Me preparo, y, aunque me anticipo a lo que podría ocurrir, no actúo.

13

Sin embargo, no hay suelo para recibirla. Está parada en el borde del andén.

Alguien grita y yo escucho el rumor del tren.

Echo un vistazo a mis propios pies, las vías están justo debajo y en ellas los ratones se escabullen alrededor del bulto que conforma la mujer, inconsciente y hecha un ovillo en el negro sumidero de las vías del ferrocarril.

Junto a ella está David.

Oigo más gritos. No los míos, sino los de las personas que me rodean. Gritan palabras que no entiendo. Yo me quedo completamente inmóvil.

—À *l'aide bon Dieu! Au secours!* —grita David en dirección al andén. Está medio de pie, hincado en una rodilla y con su pie debajo de la vía, sosteniéndose. Su otra pierna se matiene completamente recta y atraviesa el foso de la vía. La mujer está en sus brazos, acunada como un bebé, tiene la cabeza hacia abajo y el mantón que llevaba puesto arrastra sobre la vía. El rumor del dragón que se acerca por el túnel aumenta. Un ruido ensordecedor nos asusta a todos. En retrospectiva, supongo que el conductor del metro, impotente, pudo verlos a ambos bajo los faros.

Tres o cuatro hombres se arrodillan en el borde del andén. Arrastran a la mujer de los brazos de David y la pasan hacia atrás. Una vez más, ella está justo delante de mí.

A continuación, tiran de los brazos y omóplatos de David, lo rescatan un segundo o dos antes de que el tren chirríe y rechine hasta detenerse; en el mismo sitio donde aún puede verse su sombra, donde sus gotas de sudor yacen sobre las vías.

La mujer está inconsciente y la gente se arremolina alrededor de ella. Está acostada de espaldas y, a través de los pliegues de su ropa, veo que David no salvó una, sino dos vidas.

—Dadle la vuelta. Debe estar en posición de seguridad. —Me animo—. No puede estar de espaldas; está embarazada. —Como hablo en inglés, nadie reacciona. Y eso que me compro todos los libros nuevos sobre embarazo que se publican, incluso ahora. Soy una especie de experta en el tema.

Empujo a un hombre enorme que está prácticamente encima de ella y comienzo a moverla para ponerla en posición de seguridad. David grita en un rápido francés y supongo que les dice que la suelten, que puedo hacerlo yo sola.

Puedo hacerme cargo. La mujer es menuda, incluso más que yo. En mi cabeza se agolpan los pensamientos, y supongo que se ha desmayado a causa del calor y de la pesada carga que supone el bebé. Tiene el pulso estable y respira sin dificultad. Acerco mi cabeza a su boca para asegurarme, y puedo ver los diminutos vellos que bordean su labio superior y el colorete que lleva en las mejillas.

Un hombre de uniforme se acerca, imponiéndose entre la multitud reunida. Se detiene junto a nosotros. Supongo que es el conductor del metro.

David le grita a la apretujada multitud:

—*Est-qu-il y'a un médicin ici? Elle a besoin d'un médicin.*

Una mujer se abre paso a empujones entre la gente y se arrodilla a mi lado.

—*Je suis sage-femme* —explica, y apoya su mano sobre el rostro de la mujer.

—*Je suis anglaise* —respondo antes de que la mujer siga hablando. Más tarde, David me explica que la mujer me decía que era comadrona, aunque bien pudo haber sido florista. Yo solo quería que otra persona se hiciera cargo.

David tira de mi mano.

—Vamos. —Me ayuda a ponerme de pie y nos ponemos en marcha. Nos dirigimos hacia la salida y él trata de guiarme entre la multitud.

—¿No deberíamos esperar hasta que ella esté recuperada?

—Debemos conseguir cobertura para llamar a una ambulancia. —Corre hacia la escalera mecánica y yo, sin aliento, voy tras él—. Seguiré subiendo yo solo, te espero arriba. —Pese a la prisa, él se da la vuelta y me sonríe, se asegura de que yo esté tranquila y de que lo siga hacia la luz.

Lo observo correr por la escalera mecánica. Es un hombre alto, tres o cuatro centímetros más alto que la mayoría de las personas que se aglomeran en una multitud, de hombros anchos y en buena forma. Su chaqueta es de un corte tan elegante que no se mueve mientras sus codos se agitan como pistones y él se acerca a la parte superior de la larga escalera. Arriba, desaparece y yo me apresuro.

—Está bien, Grace —me asegura cuando llego al vestíbulo por el que habíamos entrado—. El conductor del metro ha avisado a la ambulancia, que ya está en camino. —Me acerca hacia él, se inclina sobre mi cabeza y entierra el rostro en mi pelo. Puedo sentir la tensión que lo estremece, casi puedo oler la adrenalina—. Vámonos a casa.

Su humildad lo caracteriza. Jamás pretendería que lo elogiasen. Sabe quién es y cuáles son sus defectos. Le resta importancia a sus fortalezas.

Él se siente, dicho con una de las pocas frases que conozco en francés, totalmente *bien dans sa peau*: feliz en su piel.

Salimos a la calle y llamamos a un taxi. Las calles que nos rodean siguen tal cual las dejamos. El aire es denso y exótico, las aceras están secas y muestran manchas de suciedad, las mesas de las terrazas de las cafeterías se llenan de conversaciones y de sonidos parisinos.

No parece que David haya estado a punto de perder la vida, o, aún peor, que yo me haya quedado inmóvil, con las manos a los lados, y que casi haya presenciado cómo un tren lo atropellaba y él desaparecía para siempre. De todo eso nos daremos cuenta más tarde.

Entramos en el apartamento, cerramos la puerta con fuerza y cerramos con llave.

En el taxi he intentado hablar sobre lo ocurrido, pero David ha agitado la cabeza y ha puesto un dedo sobre sus labios en un gesto de silencio, como si todo lo que ha pasado no fuese más que un secreto. Esta ciudad, su ciudad, es pequeña. No se me había ocurrido que el conductor del taxi podría hablar inglés. Una vez en casa, se quita los zapatos a patadas y le echa un vistazo a las rodillas de sus pantalones de lino, negros por la mugre. Camina hasta el lavabo y se lava las manos metódicamente, girándolas una y otra vez bajo el agua corriente, también se las enjabona y enjuaga tres veces.

—Siéntate, mi amor —digo, y me coloco detrás de él, apoyando mis manos en su cintura.

—Dios mío, lo siento. ¿Estás bien? —se da media vuelta y me mira a los ojos—. Debes de haber sentido tanto miedo...

Lo abrazo con fuerza y noto que sus brazos se deslizan a mi alrededor en respuesta, apretando mi cara contra su pecho.

—¿Yo? —le pregunto—. Estás loco. ¿No estás muerto por los pelos y estás preocupado por mí?

—Solo trato de ponerme en tu piel, de saber cómo me sentiría yo si hubieses sido tú la mujer en esa vía. Además, no tuve ni tiempo para pensar. Me moví por puro instinto. En algún sitio, alguien siente por ella lo mismo que yo siento por ti. Se lo debía a esa persona.

Siento que las lágrimas se acumulan en mis ojos y pienso en lo cerca que he estado de perderlo. Durante unos segundos aterradores pensé que así es como terminaría la noche. No puedo imaginar cómo sería, cómo me sentiría si tuviese que llorar la muerte de David.

Me estremezco y lo aprieto con más fuerza. Él me besa la coronilla y me suelta.

—Creo que necesito un coñac. —Ha vuelto a sonreír, su rostro ha recuperado el color, y su piel está suave y tersa.

—Bebe esto, preciosa —me pide, y me entrega una copa redonda. Me doy cuenta de que aún estoy temblando.

Huelo el coñac y siento que los vapores inundan mi cara.

Mis mejillas se enrojecen. Bebo un sorbo.

David sostiene su copa con una de sus grandes manos. Extiende la otra y hace saltar el pestillo de las puertas del balcón. Las abre y el ruido del río, de la ciudad, viene a acompañarnos. Me produce una maravillosa tranquilidad.

El apartamento tiene un dormitorio, al lado de un pasillo color blanco tiza, y un baño de diseño muy lujoso. Él comenta que quiere permitirles a sus clientes usar el apartamento cuando lo necesiten, pero, hasta donde yo sé, ninguno de ellos lo ha usado hasta el momento. Sin embargo, por si acaso, conserva ese aire elegante, ese halo característico del «ambiente» de París, impersonal pero clásico. Su esencia te envuelve desde que pisas el ascensor *art déco* con puertas de hierro corredizas y cristales de colores, hasta que llegas a las altísimas puertas del balcón y a sus cortinas difusas.

Las ventanas del quinto piso dan al cementerio de Passy por un lado y al Sena por el otro. Si fuera posible estirar el cuello alrededor de la esquina del apartamento vecino podría verse la torre Eiffel. Sin embargo, ahora mismo solo es posible confiar en su presencia.

—El concierto fue maravilloso —asegura David, y me doy cuenta de que había olvidado por completo el concierto en mitad de la crisis.

—¿Sabías que tocarían «La Follia» cuando compraste las entradas? —Tengo curiosidad por saberlo. La versión de Corelli de la sencilla melodía campestre es una de mis preferidas desde siempre, pero no recuerdo habérselo comentado.

—Por supuesto que lo sabía. —Él está en el balcón, con la espalda apoyada sobre la barandilla, y me mira desde lejos—. Está casi siempre en tu reproductor de CD, y, la última vez que fui a visitarte, la partitura estaba en tu atril.

—Te lo agradezco muchísimo. El concierto me encantó.

—Pero esa no fue la razón por la que la elegí. —Arruga la frente debajo del oscuro flequillo, que casi roza sus cejas—. «La Follia», la locura, es la música que escucho en mi cabeza cada vez que tú entras en una habitación.

Mira hacia abajo al decirlo. Su intención no es alardear. Se siente casi avergonzado por la intimidad, por el romance.

—Bueno, será mejor que nos pongamos en marcha, preciosa. Tengo que cambiarme estos pantalones mugrientos. También necesito darme una ducha. ¿Estarás bien? Solo serán quince minutos.

—Tengo muchas cosas que hacer —respondo—. Llevo todo el día sin ver los correos electrónicos de mi tienda. —No quiero que pierda el tiempo preocupándose por mí, así que hago esos comentarios mundanos con una tranquilidad que no siento.

Abro el portátil mientras escucho de fondo la melodía de la ducha, el agua cayendo sobre el suelo azulejado. El sonido me sugiere que él está cerca y eso me hace sentir satisfecha, amada.

Cuando estoy en Francia, la pantalla de inicio de mi portátil muestra los titulares de Metronews. No es demasiado intelectual para mi reducido francés, y traducir los artículos me ayuda a mejorar mis habilidades lingüísticas. No necesito traductor para entender el artículo principal de esta noche.

Las imágenes de las cámaras de seguridad captan la silueta difusa de un hombre en las vías del metro. Podría ser cualquier persona. Pincho para leer los artículos, «L'homme mystère» y «Héros du soir» son bastante claros incluso para mí. Consigo descifrar que la joven se encuentra bien, que se desmayó por culpa del calor y le está eternamente agradecida a David por haberla salvado.

Todo París se está movilizando para encontrar a ese hombre misterioso y darle las gracias por su valentía. Últimamente las noticias han sido sombrías y tristes, y el acto de David parece ser justo el antídoto que París necesita. Al pie de la pantalla destella un estandarte: «Qui était-il?».

Ninguna de las fotografías es lo suficientemente clara como para poder afirmar que esa persona es David. La multitud es cuantiosa, pero, sin duda, puede verse que el hombre es excepcionalmente alto, que tiene pelo oscuro y grueso y que viste un elegante traje de color claro. Nadie sería capaz de reconocer a su novia, más pequeña, normal y corriente, ni por su pelo corto, de flequillo y lados despuntados, ni por su cuidada falda verde.

Más abajo, veo un fotograma difuso en un cuadrado negro y, dentro del cuadrado, una flecha blanca. Mis dedos están tensos sobre el teclado. Es un vídeo del sistema de seguridad de la estación.

Cuando le doy a «Reproducir» veo a David subiendo a saltos por la escalera mecánica, su imagen es inconfundible para cualquiera que lo conozca. Detrás de él, con poca elegancia y menos velocidad, va una mujer menuda con una falda de color brillante que se apresura para alcanzarlo.

Cualquier persona podría saber que es él, que somos nosotros. Es evidente, por el modo en que él echa un vistazo hacia atrás, que tiene un interés personal en la mujer que lo sigue. Cualquiera podría adivinar que somos una pareja.

Incluso su mujer. También sus hijos.

2

Mi viaje de vuelta a casa transcurre sin incidentes. Cada vez que vuelvo a Inglaterra y dejo a David me siento triste, pero, además, esta visita ha terminado de forma inesperada e incómoda. El impacto de lo sucedido me ha dejado ansiosa y más dependiente de lo que soy normalmente. Al mismo tiempo, él se ha quedado tenso y susceptible. Antes de marcharme, debí explicarle lo que sentí cuando vi las imágenes de las cámaras de seguridad del metro; debí decirle que entiendo que esté afectado. Su serenidad habitual se vio envuelta de una ola de adrenalina de la que seguramente aún no se haya despojado del todo. Ahora me doy cuenta de que se encerró en el dormitorio para alejarse de la atención de los medios, del mundo y de mí, víctima inocente.

Los techos elevados del apartamento resonaron con los ecos de su rápido francés. Mientras él gritaba en el teléfono, podía oír que, tras la puerta, se paseaba por la habitación.

Cuando salió, parecía incómodo, ensimismado. Fue a la cocina y buscó en un cajón el viejo paquete de cigarrillos que habíamos dejado allí después del desfile del Día de la Bastilla el año anterior. Salió al balcón para fumar y cerró la contraventana para que el olor no se impregnara en las cortinas.

Cuando volvió a entrar, solo quiso que yo lo abrazara, y no hablamos durante un buen rato. Finalmente, sonó su móvil y el hechizo se rompió.

David ha decidido llevar a su familia a España durante algunos días. Fue lo último que me dijo antes de que me marchase. Sin duda, la noticia sorpresa de estas vacaciones fue recibida con gritos de excitación por parte de sus hijos, pero su mujer —me imagino— no se habrá alegrado tanto.

Aunque aún viven en la misma casa, actualmente David y su mujer hablan muy poco. Cuando él la llama, tiene la delicadeza de asegurarse de que yo no lo escuche. Si tiene que llamar a su casa, se retira a otra habitación, o sale al balcón o a la calle. Hace todo lo posible para no lastimarme, para no restregármelo en las narices.

Con los años he aprendido a no pensar en la vida hogareña de David. Imaginar que él y su mujer comparten dormitorio o que solían hablar en la oscuridad como lo hacemos nosotros ahora sería como retorcer un afilado cuchillo en una herida ya de por sí sensible.

No pensar se ha vuelto para mí algo tan natural como respirar. Llevo practicando ocho años. Sé que lo que hago está mal. Eso de ser la amante no va conmigo, no me dedico a conquistar a los maridos de otras mujeres, pero la forma en que David y yo nos conocimos, la manera en que comenzó nuestra historia es muy diferente a la de otras historias de amor. Nuestra relación tiene sus motivos, siempre los ha tenido.

Cuando llego a casa me encuentro con un montón de cartas amontonadas al otro lado de la puerta. El pequeño montículo tiene algo de deprimente e impersonal. Me recuerda que el mundo entero sigue su curso cuando estoy con David, aunque nosotros nos sintamos en un mundo aparte. Me paseo por la casa vacía, haciendo un inventario del silencio. Todo está tan cuidado como lo dejé: las alfombras aspiradas adornadas por pequeños surcos de fibras dobladas que nadie ha pisado, la ropa lavada y guardada en los armarios, el cubrecama limpio y liso...

En el baño de mi cuarto veo una araña. Es redonda, negra y obstinada. Es probable que lleve allí días, absolutamente segura de ser la única dueña del baño.

La empujo suavemente con el dedo, tratando de que se suba a mi mano, un sitio seguro. Se detiene sobre dos de sus patas, furiosa e inútil.

—Solo intento ayudarte —le susurro.

Echo un vistazo a mi alrededor en busca de un elemento suave con el que rescatar a la araña. Estoy preocupada por si he podido hacerle daño en alguna de sus patitas al intentar que se subiese a mi mano. Cojo un cepillo de uñas, que tiene cerdas suaves, y ella, a regañadientes, acepta la ayuda que le ofrezco. Deposito el cepillo y su preciosa carga en el suelo, detrás del lavamanos. Cuando vuelvo a mirar, tras haber deshecho mi neceser, la araña ya se ha ido. Me siento aliviada por no haberla lastimado. Pienso en lo bien que le vendría a esta casa una mascota, no es la primera vez que se me pasa por la cabeza.

—Pero solo estamos tú y yo —le digo a la araña escondida.

Son las diez de la mañana de un día cálido y tranquilo y tengo muchos motivos por los que sentirme agradecida. David se ha ido a España a primera hora de la mañana, y yo no he querido quedarme en el apartamento sin él. Por eso a las ocho de la mañana ya estaba en el tren rumbo a tierras inglesas. Tengo el día entero para hacer lo que quiera, horas brillantes de tranquilidad a mi disposición. Nadie me está esperando, nadie sabe que he vuelto a casa.

Bajo la escalera hacia la sala y abro las ventanas. El aroma del sol parece facilitar el silencio y, de inmediato, me siento mejor, positiva.

Me estremezco ante la perspectiva de tener tiempo —y privacidad— para tocar mi chelo. Este permanece silencioso en el rincón de la sala donde lo dejé por última vez, su atracción es hipnótica. Antes de conocer a David, pasaba cada minuto que tenía libre tocándolo. Con David —por primera vez— no me molesta la distracción, hice sitio para los dos en mi vida, aunque de forma alternada. Algún día, me prometo a mí misma, los presentaré.

Saco el chelo de su base. Me siento y giro los diminutos afinadores sobre el cordal, hasta que las cuerdas se tensan y alcanzan el tono adecuado. Pulso la cuerda con la yema del dedo y siento la vibración sobre mi mejilla. Escucho la nota y evalúo lo cerca que está de la perfección.

En el exterior, los pájaros se congregan en el aire cálido y algún que otro coche pasa por la calle. Estoy sola, lista para tocar.

Mi cabeza se llena de posibilidades, las melodías compiten por ser la principal, por ser la elejida. Pero yo siempre escogeré «La Follia».

Saco el arco de su estuche.

Con los dedos, giro la nuez de plata en el extremo del arco y las cerdas se acortan y se ajustan.

Con los ojos cerrados, imagino las notas, los primeros acordes de «La Follia».

Apoyo los dedos sobre las cuerdas, y las pasadas veinticuatro horas huyen de mí a través del cuello del chelo y se escurren a lo largo de la pica en dirección al suelo hasta que desaparecen. La tensión se traslada desde mi brazo hacia la madera del arco y me dejo llevar.

Mis rodillas, huesudas y blancas, sobresalen para amortiguar las puntas de los arcos inferiores del chelo, y la voluta descansa en el sitio correcto, sobre mi oreja. El chelo ocupa el lugar que le corresponde y yo me convierto solo en una extensión mecánica de él.

Esto es lo que he hecho siempre, esta es la manera en que me he encontrado a mí misma cuando me he sentido perdida. Cuando fui al conservatorio, con dieciocho años y una timidez paralizante, y llamaba a mis padres desde el teléfono fijo del pasillo, lo único que conseguía era echarlos más de menos. Por suerte, en cuanto sentía la fuerza de mi chelo sobre mi cuello, aplastaba las yemas de los dedos sobre las cuerdas y olvidaba.

Toco y toco. Olvido la sed, el hambre, y el cansancio no es más que una marca en mi alma. Toco y olvido que David está casado, sus vacaciones en familia, el miedo que he sentido cuando desapareció debajo del andén.

Sigo tocando hasta que el mundo vuelve a ser uniforme y las pausas entre los latidos de mi corazón se regularizan como el ritmo en el pentagrama que tengo enfrente.

Oigo unos golpecitos en la ventana. Automáticamente me preocupo y pienso que seguramente habré hecho demasiado ruido y mis vecinos, que estarán intentando dormir la siesta en esta bonita tarde, pensarán que he puesto la música a todo volumen. Según el reloj de la sala, llevo tocando casi tres horas.

Quienquiera que haya golpeado la ventana está ahora en la puerta principal. El timbre lanza un chillido agudo en mitad de las notas suspendidas en el aire. Sin duda, interrumpe mi melodía.

Es Nadia.

—¡Mierda, Grace! ¿Eras tú la que estaba tocando? —Está parada firmemente sobre mi felpudo y acerca su cara hacia la mía.

Soy demasiado lenta, no soy convincente.

—¿Que yo qué?

—Eras tú, Grace. Estabas tocando el chelo. ¡Dios, pensaba que era un CD!

Una ola de terror amenaza con salir por mi boca. Siento que mi piel se vuelve escarlata y mi frente se perla de sudor.

—¿Te encuentras bien? —pregunta Nadia. Parece preocupada.

Abro la boca, pero las náuseas me impiden hablar. Apoyo una mano sobre el marco de la puerta.

—Eh, Grace, ¿qué demonios te pasa? —Nadia entra en el vestíbulo—. Quizá deberías sentarte.

—Estoy bien. —Siento que mi boca se llena de polvo. Mi lengua y mis amígdalas son demasiado grandes para el espacio seco. Intento tragar, pero no puedo. Mi piel se vuelve efervescente, y, en señal de defensa, cada vello diminuto se eriza. Manchas violáceas de pánico se manifiestan en mis antebrazos.

El simple hecho de pensar que alguien pueda llegar a escucharme cuando toco hace que me desmaye, mis pulmones se cierran y me ahogo. No he tocado delante de nadie desde hace más de veinte años. Junto las palmas de mis manos sudorosas.

—¿Quieres..., no sé..., un vaso de agua o algo? ¿Una taza de té?

Nadia está verdaderamente preocupada.

Asiento con la cabeza. Mis hombros se aflojan sobre la fría pintura de la pared del pasillo. Me seco las palmas en la falda para limpiar el polvo imaginario, la vergüenza de ser escuchada. Otras personas tienen fobia a las ratas, miedo a las alturas o se marean cuando ven sangre; en mi caso, mis pesadillas adquieren esta forma.

Nadia está en la cocina. Me da la espalda mientras llena la tetera.

—¿Hace demasiado calor para tomar té? ¿Mejor bebemos algo frío? —Abre la nevera—. Bueno, mejor no, porque no tienes nada, Grace. Ni siquiera leche. —No se ha dado cuenta de lo grave que es la situación, no ha advertido mi agitación.

Me obligo a mí misma a hablar, y espero ser capaz de cambiar de tema. Me sereno antes de que Nadia vuelva al pasillo.

—He estado en Francia. —Sueno petulante. No sé por qué me defiendo de mi asistente de diecisiete años, quien trabaja los sábados en mi tienda, pero ella, a menudo, me hace sentir así. Me esfuerzo por entrar en terreno neutral—. ¿Qué tal te fue en la tienda durante mi ausencia? —Nadia ha estado cuidando la tienda. Es una adolescente bastante grosera que siempre está enfadada, pero con los clientes se porta de maravilla. Todos la adoran.

David se lleva especialmente bien con ella, tienen buena sintonía. Sé que eso se debe a que él tiene mucha experiencia con adolescentes y puede hablar con ellos sin sonar condescendiente porque eso es lo que hace en su casa. Para serenarme, trato de olvidar esas verdades inconvenientes.

El año pasado, David y Nadia trazaron entre ambos un plan para darme una sorpresa. Los subterfugios y la planificación necesarios para llevar a cabo sus fechorías enternecen. La Trienal de Cremona es un concurso de fabricantes de violines que, sin duda, merece el título de «mejor en el mundo». Concursan cuatro categorías: violín, viola, chelo y contrabajo. David ha decidido inscribirme en el concurso de chelo y Nadia ha aceptado darle toda la información técnica necesaria. Siempre he querido participar, pero, como con tantas cosas que anhelo, siempre he sentido mucho miedo de hacerlo. Él tenía fe ciega en que yo daba el perfil, pero, por si las moscas, se ha asegurado de que mi inscripción fuera firme antes de comunicármelo. No son simplemente la vanidad o la fama las que están en juego, sino que, además, los ganadores de cada categoría son considerados los mejores fabricantes del mundo. Los coleccionistas de todos los países buscan el trabajo de los ganadores, y el precio de sus instrumentos se dispara. Ganar significaría que podría cerrar la tienda y trabajar desde casa, una casa que estuviera mucho más cerca de David.

Hablar sobre el nuevo chelo es mi manera de volver al ruedo, de dirigir la conversación hacia terreno firme, lejos del precipicio de mis miedos. Debo apartar la atención de Nadia de esta habitación.

—Ya he terminado el barniz del chelo de Cremona. ¿Lo has visto?

Nadia está más desesperada por contarme lo que opina del chelo que yo por escucharla. Mi sangre comienza a tranquilizarse otra vez. Siento un estruendo en mis oídos, mi piel todavía arde, pero ella continúa hablando.

Mientras lo hace, yo pierdo la concentración. A su izquierda, en la puerta de la nevera hay un montaje de fotos en las que salimos David y yo. La foto que nos sacamos en Nueva York está justo a la altura de mis ojos. En ella veo su sonrisa y la manera en que apoya su brazo sobre mi hombro. Puedo ver los rascacielos borrosos en el fondo, en calles largas y rectas.

Cuando por fin formemos nuestra propia familia, este tiempo escaso se convertirá en un torrente. David se mudará aquí, traerá elementos de su pasado, conexiones, cosas permanentes. Tendremos habitaciones de invitados para sus hijos mayores, y ellos querrán ver las fotos de las vacaciones a las que fueron cuando eran más pequeños. Este viaje a España quedará registrado y formará parte de su arsenal de recuerdos.

En algún momento, quizá, cuando todo se resuelva —cuando nuestros futuros hijos crezcan y estén en edad escolar o en la universidad—, la relación con su ex será civilizada. Quizá ella también continúe con su vida, vuelva a casarse, construya su propia colección de viajes, experiencias y fotos. Cuando eso suceda, tal vez las fotos de su vida juntos se repartirán entre los dos hogares, entre las dos nuevas familias.

—... y uno de los clientes no dejaba de mirarme las tetas mientras yo tocaba.

Me sobresalto y vuelvo a la conversación de Nadia.

—Cielo santo, ¿quién? ¿Cómo?

—Nadie, pero no estabas escuchando una mierda y ahora por fin he captado tu atención.

Murmuro una disculpa y vierto agua hirviendo sobre las bolsas de té. No es lo que más me apetece, y es poco probable que sea del agrado de Nadia, pero no tengo ni leche ni zumo. De hecho, si a ella se le ocurriera abrir los armarios para echar un ojo, no encontraría nada en absoluto, pero, por suerte, no se le ha ocurrido.

Debería preguntarle qué ha pasado en la tienda durante mi ausencia, pero, antes de que pueda hablar, ella se da media vuelta para echarme un vistazo. Sus ojos son brillantes como los de un mirlo y parece que estuviera observando a su presa.

—¿Y por qué no sabía que tocabas así el chelo? ¿Por qué no lo sabe nadie?

Aparto una silla de la mesa de la cocina y me siento. No la miro.

—Basta, Nad. Por favor.

Quizá una persona adulta se habría dado cuenta enseguida de que debía que cambiar de tema, lo habría percibido por el tono de mi voz. Por desgracia, Nadia solo tiene diecisiete años.

—Eres buenísima. No es broma. En serio, creía que eras una maldita grabación. ¿Por qué no te había oído tocar nunca?

Siento que el interior de mi boca va a explotar. Mis labios están pegados como si les hubiese echado barniz y el espacio entre ellos hubiese desaparecido. Solo David sabe por qué no toco en público. Simplemente no puedo hacerlo, ni siquiera ante él.

Apoyo los codos sobre la mesa, me tapo los ojos con los dedos y presiono con fuerza. Logro que mi boca se destense un poco.

—Me expulsaron del conservatorio.

—No me jodas.

—Cuando tenía diecinueve años. No hablo sobre eso. Nunca lo he hecho. —Excepto, pienso para mí misma, con David, y, cuando hablo con él sobre ese tema, solo le cuento algunas partes.

Llevo llamando la atención toda mi vida. Llevar un chelo a hombros a todas partes no es exactamente algo que se pueda ocultar. No encajaba en ningún sitio hasta que entré en el conservatorio. Allí, por fin, me sentí completamente normal. Incluso más que normal, y es que, por primera vez, era buena en algo en lo que otras personas también querían ser buenas. En el colegio no me había ocurrido lo mismo. Allí la música no le importaba a nadie. Las insignias de honor eran para las jugadoras de *hockey* o de tenis. Allí se admiraba a quienes tuviesen un novio con coche. Y yo no destacaba en ninguna de esas actividades, yo no quería competir.

En el conservatorio por fin me eché un novio. Un chico tan aplicado como yo, igual de tímido y callado. Un chico de pelo negro y lacio, y dientes blancos y rectos. Un chico que se acostó con mi mejor amiga, un día que ya era por sí solo el peor día de mi vida.

—Me expulsaron —le expliqué a Nadia mientras los recuerdos me abrumaban—. Ni siquiera llegué a cursar segundo.

Aprieto mis dedos sobre la mesa de la cocina para intentar tranquilizarme. Mis uñas se ponen blancas junto a la piel rosada y manchada que las rodea.

—¿Y qué? Eres increíble. Tienes que seguir tocando. —Para ella es sencillo. Es demasiado joven para entender que en la vida uno no siempre consigue aquello que desea.

—El chelo no es mi fuerte. Yo soy restauradora y lutier. No soy intérprete.

Nadia sacude la cabeza lentamente. Está maquillada con una gruesa capa de delineador negro dibujada en un fino trazo alrededor de los bordes exteriores de sus párpados. Sus ojos almendrados parecen todavía más llamativos. Su padre es árabe, y el color de su piel y su estructura ósea vienen directamente de ese lado de la familia. Su madre es europea, alta y delgada, con mucho estilo. Ella ha heredado lo mejor de ambas partes.

—La universidad no lo es todo —sentencia.

—¿No? —Me quedo sin aliento, incómoda con el tema. Me gustaría que se marchara a su casa.

—La verdad es que no. No saben una mierda. —Intenta esbozar una sonrisa—. ¿Así que nunca tocas delante de otras personas? ¿Ni siquiera ante David?

Sacudo la cabeza. Ojalá no fuera cierto.

—¿Y quieres hacerlo? —Nadia tiene una forma de decir la verdad que es como una flecha. A veces su percepción me asombra.

Quiero tocar para David, es casi lo que más quiero en el mundo. He probado con asesoramiento, lo he intentado con terapia. Me he sentado frente a él —inmóvil detrás del chelo— conteniendo las lágrimas hasta que él me ha separado del instrumento, me ha cogido de las manos y me ha rogado que fuera feliz con lo que teníamos. Cuando él deje a su mujer de una vez por todas y nos vayamos a vivir juntos, sé —sin lugar a dudas— que todo estará bien. Podré tocar para él y él me escuchará, satisfecho.

—Así que tu secreto ha salido a la luz —afirma Nadia. Todavía estoy pensando en David y me sobresalto, preocupada de que ella lo sepa.

»Eres una intérprete brillante. Increíble.

En la universidad, Nikolai Dernov había perdido las esperanzas conmigo. Era el profesor más eminente de nuestro conservatorio, su reputación como músico y maestro era conocida en todo el mundo. En mi segundo mes en la universidad fui elegida para su clase magistral: el famoso quinteto de Nikolai Dernov. Recuerdo que cuando leí la nota de color naranja que habían depositado en mi casillero no pude parar de temblar. También me acuerdo de habérselo contado a mi madre por teléfono, sobrecogida. Solo los mejores tocaban para Nikolai.

Cuando llegó el día de la clase magistral, nos amontonamos en una pequeña sala de ensayo. La calefacción era excesiva y el aire denso. En el aula éramos seis personas, pero solo podían quedar cinco. Uno de nosotros tocaba para sobrevivir desde el primer contacto del arco sobre las cuerdas. Probablemente yo habría estado demasiado asustada como para que me escogiesen, de no haber sido por la sonrisa del chico de pelo oscuro que tocaba la viola.

La partitura arrugada y fotocopiada que acompañaba la invitación de nuestros casilleros era el cuarteto de cuerda n° 5 en re mayor de Mozart. Era evidente que había elegido una pieza con la que deberíamos estar familiarizados, pero lo que Nikolai no sabía es que, ese mismo verano, yo había asistido a un taller de tres días, organizado por la orquesta juvenil de la que formaba parte, y había ensayado esa pieza una y otra vez. Prácticamente podía tocarla con los ojos cerrados.

En cuanto comenzamos a tocar, el calor de la habitación, la timidez claustrofóbica y la presión por las expectativas que estaban puestas sobre nosotros desaparecieron. Ejecuté los compases y las codas, moviendo la cabeza al son de la música. Mis ojos estaban cerrados de pura felicidad cuando, a mi alrededor, el resto de los instrumentos se fundieron en un perfecto sonido líquido.

Cuando llegó mi parte favorita de la pieza, la mano de Nikolai chocó contra mi atril. El atril se tambaleó y todo el mundo enmudeció. El silencio que reinaba era tal que incluso se oyó el ruido de la partitura al caer sobre el suelo de baldosas.

—¿Esto es un quinteto? —rugió Nikolai—. ¿O es un espectáculo de una solista que desconoce el significado de tocar «juntos»? ¿De un músico demasiado orgulloso como para no ser la estrella?

El resto de los músicos se quedó mirándome desde su sitio, los arcos permanecían levantados sobre las cuerdas, los dedos estaban inmóviles sobre el acorde que estaban tocando cuando Nikolai rompió el hechizo.

No me importaba lo que Nikolai dijera, siempre y cuando no esperara que yo le respondiese. Nadie me había hablado de esa manera jamás en mi vida, y yo no tenía nada que decir. Mis otros tutores, directores y mentores solo tenían elogios para mí, nunca habían hablado de otra cosa que no fuera mi talento.

Apreté los dientes para que mis labios dejaran de temblar.

—Y en cuanto al resto... Aunque esta chica deba aprender a escuchar, el resto tiene que aprender a tocar como ella. Nunca había visto a alguien leer una partitura por primera vez con esa agilidad.

Me miré los pies, roja de vergüenza. En el momento tendría que haberle dicho que no era la primera vez que leía aquella partitura, que conocía la pieza como la palma de mi mano..., pero mi boca estaba inmóvil, no me salían las palabras.

A mi derecha, el chico de pelo oscuro me tocó con la punta del arco de su viola. Fue un gesto diminuto de solidaridad, una prueba minúscula de que no me odiaba, aunque Nikolai me estuviese usando para humillarlos.

Pero no fue a mí a quien Nikolai pidió que se marchara. Fue al otro joven del grupo, otro chelista. Seríamos un «quinteto de violas»: dos chicas tocando violín, el chico de pelo oscuro y una chica escocesa, la viola, y yo, la chelista impostora con aires de solista.

En los ensayos posteriores, me fui enamorando cada vez más de Shota, el chico de pelo oscuro. Y con cada clase, Nikolai se iba convenciendo cada vez más de que había elegido al chelista equivocado. Nikolai Dernov fue la última persona delante de la que toqué.

Él se regodearía en mi terror de tocar frente al público, frente a cualquier público. Él aparecería en los sueños más oscuros de mis noches más solitarias. Todavía escucho el ruido áspero que salía de su garganta cuando carraspeaba, indignado.

3

Nadia se marcha y yo me siento frente a la mesa de la cocina con mi portátil e intento calcular el tiempo que pasaré sin David. Quizá todo haya quedado en el olvido y él ya pueda volver a su casa.

Pero no hay suerte. La noticia ha llegado a Reino Unido. El mismo titular del anuncio, esta vez en inglés, atraviesa la pantalla. «¿Quién es él? Misterioso superhéroe en París.» Las webs de noticias dan mucha importancia al atuendo islámico de la chica y relacionan la ausencia de rescate con el surgimiento de grupos neofascistas en toda Europa. Son tonterías. Me encantaría poder llamar a los periodistas y decirles: «No estábais allí. No sabéis cómo se vivió la situación, cómo transcurrió todo en cámara lenta mientras parecía que estuviésemos pegados al suelo».

Quiero sacudir al lector y gritarle que David saltó primero porque él es esa clase de persona. Todos querían ayudar, al igual que yo, pero no todos somos como él.

Navego ahora en una web francesa, un canal de noticias bilingüe. En ella me encuentro con que se ha organizado un evento en homenaje al hombre misterioso, para que el Gobierno reconozca su valor. Por primera vez hay un videoclip de la cámara de seguridad que estaba situada enfrente del tren, y que muestra la escalofriante vista que tenía el conductor. Es peor de lo que recuerdo.

¿Lo habrá visto David? Él está en España para evitar exactamente esto. Sus hijos adolescentes estarán desconectados de Internet, y toda la familia lejos del televisor. Me estremezco ante la idea de que estén juntos, y me pregunto si la reunión incluirá a la madre de los chicos.

El año pasado Nadia creó una cuenta en Twitter para la tienda. Ella se encarga de actualizarla y de tuitear fotos de instrumentos interesantes o de enlaces de música que ha encontrado en línea. La cuenta está abierta permanentemente en mi portátil y yo la reviso de vez en cuando para distraerme.

La abro y me encuentro con que David es un *hashtag* real. No sé cómo sentirme al respecto. Sin duda me sorprende, y, al principio, incluso me divierte. La reacción de David cuando vea *#hérosmystère* va a ser muy diferente. Es esto exactamente lo que le preocupaba. Es entonces cuando me entero de lo que ha sucedido. Hay una especie de convocatoria montada en Twitter, algo tonto e inventado bajo el *hashtag*: #Séunsuperhéroe. Héroes de todas partes del mundo cuentan sus hazañas, explican cómo lo hicieron. David ha saltado a las vías del tren y le ha salvado la vida a una mujer. No podía haber ocurrido en peor momento. Paso el ratón sobre las palabras y hago clic en el *hashtag*. Me sorprendo aún más al ver que *#hérosmystère* es tendencia. Es el tema de conversación más importante en lugares tan lejanos como Canadá, Bélgica y Vietnam. Si se ha enterado, David estará que se tira de los pelos.

Los últimos días han ido encadenando un sobresalto tras otro y estoy exhausta. Mi ritual a la hora de dormir es el mismo cuando David y yo estamos separados, pero ahora lo llevo a cabo con más rigor. Echo un vistazo al móvil para ver si hay mensajes y, en el caso poco probable de que el sonido haya estado desactivado, no los he revisado todavía. Verifico el teléfono de mi casa y el contestador automático, y llamo a la tienda y controlo también esa línea. Me engaño a mí misma diciéndome que cumplo con mis obligaciones laborales, que me aseguro de no haberme perdido nada durante mi ausencia, pero sé que no es cierto.

No hay mensajes de David.

Por la mañana conduzco hasta mi tienda. Pude haber ido caminando, pero el incidente con Nadia me ha dejado débil, agitada. El coche huele a cuero de buena calidad y el salpicadero se ilumina con una luz suave, sutil. David ha elegido este coche, aunque yo insistí en pagarlo. Antes de escogerlo, ojeamos muchas revistas y sitios web, como cualquier otra pareja del mundo, y charlamos e hicimos comparaciones. Pensamos en todas las cosas que tendríamos que guardar allí: contrabajos, herramientas llenas de polvo y madera plagada de telarañas. Nos apretamos las manos en la página del catálogo en las que aparecían asientos de bebé y rejillas para separar espacios, elementos que, algún día, formarán parte de nuestra vida juntos.

Cada vez que nos montamos en este coche se me viene a la cabeza una vívida imagen de la vida normal que tendremos en el futuro. Eso me estimula. Aunque esté conduciendo sola, siempre pienso en él. Este coche tiene mucha más clase que cualquiera que yo hubiese elegido.

Esta pequeña ciudad quedaría perfecta en una Navidad, su centro es antiguo y bordea una plaza de mercado que, cuando yo era solo una cría, aún tenía corrales en los que se celebraban subastas. La ciudad se extiende hacia campos verdes y setos antiguos. Actualmente, es más limpia y refinada que antes. En ella viven muchas personas mayores. Esto se debe, por un lado, a que es una ciudad muy tranquila, y por otro, a que el alto precio de las propiedades dejó fuera a las familias más jóvenes. He vivido aquí la mayor parte de mi vida, y me encanta la tranquilidad que este lugar irradia. La mayoría de las personas a las que mis padres conocían ya han muerto, al igual que ellos. Aquellos con los que crecí y que aún siguen aquí —no son muchos— no suelen prestarme atención, como tampoco lo hacían en el instituto. Yo pasaba demasiado tiempo con mi chelo y no era muy sociable. No creía necesitar muchos amigos, y eso, en realidad, nunca cambió. En una época pensé que podría abandonar este sitio para siempre, pero justo entonces conocí a David y me quedé aquí porque estaba cerca de la terminal del Eurostar.

Me encanta mi tienda. Es muy diferente de lo que me había propuesto, de aquello por lo que llevo luchando toda mi vida. Pero, aun así, es producto de mi trabajo. Todos los días, cuando abro la puerta, me invade una sensación de independencia. Inhalo los aromas del barniz y de las virutas de madera y me siento fuerte y poderosa.

La tienda es pintoresca. Para mi negocio es esencial que su aspecto haga que los clientes retrocedan en el tiempo, que se sientan conectados con la historia. La alfombra tiene un nostálgico tono rojo de casa de campo, y la costosa iluminación fue diseñada específicamente para ofrecer los beneficios de la luz natural reproduciéndola mediante alta tecnología.

El mostrador de la tienda es una larga vitrina de cristal de al menos cien años de antigüedad. En otra época debió de pertenecer a la tienda de un sastre o de una modista. La parte frontal y los lados son de cristal transparente y la parte superior es de cuero rojo, marcada por las muescas y raspaduras de su historia.

Nadia es quien lo mantiene todo limpio. Bueno, en realidad a veces tengo que recordárselo y, otras, engatusarla para que limpie los instrumentos y desempolve los estantes. La verdad es que a veces deja la parte de atrás del mostrador —debajo del cristal y detrás de los estuches de los arcos, donde los clientes no llegan a ver— absolutamente mugrienta. En ocasiones hasta tengo que recoger un puñado de cáscaras de naranja secas y tirarlas yo misma al cubo de basura.

El ordenador de la tienda está sobre el mostrador. Me convenzo de que voy a echar un vistazo a los correos electrónicos de la tienda y a las cuentas bancarias.

Paso unos segundos consultando datos, y luego Twitter me distrae de las cuentas bancarias, que, en realidad, no pensaba mirar. Todo el rollo del *hashtag #hérosmystère* es aun peor que antes. Ahora también es #superhéroemisterioso y en Reino Unido no se habla de otra cosa. David debe de estar destruido con todo este alboroto.

Soy plenamente consciente de la carga que soporta David controlando sus distintas vidas sin hacer daño a nadie. Sin embargo, yo no puedo ayudarle. Él está en España, resolviendo las cosas a su manera, metódica y tranquilamente, y yo no puedo inmiscuirme. David no se asusta tan fácilmente.

Relajo la mirada y la pantalla del ordenador se vuelve difusa. Su contenido se hace borroso, inofensivo, ya que las palabras son indescifrables. Las paredes de la tienda, flanqueadas de violines, ocupan el centro de mi atención. Me obligo a olvidarme de Internet, de David chapoteando en una piscina de una villa española, riendo y jugando con sus hijos.

El desfile de violas, colgadas de sus volutas, continúa con los violines. Los violines son, en su mayoría, de tamaño normal. En este momento hay cuarenta y tres, y sus cuerpos presentan todos los colores del otoño —rojos, ocres tostados, marrones con tonos dorados y granates oscuros—, que evocan en los clientes la imagen de castaños y de madera pulida.

Hay ocho violines de tres cuartos, un poco más pequeños que los otros. Son para niños o músicos muy menudos. Todos ellos son antigüedades, instrumentos valiosos para jóvenes con demasiado talento como para tocar algo de menor calidad.

Nadia fue una de esas niñas, y por ese motivo nos conocimos. Entablé una amistad superficial con su madre cuando empezaron a venir a la tienda, en la época en la que todos comenzaban a entender hasta dónde llegaba el talento de la joven.

Su madre y yo manteníamos alguna que otra charla. Así íbamos conociendo los recovecos de la vida de la otra, por lo menos hasta donde fue educado hacerlo. Creo que no pasó mucho tiempo antes de que empezara a sospechar de que mi novio podría ser el marido de alguien más, y allí terminó todo.

La madre de Nadia y yo somos cordiales la una con la otra, pero nada más. Intercambiamos tarjetas de Navidad y alguna botella de vino. Las invitaciones para ir a cenar se suspendieron hace mucho tiempo. Ya no soy una de esas mujeres solteras a las que la gente quiere sanar.

Una vez fui invitada a una noche de chicas que organizaban Nadia y sus amigas. No me había preparado para tantas formalidades, conformismo, para la deprimente responsabilidad que sentían hacia el éxito de sus hijos y la buena administración de sus hogares. Me agobió hablar sobre todos esos temas. A raíz de ello, bebí demasiado y es posible que no fuese tan cuidadosa como siempre al explicar el peculiar paradigma que David y yo compartimos. No me invitaron nunca más.

Me gustan los niños que vienen en busca de instrumentos pequeños pero caros. Son brillantes y capaces, y tienen padres que adaptan su propia vida a las necesidades de sus niños prodigio. Esos chicos vienen siempre bien vestidos, y la mayoría de ellos son algo excéntricos, un poco raros. Me gustaría tener un hijo así. Mis padres y yo éramos muy diferentes. Ellos casi pedían disculpas cuando íbamos a una tienda de música. Trabajaban mucho para pagarme las clases y comprarme el instrumento que yo quisiese, pero nunca pertenecieron a este mundo, siempre fue algo desconocido para ellos. Todo este asunto me ha marcado para siempre.

Mis pensamientos vuelven abruptamente a David, al #hérosmystère. Los hijos son el verdadero quid de la cuestión. Sus hijos, nuestros hijos. Si su familia se ve arrinconada por esta publicidad, él y yo no tendremos ese espacio civilizado con el que soñamos. Ese tiempo de paz durante el que él parece vivir solo después de separarse de la madre de sus hijos, y luego, tras una pausa considerable, conoce a una señorita inglesa, a una fabricante de violines. Si eso no sucede, sus hijos podrían odiarme. Mi propia niñez, tan mimada, no me ha preparado para encarar a adolescentes enfadados, a hijos lastimados.

De niña yo era tan tímida que me quedaba paralizada. Llevaba mi chelo como una armadura, me escondía detrás de su escudo y dejaba que él hablara por mí. Me mantenía ocupada ensayando, y vertía toda mi ansiedad en la música en lugar de entablar amistades. Mi forma de ser no ha cambiado mucho.

En la tienda, los chelos están apoyados contra una pared. La organización es la misma que la del resto de instrumentos. Primero están dispuestos los de tamaño normal, de la misma altura y ancho que el mío, y progresivamente su tamaño va disminuyendo hasta llegar a los instrumentos para niños.

Están fabricados en los mismos tonos difusos de la tierra cultivada. El tamaño de los chelos desciende hasta los más pequeños, que, a veces, son incluso más altos que los niños que los tocan.

En el taller que está en la parte trasera de mi bonita tienda, tengo un proyecto ya comenzado de un chelo diminuto, un tamaño 32. Es aún más pequeño que un instrumento para un niño de dos o tres años. Es un chelo para un bebé.

Un chelo para alguien que ha nacido para ser músico, un instrumento para apoyarse, jugar, tocar y explorar hasta que forme parte de su conciencia y se convierta en una extensión de sus propias extremidades. Yo empecé a tocar el chelo a los ocho años, ya era muy mayor. De haber empezado a tocar antes de hablar, si hubiese aprendido a leer las notas con puntos delgados antes de aprender a leer palabras, hubiese contado con una ventaja adicional y todo habría sido diferente.

El pequeño chelo no está terminado. Todavía es un conjunto de fajas, de finas tiras de madera pálida dobladas en curvas clásicas alrededor de un hierro moldeador. La voluta minúscula, una curva de madera de Fibonacci apenas más grande que la mano de un bebé, reposa en un estante de mi taller. Estas piezas están escondidas detrás de unas cajas de cartón polvorientas. El contenido de estas no es importante, lo que importa es que tapan los fragmentos de este pequeño instrumento.

Empecé a construir el chelo hace ocho años. Lo hice para un bebé que no sobrevivió, que nunca nació. Jamás he tenido el valor necesario para terminarlo.

Sé que hoy será un día atareado y que me sobresaltaré cada vez que se abra la puerta, imaginando a la prensa sensacionalista y a los *paparazzi* en mi tienda. La mayoría de mis clientes pide cita antes de venir, aunque algunos entran sin más. Saben que, si quieren toda mi atención y una buena parte de mi tiempo, deben pedir una cita.

Hoy viene el señor Williams. Él es uno de mis clientes preferidos, y también de los de Nadia. No es un músico excelente, pero es bastante bueno. Es erudito e interesante, y sus trajes perfectos adornados con corbatas de seda le dan un aire deliciosamente anacrónico. Lo que me atrae del señor Williams es que detecto la soledad en cuanto le veo.

Estoy en el taller de la parte trasera de la tienda cuando suena el timbre. Es temprano. El señor Williams siempre es puntual.

Cuando salgo veo que es Nadia la que espera, con aire petulante, sin separar el dedo del timbre.

—¡Basta! —le digo, pero es una reprimenda en broma—. Ya te oí la primera vez.

No se disculpa por el barullo, simplemente pasa a mi lado entrando en la tienda.

—¿Qué haces aquí? —le pregunto—. ¿No tienes que ir al instituto?

—Ya soy toda una mujer, Grace. Con mi edad ya tenemos nuestros propios horarios. —Se mira los pies—. Bueno, algo así.

No hago comentarios.

—Estaba de camino al instituto y me he pasado a verte. ¿Te vale así?

—Sí, me vale. Estoy en el taller, pasa.

Nadia se queda parada detrás de mí mientras trabajo. Está callada, algo inusual en ella. Puedo percibir que quiere preguntarme algo.

—¿Qué? —le pregunto.

—Nada. —Se mueve por el taller, coge las herramientas y las sostiene en las manos. Sabe que no debe tocar los trozos de los instrumentos que están en el banco.

—Basta —digo sin mirarla.

—Basta, ¿qué?

—Nadia. —Ahora me doy la vuelta y la miro—. ¿Qué quieres?

Echa un vistazo hacia un lado, como si le hablara a mi hombro en lugar de a mi cara. Inclino la cabeza para cruzarme con su mirada, pero ella sigue sin mirarme a los ojos.

—He estado pensando en lo del otro día. —Aprieto los dientes y estrujo los labios.

Puedo oír el chirrido del cuchillo en mi mano cuando corta la clavija de ébano del chelo en el que estoy trabajando. El reloj del taller marca los segundos. Mis mejillas están calientes y encendidas.

—Yo también he estado pensando en lo del otro día. ¿Qué hacías en mi casa cuando sabías que yo estaba en Francia?

—¿Fui a llenar el bebedero del gato?

—¿Estabas pensando en hacer una fiesta? —Nadia tiene las llaves de mi casa. Le pago para que corte el césped en verano si voy a estar fuera más de una semana.

—Dios, no. Ni de coña —asegura. Arroja su mochila al suelo del taller y le da una patada—. En realidad, iba a sentarme a escuchar música y a ver un rato la tele.

No sé si creérmelo o no.

—¿Es que no tienes casa?

Nadia me mira con la nariz arrugada de disgusto.

—Entonces, volviendo a lo del otro día, cuando estabas tocando el chelo...

El peso vuelve a oprimir mi estómago, las palmas de mis manos se calientan alrededor del mango del cuchillo y lo apoyo en el banco.

—No puedes entrar en mi casa a tu antojo. Es..., no sé..., raro. Creo que es raro.

Se sienta en el banco del taller.

—Lo siento. —Se encoge de hombros, a la defensiva—. No volveré a hacerlo. Simplemente sentí la necesidad de alejarme.

Dejo a un lado la clavija y la observo.

—¿Alejarte de qué?

—Mierda —farfulla, y deja claro que esta parte de la conversación ha terminado—. Yo te voy a ayudar —dice. Otras personas harían un preámbulo antes de decir eso. Quizá preguntarían en lugar de afirmar, ofrecerían su ayuda de una forma menos antipática. Nadia se parece a su madre, aunque, si se lo dijera, me asesinaría.

—Nadia, te lo agradezco. Es muy dulce por tu parte. Lo es. Pero ya han pasado veintiún años. No quiero tocar en público.

Ella no puede ver las imágenes que se disparan en mi cabeza, la cantidad de veces que intenté tocar para David, las veces que casi lo logro. Jamás podría saber cuánto significaría para mí —y mucho más para él— compartir con él mi pasión. Intento sonreír con despreocupación para ocultar mi tristeza, pero mi rostro no obedece la orden y mi boca se tuerce en una mueca extraña. Como hubiera dicho mi difunta madre, ahora mismo estoy hecha un manojo de nervios.

—No quiero que toques en público.

Respiro más tranquila.

—Quiero que toques conmigo —agrega—. La verdad es que estoy muy triste desde que no toco con más gente. Así que estuve leyéndome mis libros de psicología y analizando por qué ocurren estas cosas y cómo se resuelven.

Apoyo mis manos y recuerdo que es un gesto amable, que Nadia solo intenta ayudarme. Trato de ser racional.

—Nadia. —Desearía que dejara de hablar sobre este tema.

Pasa el dedo por el filo negro del borde del banco.

—Puedo ayudarte.

—¿Por qué ahora, Nad? ¿Por qué crees que esta vez va a ser diferente?

Nadia se da la vuelta y le echa un vistazo a la base que está en el rincón del taller. Sigo su mirada, aunque podría saber qué está mirando con los ojos cerrados.

Ella señala el chelo que estuve fabricando, con lentitud, seguridad y rígida concentración, durante el último año y medio.

Ese chelo es especial. Su barniz es suave y perfecto. Parece que fue sumergido en un enorme recipiente de azúcar derretida con un baño anaranjado de ensueño. Es mi pasaporte al éxito en el concurso de fabricantes de instrumentos más importante del mundo.

No soy una persona competitiva por naturaleza, pero sí que intento, con mucho esfuerzo, ser la mejor en lo que hago. Ser expulsada del conservatorio antes de terminar mi primer año me destrozó el corazón. Si ganara la Trienal de Cremona, la ciudad natal de Stradivari, sé que podría derrotar a algunos de mis fantasmas. Podría llegar a sentirme exitosa, como si hubiera logrado lo que me había propuesto hacer, y eso cambiaría mi vida.

—El chelo de la Trienal —responde Nadia—. Tienes que hacer circular el sonido, no puede ir al concurso sin que lo toquen. Podríamos hacerlo juntas.

Dejo de trabajar en la clavija del chelo que tengo en la mano y me concentro en respirar, intentando tragarme el miedo que me invade, de refrescar mi sudor.

—Nad, lo he intentado. Lo juro. He probado con terapia, con asesoramiento. Lo he probado todo.

Levanta su mochila y se la echa al hombro. Gira la cabeza y me mira, mientras sale de la tienda hacia su apacible día en el instituto.

—Ya lo estás haciendo, Grace. Todo el tiempo.

Levanto la mirada hacia ella.

—En esta tienda afinas instrumentos a diario, tocas cuatro compases para los clientes. En su mayor parte es *pizzicato*, pero, aun así, estás tocando.

Nadia se marcha.

El fuego debajo de mi piel me quema más que nunca.

4

David y yo nos conocimos en una fiesta. Yo tenía treinta y dos años y empezaba a poner los pies en la tierra y a encontrarme a mí misma. Había sobrevivido a cuatro años de aprendizaje básico, trabajando muy duro para un taller de instrumentos que no me pertenecía en un cuarto trasero mal ventilado de Londres. Pasaba los días aplastada entre un sudoroso holandés que reparaba arcos y un fabricante de contrabajos israelí con un humor impredecible.

Había mantenido algunas relaciones sin futuro con hombres torpes o trastornados como yo, pero no podía decir que me hubiese vuelto a enamorar desde la universidad. Mi trabajo y mi vida personal avanzaban en un letárgico tándem, ni en uno ni en la otra se había producido la chispa.

Cuando mis padres murieron, con tres años de diferencia entre una muerte y la otra, y me dejaron su casa para vender, la usé como trampolín para dejar de trabajar para otras personas. Mi padre tenía el deseo ferviente de que yo formara mi propia empresa.

Cuando conocí a David estaba a punto de abrir mi propia tienda.

Los anfitriones de la fiesta eran una pareja de abogados. Natalie era una música sobresaliente, delgada como una vara, y tocaba el primer violín en una imponente orquesta de aficionados. Esa fiesta sería como todas las demás a las que me habían invitado Natalie y Jonny: un intento velado de presentarme a sus amigos solteros. Salía con algunos una o dos veces y después volvía a meterme en mi caparazón y a encerrarme con mi chelo y una botella de vino como única compañía. Así fue como empecé a descartar llamadas y a practicar piezas de Dvořák.

Natalie me mostró el camino y me llevó al patio. Las puertas dobles que daban al jardín estaban abiertas, y las cortinas venecianas chocaban contra el cristal bajo la suave brisa. La primera década del siglo veintiuno llegaba a su fin. La moda de entonces dictaba que los jardines debían decorarse con enormes tiestos de cemento, repletos de *Lobelias* y *Pelargonios* de colores intensos.

Detrás del bosque de tiestos había un grupo de personas con copas en las manos. Eché un vistazo a mi alrededor en busca de alguna cara amable, alguien a quien sonreír o que me ofreciera una bebida.

Una mujer alta y pelirroja se despedía:

—No me encuentro muy bien —se disculpó—. ¡Lo siento mucho! —Me sonrió, como excusándose—. No me voy por ti, ya había anunciado que me iba hace un momento. —Se apoyó la mano sobre el pecho en ese gesto que hacen las personas educadas cuando quieren evitar mencionar que sienten náuseas.

—Espero que te mejores pronto —dije.

La mujer pelirroja alzó la mano y la agitó hacia un hombre que estaba al otro lado del césped. Él asintió, confirmando que ella se marchaba.

Él era completamente diferente a todos los que estaban en la fiesta. Me di cuenta de que era mayor que el resto, posiblemente la persona de más edad allí. Supuse que tendría casi cuarenta años, o incluso algunos más. Era inusualmente alto, claramente atractivo y estaba solo. Me vio y sonrió.

Se me secó la boca cuando intenté devolverle la sonrisa.

Nos presentamos: David, Grace. Hablamos sobre el vino, las plantas de las macetas y el resto de los invitados. Nos reímos durante lo que quedó de noche. Todo lo que él decía resonaba en mí, me hacía parecer graciosa e inteligente.

—En Francia, donde vivo, hablan sobre un concepto —dijo David— que creía que era falso. Esta noche me he dado cuenta de que no lo es.

Yo apenas podía respirar. La cara todavía me dolía de tanto reírme. Me resultó difícil enderezar la boca y escuchar.

—Los franceses creen en un *coup de foudre* —dijo—. Creen en el flechazo. Dicen que nos afecta a todos una vez en la vida. Puede ser por culpa de alguien a quien veas al otro lado de la calle, quizá solo una vez, y con quien puede que nunca vuelvas a cruzar ni media palabra. Pudo haber sido cuando eras niño o segundos antes de morir.

Eché un vistazo a mi alrededor para ver si alguien más se había dado cuenta de que hablábamos en voz baja. Nadie nos prestaba atención, éramos los últimos invitados en el jardín.

Él hablaba con tranquilidad, como si analizara una realidad, un hecho.

—Tu vida no vuelve a ser la misma. Es una cita con tu destino. No importa lo que hayas vivido antes o qué sucederá después, es un momento clave en tu porvenir.

Lo busqué varios días más tarde y encontré como definición la de «una pasión abrumadora o un acontecimiento repentino e inesperado que te cambia la vida».

Exactamente como había dicho David, el *coup de foudre* no reparó en nada de lo que había sucedido antes. Explotó en nuestras vidas, dejando a su paso diminutas astillas de caos.

Si yo escuchara mi historia contada por un conocido, si supiera de alguien que estuvo acostándose con el marido de otra, que intentó tener un bebé en mitad del caos de dos vidas, dos casas y dos series de hechos diferentes, creería que esa persona es estúpida. Inocente y estúpida. No soy ninguna de las dos cosas. Nunca lo he sido. Por el contrario, soy el extremo opuesto. Soy quisquillosa y mandona. Aprendí de la peor manera que, si dejas que otras personas tomen decisiones por ti, lo perderás todo.

He estado veinte años trabajando y construyendo, tejiéndome una buena reputación a nivel mundial. Es probable que beba mucho y, sin duda, no me alimento bien, pero lo hago cuándo y cómo deseo. Me encantaría ir a Francia y estar más cerca de David. La vida sería mucho más fácil si solo estuviéramos a unos kilómetros de distancia en lugar de estar separados por culturas, el mar y gigantescos acantilados, pero no puedo abandonar mi negocio.

Así es el *coup de foudre*.

Son las once de la mañana. He preparado café para el señor Williams. He revisado todos mis mensajes y me he entretenido un rato con las noticias en Internet. Son las once y todo está en orden.

Veo al señor Williams a través del cristal de la puerta de la tienda. Tiene puesta una corbata de seda gris y un chaleco de cachemir fabuloso, sobre todo si los comparo con la aburrida cotidianidad de chaquetas y perlas del centro de la ciudad. Su pelo canoso está peinado hacia atrás en un tupé liso y untado con algún tipo de aceite. Trae su violín en un elegante estuche azul marino que yo misma le vendí el año pasado. Es uno de varios, y sospecho que los cambia según la ropa que lleve puesta.

En cuanto entra en la tienda, su delicioso olor a perfume invade el espacio.

—Está usted fantástico —lo elogio—. ¿Alguna ocasión especial?

—Me gusta acicalarme de vez en cuando. —Estas formalidades son parte de nuestro intercambio, ya que sé que el señor Williams se viste así todos los días—. ¿Está encendida la máquina de café? —La máquina de café siempre está encendida para el señor Williams, lo lleva estando una vez por semana desde hace diez años.

Nos dirigimos al cuarto trasero y él parece frágil al descender por el único escalón desde el oscuro pasillo hacia el taller. Se aferra al marco de la puerta con la mano vacía para sostenerse.

El taller está inundado de luz, las ventanas son anchas y altas y mi banco para barnizar está debajo de ellas, lo cual me ayuda a ver los colores con los que trabajo bajo la luz natural del día.

Conozco el motivo por el que al señor Williams le gusta venir a este amplio cuarto trasero. Los estantes, bancos y armarios rebosan alquimia. Las paredes están repletas de botellas y botes, cinceles y cuchillos, polvos y pociones. Tengo los cepillos ordenados por tamaño, desde brochas gruesas de tres centímetros de ancho hasta diminutos cepillos de retoque de cerda única; cerdas tan finas que me permiten retocar grietas en el barniz en maderas de trescientos años de antigüedad sin que nadie perciba la unión. El aroma de algunas sustancias químicas es penetrante, y el olor a madera es constante. Todas las mañanas caen nuevos rulos de virutas en una pila detrás de mi escritorio y perfuman la habitación.

—Acaba de fallecer un amigo mío —anuncia el señor Williams.

Pongo galletas en un plato gris descascarillado y dos de ellas caen al suelo. Me sorprenden sus palabras.

—Qué triste.

—Era ya muy anciano, querida, vivió sus buenos años. ¿Me permites? —El señor Williams señala el taburete alto que está junto a mi banco y le hago una seña para que siente—. En realidad —dice—, me dejó un violín. —Levanto la mirada, visiblemente interesada—. No es lo que piensas —asegura el señor Williams, y sonríe—. Lo fabricó él mismo.

No es nada fuera de lo común. Para algunos hombres parece ser irresistible, en general hombres que se dedican a la carpintería, intentar fabricar un violín como si fuese la prueba máxima de habilidad. Supongo que debería sentirme halagada.

—Es muy bonito. —Acaricia el estuche del violín—. No es para tocarlo, ni siquiera para mirarlo, pero será como si una parte de él continuara viva.

Lo toco en el brazo.

—Vamos a verlo. —Desabrocho los cierres de plata del estuche. El instrumento reposa a salvo en su interior. Un pañuelo a lunares rojo y blanco, sin duda de seda, está apoyado cuidadosamente sobre la parte frontal del violín.

—Espera. —El señor Williams saca algo del bolsillo interior de su chaqueta. —Mira esto primero. Este es Alan. —La foto en blanco y negro muestra a tres hombres jóvenes, de no más de veinticinco años. Están vestidos con frac y, supuestamente, es la boda de alguno de ellos. Todos son muy apuestos, con el pelo lacio y brillante peinado hacia atrás, como estrellas de cine, y sonrisa pícara.

—Y ese, ¿es usted? —Señalo a un atractivo joven a la izquierda de la foto.

—No he cambiado nada. —El señor Williams me guiña un ojo y su gesto me hace sonreír—. Fui padrino en las dos bodas de Alan. —Enarca las cejas y, en el idioma de la traición, supongo que se refiere a que el segundo matrimonio tuvo un comienzo similar a mi historia con David—. Él y su segunda mujer, Anne, nos nombraron a mí y a mi difunto amigo padrinos de sus dos hijas. La luz que esas dos niñas trajeron a nuestras vidas...

—He visto peores trabajos de aficionados que este. —Levanto el violín hacia la luz—. El barniz es bonito.

—Eso creo. —Su piel se arruga alrededor de los ojos cuando sonríe—. ¿Podrías repararlo... para que se pueda llegar a tocar? Me encantaría usarlo como mi instrumento de todos los días, pensar en Alan cada vez que toco.

—Creo que es una idea muy bonita. Y sí, puedo. Puedo hacer muchas cosas para que este instrumento funcione. —Mientras hablo, me doy cuenta de que la tabla es demasiado gruesa y la acción está muy alta. Todo el conjunto es pesado y noto la falta de vida del instrumento cuando lo tengo en mis manos—. Lo siento, pero no va a ser barato. ¿Quiere que prepare un presupuesto del trabajo para que usted decida qué partes necesita y cuáles no?

—No, Grace. —dice con seriedad—. Pagaré lo que sea. Sé que serás justa y, para serte franco, tengo suficiente dinero. Es probable que me quede algo incluso después de mi muerte.

Escribo el nombre del señor Williams en una etiqueta de papel pardo y la ato a una de las clavijas del violín. Hay un espacio al final del soporte y me estiro de puntillas para deslizar el cuello del violín en el hueco revestido de terciopelo del estante.

Apoyo su café en el banco y le acerco el plato con galletas. El señor Williams siempre agradece los bollos o las galletas con un entusiasmo casi indecoroso. Sospecho que su niñez transcurrió durante la guerra, pero nunca le pregunto; es muy sensible con respecto a su edad.

—Eres una chica encantadora, Grace. —Cuando el señor Williams sonríe, sus grandes orejas se mueven hacia arriba entre el pelo blanco y sus facciones se arrugan en surcos profundos.

—Su violín deberá esperar, lamentablemente. Primero debo trabajar en mi chelo de Cremona y en un par de encargos prioritarios. ¿Le parece bien?

—Mi amigo ya está muerto, querida niña, y no creo que esa situación vaya a cambiar mucho en los próximos meses. ¿Es el chelo de tu gran concurso?

Asiento y saco el chelo de su base. Lo coloco sobre el banco, de lado, para que podamos observarlo juntos.

—Es precioso. —El señor Williams se atreve a tocar el borde del chelo.

Tiene razón. Este instrumento es tal y como debe ser. No me he puesto a hacer experimentos con distintos barnices ni me he preguntado si este o aquel le daría mejor brillo, ni siquiera he probado si un poco más de rojo o un poco menos de amarillo podría darme el tono perfecto. Por el contrario, me he atenido a aquello que conozco. Me he concentrado mucho en reunir toda la experiencia que he adquirido durante dieciocho años como lutier. Dieciocho años de prueba y error y de lecciones, de éxitos y de fracasos, de triunfos y de desastres.

—¿Cómo suena? —pregunta el señor Williams—. ¿Tan bien como su aspecto?

—No lo he probado. —Sonrío—. Apenas un punteo en una cuerda.

En mi mundo imaginario, le cocinaré a David una cena especial, me vestiré lo más elegante que pueda y después lo tocaré para él por primera vez. En la vida real, estaré yo sola, en vaqueros y camiseta, encerrada en mi triste taller, demasiado temerosa como para tocar ante él.

—No veo la hora de escucharlo —dice el señor Williams, porque no tiene ningún motivo para sospechar que no lo hará—. Será algo increíblemente especial.

De pronto suena el timbre de la tienda, estruendoso. Le hago una mueca al señor Williams porque a ninguno de los dos nos gusta que interrumpan nuestras charlas.

—Espere, enseguida vuelvo —digo.

Mi corazón da un vuelco, literalmente, y siento una emoción intensa en la garganta. David está en la puerta. Él tiene las llaves de mi casa, pero nunca antes había necesitado las de mi tienda.

Abro la puerta y lo invito a entrar. No lo beso hasta que está dentro, esta es una ciudad pequeña y nunca sé si alguno de mis clientes podría pasar caminando por delante del escaparate. Besar a un hombre atractivo en la puerta de mi tienda no es lo que se espera de mí.

Me abraza con fuerza, y puedo oler su loción de afeitado.

—¿Qué haces aquí? ¡Qué emoción! —Me estiro y le planto un beso en la mejilla, su piel está suave, bien afeitada.

—He venido a hacer un control de daños. Me refiero a la prensa.

Hago un gesto rápido hacia la puerta abierta, donde el señor Williams, probablemente, puede oír todo lo que hablamos.

—Tengo un cliente en el taller.

Sujeto a David de la mano y lo guío hasta allí.

En mi taller todo está cuidado y organizado. Sin embargo, entre mi banco de barnizado, el banco de carpintería y el soporte alto con mi sierra de cinta, tres personas somos una multitud aquí dentro.

—Señor Williams, le presento a mi amigo David. Acaba de llegar por sorpresa desde París.

—Mucho gusto. —El señor Williams estrecha la mano de David e intercambian trivialidades y cumplidos—. Os dejo con vuestras cosas, jovencitos.

David tiene cincuenta y dos años, así que hace mucho que nadie le llama «jovencito». Al oírlo, sonríe.

David y yo nos quedamos solos. Bajo la cortina de la tienda para que no puedan vernos desde la calle y luego nos besamos durante un largo rato.

—No me puedo creer que estés aquí. —Pestañeo para no llorar. Pensaba que no volvería a verte hasta dentro de dos semanas.

—Tengo que apagar este incendio. El maldito #hérosmystère está en todas partes. Cada vez se vuelve más grande.

—¿Por qué has venido aquí? —le pregunto—. ¿No es más importante sofocarlo en Francia?

—En Reino Unido puedo conseguir una orden judicial de manera más rápida y fácil. Si me convierto en un rostro conocido mi negocio se verá afectado, y no puedo tener tanta visibilidad en mi vida personal y ser invisible junto a un cliente.

El trabajo de David puede ser delicado. Es un traductor e intérprete jurídico muy reputado. Su trabajo consiste en acompañar, vestido de traje oscuro y aire inocuo, a algunas de las personas más importantes del mundo durante negociaciones sumamente delicadas. Trabaja con gente poderosa que necesita un experto al que puedan confiar su vida.

—Francia es terrible —asegura David mientras se desploma en la silla detrás del mostrador—. La prensa en Francia dice lo que quiere cómo y cuándo se le antoja. La nuestra puede controlarse mejor.

No se me escapa el uso de «nuestra». Me acerco a él y acaricio su pelo, le quito el flequillo de los ojos. Algún día seré la responsable de sus cortes de pelo, reservaré su cita en mi peluquería, donde hay un peluquero que, según tengo entendido, corta el pelo mejor que su estilista de Francia.

Me muero por que se quede aquí durante mucho tiempo. No trae equipaje, pero quizá lo tenga en el coche. En mi casa guarda una selección de ropa «inglesa». Parece mucho más francés cuando estamos en París, se viste de una manera totalmente diferente.

Tiene aspecto cansado. Normalmente no aparenta su edad e incluso podría pasar por alguien de cuarenta. Su pelo se está volviendo canoso en las sienes, pero la mayor parte aún sigue siendo castaño, y su piel no tiene arrugas. Pasa mucho tiempo en el gimnasio y está tonificado y en forma, sus anchos hombros guardan proporción con su altura.

—¿Han ido las cosas bien en España? —pregunto. No es lo mismo que si preguntara: «¿Qué tal España?». Jamás hablamos de sus hijos ni de su mujer; no porque él no quiera responder, sino porque vivimos en este mundo de juguete, una burbuja de fantasía donde él se va de viaje de negocios y ahora ha regresado a casa. Si diseccionáramos sus relaciones, los momentos que pasa con su familia, él se sentiría desleal y deshonesto.

La mujer de David sabe que él está enamorado de otra persona. Sabe dónde está cuando se va de viaje. Ninguno de los tres hace preguntas.

David y yo fuimos los últimos en marcharnos de la fiesta en el jardín de Natalie y Jonny. Nos quedamos charlando. Reímos y sonreímos, nos contamos nuestras historias hasta que no quedó nadie más que nosotros y los anfitriones, que estaban sentados, y notablemente cansados, frente a la mesa de la cocina bebiendo té.

—Cielo santo, lo siento —dijo David mientras estrechaba la mano de Jonny y besaba a Natalie en ambas mejillas.

Me ruboricé al verlo besar las mejillas de Natalie, deseé estar en su lugar.

—No tenía ni idea de que se hubiera hecho tan tarde. —David esbozó una gran sonrisa—. Qué vergüenza, somos unos invitados terribles. Acompañaré a tu amiga a su casa y después me iré a dormir.

—Gracias por invitarme —dije por cortesía, cuando en lo único que podía pensar era en cómo evitar que David se fuera a su casa una vez que llegáramos a la mía.

Era una noche preciosa, el aroma de los jardines vecinos flotaba en el aire mientras algunos coches pasaban a nuestro lado. Caminamos por la calle y David me cogió de la mano. Entrelazó sus dedos con los míos y paseamos sin rumbo, sabiendo que aquello era en parte un reflejo de nuestra relación.

Cuando nos detuvimos para cruzar la calle, tuvo lugar la pausa que yo estaba esperando. Él echó un vistazo hacia un lado y otro para evaluar el tráfico y después, cuando volvió a darse la vuelta, se acercó y me besó.

Todo el dolor que me había acompañado desde la universidad, todas las relaciones inútiles que había iniciado, todos los años en los que me había sentido apagada, tímida y escondida; todo eso desapareció en un instante.

La caminata de vuelta a mi casa nos llevó más tiempo del debido. Nos detuvimos, reímos, nos besamos bajo las luces de las calles en pleno verano, con las espaldas húmedas por habernos apoyado sobre los setos empapados de rocío, polvorientas sobre las verjas.

Sentí una sensación completamente distinta en mi pequeña casa en cuanto David entró en ella. Sentí que se convertía en un hogar, en un palacio. De repente me pareció cálida, segura y firme.

Dejamos de lado bebidas y charla. Pasamos de conversaciones y falsas promesas. Nos desvestimos con las manos temblorosas y una sensación de asombro que nos invadía. Los dos éramos conscientes de que recordaríamos ese momento durante el resto de nuestras vidas.

Casi me entran ganas de llorar cuando nos quedamos desnudos sobre mi cama. La química entre nosotros era de película, era todo lo que yo me había imaginado. Por fin comprendí cada una de las piezas musicales que había tocado.

En los últimos segundos previos a hacer el amor, David apartó sus labios de los míos y vi la silueta de su pelo recortada contra la luz que entraba por la ventana de mi dormitorio.

—Estoy casado —dijo en voz muy baja, susurrando en mi cara. Decidí seguir adelante.

A la mañana siguiente, David fue el primero en hablar. Todavía estábamos abrazados, tapados con la sábana blanca que él había enroscado a nuestro alrededor mientras dormíamos.

—Nunca he hecho esto antes. —Se le quebró la voz, como si su corazón estuviera a punto de estallar. Sus brazos me abrazaron con fuerza. Sentí mi rostro sobre su pecho, que daba un profundo suspiro—. No sé qué haré ahora. No quiero irme.

La palabra «quiero» fue como un puñal. Significaba que, a pesar de todo lo que yo había imaginado, de la magia que esperaba que se hubiese creado, él se iría. Volvería junto a su mujer.

Debí haberme estremecido, expresado mi sorpresa, por más ridícula que fuese. Él me abrazó con más fuerza.

—No será fácil, pero lo resolveremos. —Sopló sobre mi cabeza y mi pelo se alborotó. —No puedo quedarme ahora, pero pronto lo resolveremos. —Extendió los brazos hasta que pudo verme la cara—. Estaremos juntos.

Ambos lloramos cuando él se marchó, apenas una hora después. No habíamos hablado de detalles, de aspectos prácticos. Lo único que sabía era que vivía en Francia con su mujer y que debía confiar en él. A él lo había fulminado tanto como a mí este flechazo, y yo debía dejarlo ir y empezar a desentrañar las complicaciones que esta relación conllevaría.

Las náuseas comenzaron tres semanas después de que David se marchara. Él llamaba todos los días, tal como había prometido. Había sido frustrante que no pudiera darme un número en el que encontrarlo durante nuestra primera mañana juntos. Sin embargo, en cuanto llegó a Francia, me envió por correo un teléfono móvil. Corría el año 2002, yo ni siquiera había pensado en tener un móvil, porque, en realidad, no necesitaba llamar a nadie. Él se compró otro teléfono. Era una línea directa de uso exclusivo entre él y yo, un mensajero privado, guardián de secretos.

En un principio pensaba que tenía un virus estomacal. Me acostaba con la cara sobre el suelo de baldosas del baño, lo suficientemente cerca del retrete como para acercarme a vomitar unas cien veces cada hora. La cabeza me daba vueltas y mi garganta ardía con el ácido de mis continuos vómitos.

El segundo día no pude salir del baño a tiempo para contestar dos llamadas de David.

Después de cuatro días, aunque ya dormía en mi propia cama con un cubo junto a mi almohada, me di cuenta de que tendría que ver a un médico. Mi rostro estaba demacrado por la deshidratación, tenía la piel arrugada y brillante a causa del estrés. La médica de familia vino a mi domicilio a hacerme un chequeo.

—¿Hay alguna posibilidad de que esté embarazada? —me preguntó.

—No, a menos que las náuseas matutinas puedan empezar un par de semanas después y durar todo el día y toda la noche. —Recuerdo haber sonreído mientras le respondía.

La médica asintió, enarcando un poco las cejas.

—Debe hacerse una prueba de embarazo.

Las manos me temblaron al sostener el palito de la prueba mientras esperaba el resultado sobre la tira química azul. Habían pasado ya tres semanas desde que había conocido a David, desde que creamos nuestro mundo secreto de llamadas telefónicas y mensajes, correos electrónicos de un renglón y fragmentos de conversaciones a menudo interrumpidas, mi vida había dado un giro radical.

Cuando David llamó esa noche, muy tarde, yo todavía estaba atónita, debatiéndome entre la euforia y el miedo. Levanté el teléfono junto a mi cama.

—Estoy embarazada —murmuré en la oscuridad.

5

Esa noche, mientras David dormía, bajé las escaleras y me senté en la sala con mi chelo. Apoyé la fresca madera lustrada sobre mis piernas desnudas y pensé mucho en las cosas que eran importantes para mí, las que realmente deseaba.

Sabiendo que David estaba arriba y asegurándome de concentrarme, de aceptarlo, afiné mi chelo y rasgué las cuerdas en una melodía, *pizzicato*.

Toqué —con voz sorda y sin mi arco— los primeros acordes de la Suite n° 1 para violonchelo de Bach. En la universidad, Nikolai siempre decía que era sin duda el mejor grupo de notas para descubrir las posibilidades de tu instrumento.

—Ni siquiera Bach te da confianza —aseguraba, mientras apoyaba su brazo en el mío y su mano cubría mi mano, empujando el arco con fuerza sobre las cuerdas—. Escucha lo que sucede cuando tus músculos creen, cuando se concentran. ¿Puedes hacerlo conmigo pero no sola?

Nunca esperaba una respuesta por mi parte. Sus preguntas eran retóricas y las dirigía a mi brazo que tocaba, a mi rígida muñeca. Nuestras sesiones individuales nunca eran tan dolorosas como las lecciones grupales, donde nos usaba a los cinco integrantes del quinteto como munición para destruirnos. Yo sabía que todo era por nuestro propio bien, pero a menudo enfermaba de miedo antes de cada lección.

David me enseñó a volver a confiar en él. Me hizo entender que él siempre tendría tiempo para llamarme, que pensaba en mí todos los días y que pasaría todos los momentos que pudiera conmigo. Por supuesto, para mí fue esencial sentirme valorada por otro ser humano; sin embargo, aún no he encontrado la manera de derribar esta pared que mantiene una parte de mí separada de él.

Toqué —sin el arco— en un susurro que sabía que David no escucharía. No lo hice por mucho tiempo —tres o cuatro minutos como máximo—, pero, cuando me desperté esta mañana, sentí que esas notas estaban escondidas en la sala, y, fugazmente, fui feliz.

Cuando bajo a desayunar, David está inclinado sobre su portátil con los hombros rígidos por el estrés. Apoyo mi mano sobre ellos y presiono las palmas sobre los músculos nudosos. Por encima de su hombro puedo ver Twitter en la pantalla.

—¿Pasa algo malo? —le pregunto, sin querer hablar mucho para no empeorar las cosas.

—El maldito *hashtag #hérosmystère* se ha hecho viral. ¿Acaso la gente no tiene nada mejor que hacer que darle importancia a estos mensajes estúpidos? Está en todos los países de habla francesa.

—Ah. —Entiendo su tensión.

—¿Ah, qué?

—Ayer fue trending topic en Canadá y Vietnam. Y en otro sitio. Bélgica, ese era el otro. Por lo menos solo está en francés. —Sé que mi comentario no es muy útil, ya que también estará en francés cuando los hijos de David lo lean.

—Hay uno en inglés y otro en árabe. —Señala la pantalla, un grupo de formas en una lista de palabras—. Aquí está —dice, y pasa el dedo por debajo del texto '#بطلالغامض *al-batal al-ghamidh.*

Cada vez que recuerdo la cantidad de idiomas en los que David puede defenderse pienso que es extraordinario y me lleno de orgullo. Es una maravilla que a alguien tan inteligente le parezcan graciosas las cosas que yo digo. Nunca dejará de asombrarme que él crea que soy interesante.

Acaricio sus hombros con las palmas de mis manos. Está cada vez más preocupado.

—¿Quieres que me quede aquí hoy, que cierre la tienda? —No me interesa estar en ningún otro sitio que no sea a su lado, así que en realidad es un gesto vacío, ya que lo hago más por mí que por él.

—Hoy no vas a salir de esta casa bajo ningún concepto. —Se pone de pie, me rodea con sus brazos y besa mi pelo—.Tengo a mi gente tratando de solucionar todo este lío. No creo que sea el fin, pero mañana tendré que ir a la ciudad para supervisarlos. —Su suspiro es más largo de lo que debería.

Intento mirarlo, pero él me estrecha con fuerza y apoya la barbilla en la parte superior de mi cabeza.

—Hoy el día nos pertenece, preciosa. Solo nosotros dos.

No sé dónde tenía la cabeza la noche en que le dije a David que estaba embarazada. Solo había pensado en la primera oración. Las náuseas incesantes, la picazón en toda mi piel con carne de gallina púrpura y blanca y la visión borrosa eran todo mi mundo.

—¿De cuántas semanas? —preguntó él, después de un silencio como el que se sucede entre un relámpago y un trueno. «De cuántas semanas», palabras que usa alguien con experiencia en el tema.

—¿De cuántas semanas crees?

—No puede ser... No. No creo que sea mío.

—Pues no es de nadie más. —Me sorprendió el tono de mi voz, el enfado ciego. Más tarde creí que había sido como el rugido de una leona.

—¿Te has hecho una prueba? ¿Has visto a un médico?

—Estoy tendida en el suelo de mi baño con un paquete de hielo en la cara. Estoy aquí desde hace una semana. Sí, claro que se me ocurrió ver a un médico. —Esta no era la conversación que tenían las personas en las películas o en los libros. No era lo que debía suceder.

—Iré a verte —aseguró—. Todo saldrá bien. Lo resolveremos. Llegaré por la mañana.

David llegó a primera hora de la mañana. Habíamos pasado una noche juntos y cientos de horas hablando por teléfono. Era un comienzo raro para una familia, pero era la nuestra.

—Es culpa mía—dijo—. Debí haberte preguntado cuál era tu método anticonceptivo. Debí ser más cuidadoso.

—No se me ocurrió. Como si fuera imposible biológicamente, sin atender a la lógica. Estoy atónita. —Podía sentir el calor que me subía por el rostro, señal de que en cualquier momento vomitaría. Estaba acostada en mi cama mientras David me acariciaba el pelo y me besaba en la cara—. Debo ir al baño.

—Shhh, está bien, espera. —David salió corriendo y volvió con el cubo que tenía al lado del sofá—. Necesitas descansar. Tienes muy mal aspecto.

Me frotó la espalda mientras yo vomitaba en el cubo y de mi boca colgaban hilos de saliva transparente. Él enjuagó mi toalla en el baño y la trajo para lavarme la cara.

—Resolveremos esto. Lo haremos antes de que yo vuelva. Estarás bien. —Pasó los dedos por los nudos de mi columna vertebral. Estaba excesivamente delgada debido a los vómitos, y sus dedos tocaban las vértebras como si fueran un xilófono.

—No me desharé de él. No abortaré. —La convicción con la que lo dije me sorprendió tanto a mí como a él.

—¿Qué? No puedes seguir con esto. Soy un desconocido. No me conoces de nada. Yo no te conozco a ti tampoco. Sé que tenemos esta conexión... loca... pero no podemos. Simplemente no podemos. —Enterró el rostro entre sus manos—. ¿Qué ocurrirá con tu negocio? ¿Con tu carrera?

—Me las arreglaré. La gente sale adelante.

—No, no es verdad. La gente sale adelante porque tiene una pareja, una red que la sostiene, familia que la apoya. Tú no tienes nada de eso.

Mi dormitorio estaba decorado en colores blancos y fríos. Eché un vistazo a la habitación desde mi cama y vi lo que él veía: una persona sin raíces, una huérfana aislada, hija única. No había fotos de sobrinas ni sobrinos, ninguna nota que me deseara una pronta recuperación enviada por algún pariente. La habitación era elegante pero vacía. Tenía tanto sentido llenarla con nuestro bebé...

—Quiero este bebé. Voy a tenerlo.

David se puso de pie y se paseó por la habitación. Se paró junto a la puerta y apoyó las manos sobre la pared a cada lado de su cabeza. Llegaba casi hasta el techo. Dejó caer la cabeza, desesperado.

—No puedes, Grace. No puedes. No podemos —habló en voz baja y pausada—. De esa manera perdemos todos. Todos. Algún día tendremos un bebé, lo sé. Pero no este, no ahora. Lo siento mucho.

Alejé la cabeza de la cama y vomité otra vez.

David corrió y subió a la cama detrás de mí. Me abrazó con fuerza. Ni siquiera había pasado la mitad de la mañana, pero aun así me quedé dormida en sus brazos. Su cuerpo largo se extendió más allá del mío. Apoyó mi cabeza en su hombro y mis talones llegaron a la curva de sus rodillas. Él había estado viajando desde la madrugada, ambos estábamos exhaustos.

Cuando me desperté, él todavía seguía dormido. Irradiaba paz y belleza. Imaginé esas mismas pestañas oscuras en nuestro hijo o nuestra hija, la misma apacible suavidad de su piel. Algo en mi interior se negaba a creer que David siguiera sintiendo lo mismo ahora que había descansado y se había relajado un poco. Estaba segura de que su respuesta estaba marcada por el miedo.

En silencio, fui a la ducha para aprovechar un excepcional momento de alivio de mi malestar.

Seguramente el ruido del agua despertó a David, que se metió en la ducha conmigo e hicimos el amor con tanta ternura y suavidad que supe que todo estaría bien. No llegué a distinguir si había lágrimas en sus mejillas o si el agua salía de la ducha.

Volvimos a la cama, todavía húmedos. El sol de la tarde entibiaba la habitación. Las ventanas estaban abiertas de par en par. Me dolía un poco la cabeza, pero no estaba segura de si se debía al malestar y a la confusión o si eran las náuseas, que volvían para arrasar con todo excepto con el bebé.

—Siento que las cosas tengan que ser así, Gracie —murmuró, apoyado sobre mi espalda. Me abrazó con más fuerza—. Estaré contigo en cada momento. Te acompañaré a tu cita y me quedaré hasta que estés mejor. —Suspiró—. Y luego vendré a verte siempre que pueda, todas las veces que pueda. No soporto esto. Es demasiado horrible como para expresarlo con palabras.

Permanecí en silencio deliberadamente. No confiaba en esta nueva intensidad en mi interior. No podía predecir qué me obligaría a hacer.

—El problema es mi historia. Son mis problemas los que me paralizan. —Apoyó la palma de su mano sobre mi piel. Era evidente que lloraba—. No puedo hacerles esto a los hijos que ya tengo. Ahora no. Tienen seis y ocho años. No puedo arriesgarme a que los críe otra persona. Ni tampoco a nuestro bebé. ¿Y si nos separamos? ¿Qué ocurrirá si otra persona ocupa el papel de padre de mi bebé porque yo estoy en otro país y no aquí presente? —Me hizo darme la vuelta y me miró a los ojos, me rogó para que comprendiese su situación—. Quiero recoger a nuestro hijo del instituto, Grace. Quiero ver cómo practica deporte y practicarlo con él. No puedo tener conversaciones furtivas en un móvil con mi propio hijo. Y tampoco puedo abandonar a los que ya tengo.

La realidad era cruda y me atravesaba. Hundí la barbilla en mi pecho para sofocar el acceso de vómito que sentía en la garganta.

David me abrazó con más fuerza y siguió hablando. Desde la oscuridad de su boca salieron palabras que revelaron heridas y secretos. Brotaron incongruentes y extrañas en mitad de esa brillante tarde de agosto.

—Yo fui un niño al que nadie quería —dijo con voz lenta y regular. Era evidente que le costaba hablar—. Mis padres se separaron cuando yo tenía ocho años. Mi padre volvió a casarse y tuvo más hijos. Cuando mi madre murió me tuve que ir a vivir con él y con mi madrastra, por aquel entonces yo solo tenía doce años. Él había cambiado su método de crianza con sus nuevos hijos, ahora asumía todas las responsabilidades que nunca había asumido conmigo.

No estaba preparada para aquello. Fue algo inesperado. David parecía tan compuesto, tan entero. Era difícil imaginarlo como un niño pequeño y solitario.

Él interrumpió su narración cuando sentí un acceso de náuseas. Me limpió la cara y fue a vaciar y a lavar el cubo.

Volvió al dormitorio y se sentó a mi lado en la cama.

—Me enviaron a un internado, mientras mis tres hermanos se quedaban en casa disfrutando de todos los placeres imaginables. Las pocas veces que yo volvía a casa, no compartía ninguno de sus privilegios y no sentía siquiera su cercanía. Ya no encajaba en ningún sitio. Durante las vacaciones casi siempre iba a la casa de mis abuelos maternos en Francia, así no estorbaba, pero allí yo era un niño inglés en una casa donde solo se hablaba francés. Como supondrás, allí también seguía siendo un bicho raro.

Me envolví con la sábana y cerré los ojos con fuerza. No deseaba que su historia penetrase en mi mente y destrozara el mundo idílico que había construido en mi cabeza.

—Juré que nunca les haría eso a mis hijos, Grace. Los quiero. Suceda lo que suceda en mi..., en mi matrimonio, no puedo formar otra familia hasta que mis hijos no sean lo suficientemente mayores como para entenderlo, hasta que no haya nada que yo eche de menos de ellos.

No había considerado nada de toda aquella información en mis planes escuetos y mínimos. Solo había pensado en mi bebé de mejillas rosadas, en su pelo suave y su carita dulce. Solo me había imaginado a mí y a David viéndolo crecer sano y feliz.

—Eres artista, Grace. Fabricas instrumentos muy bonitos y tocas el chelo. Dejarás una parte maravillosa de ti a las generaciones futuras. Yo solo soy un simple intérprete que tiene la suerte de hablar algunos idiomas. No sé fabricar nada, no sé hacer nada. Lo único que puedo dejar en el mundo, si lo hago bien, es a mis hijos. Y no puedo echarlo a perder. No puedo.

El mundo exterior a mi fantasía era horrible, real y extraño.

—Debo irme, cariño. Debo ir a limpiar mi escritorio, deshacerme de cosas. Volveré en cuanto pueda y lo resolveremos. ¿De acuerdo?

No estaba de acuerdo, pero respondí que sí.

6

David irá a Londres para solucionar las consecuencias de las llamadas telefónicas que hizo ayer. La orden judicial contra los periódicos británicos que informaron sobre el héroe misterioso es casi hermética. Él espera que el desinterés de la prensa británica ayude a tranquilizar la historia en el resto de Europa. Por el momento, el mundo parece ensimismado en el romance del *hérosmystère*, en la idea de que David es una especie de superhéroe que, de noche, protege París y, durante el día, es un ejecutivo apacible. Las imágenes en primer plano de David siendo rescatado de las vías mientras el tren entra en la estación se repiten una y otra vez, y todavía me producen náuseas. Intentamos no pensar en ello, tratamos que toda esa información no perturbe los valiosos días que pasamos juntos.

Nadia se ha encargado de cuidar mi tienda. Se aburre mucho durante las vacaciones de verano, así que está tensa y se irrita fácilmente. Recuerdo haber experimentado la misma sensación cuando las seis semanas de vacaciones que me separaban de la rutina me parecían una eternidad, y el placer de dormir hasta tarde y no hacer nada perdía su encanto. Ahora, seis semanas pasan volando para mí.

Miro automáticamente debajo del mostrador para evaluar el desorden que dejó Nadia. Ni siquiera me he preparado un café. Sé que habrá desorden y que debo limpiarlo antes de que llegue un cliente y quiera ver los estuches de arcos.

El rastro de Nadia es el de siempre, fiel a su estilo. Hay dos tazas sucias, una de ellas con una bolsa de patatas fritas arrugada en su interior y la otra todavía llena hasta la mitad de té frío. Están apoyadas, junto a un bocadillo a medio comer, sobre un cuaderno de bocetos azul.

Limpio toda esa basura, suspirando aunque no hay nadie que me escuche. Llevo las tazas en una mano y uso el cuaderno de bocetos como bandeja para transportar las sobras de Nadia. Sus hábitos difieren mucho de su aspecto. Siempre está impecable, con su largo pelo negro, que se alisa a conciencia todas las mañanas, y su maquillaje perfecto.

Apoyo el cuaderno en mi mesa de trabajo. No sabía que Nadia dibujaba, así que lo abro para ver lo que ha estado haciendo. No creo que a ella le moleste, ya que, como violinista, ha estado expuesta a la mirada del público desde pequeña y, de todos modos, Nadia lo hace todo bien.

Pero, al abrirlo, me doy cuenta de que no es un cuaderno de bocetos. Es un diario. O una especie de diario. No tiene fechas ni horas, ni oraciones ordenadas e informativas. Mi diario de cuando tenía diecisiete años era cuidado y sensible, mi letra reflejaba mi personalidad.

Nadia está más enfadada de lo que yo jamás lo he llegado a estar. Estas páginas están plagadas de garabatos e ilustraciones. Todas las blasfemias habidas y por haber están escritas en letras grandes y coloreadas con trazos furiosos de bolígrafo azul.

Son los garabatos enloquecidos de su monólogo interior, y, evidentemente, son privados.

Debería cerrar el cuaderno. No es mío, no debo leerlo. Siento como si fuera otra persona la que pasa las páginas, mientras las semanas de la vida de Nadia pasan vertiginosamente ante mis ojos. Me detengo en un bloque de texto. Y lo leo.

Vete a la mierda, Harriet. A la mierda tu maldita omnipotencia. Ojalá supieras lo que dicen a tus espaldas, y también desearía con toda mi alma que supieras lo que yo pienso. Soy tu mejor amiga y me aburre tanto, tanto, pero tanto que finjas tener una vida perfecta... Estoy aburrida de que no me escuches. A ti solo te importas tú y tu estúpido novio. Tengo noticias, Harriet, novedades de nuestros patrocinadores. Eres una idiota y tu novio es peor. IMBÉCIL.

Esta última palabra está escrita en gigantescas letras azules que forman burbujas y rompen la una contra la otra. Sé que Harriet es la mejor amiga de Nadia, pero no sabía que estaban enemistadas. Sin embargo, sí recuerdo las idas y venidas de las relaciones adolescentes, las amistades extremas y cómo todo se magnifica durante esos años.

Paso algunas páginas más. No puedo creer que lo estoy haciendo. Trato de convencerme a mí misma de que no estoy buscando mi propio nombre sin mucho éxito.

Encuentro primero el de David.

Hoy tenemos que fingir que David no está casado. Sí, así es. No estoy de coña. En serio, tengo que hacerlo si quiero seguir cobrando mi sueldo.

Grace está en Francia. Gracias a Dios, me pondría de los nervios si estuviese aquí ahora mismo. Blablablá, tonta, blablablá. ¿Es bonito que ella siga enamorada de él después de todo este tiempo? No, no, no, querido diario. Creo que son patéticos.

No sé si reírme por los comentarios tan típicos de Nadia o si enfadarme porque ella cree que somos de todo menos fantásticos. Me digo a mí misma que nadie leyó jamás algo positivo sobre sí mismo en el diario de otra persona. Pero eso no me detiene y sigo leyendo.

El novio casado es bastante simpático. Por lo menos no es prepotente ni me fastidia demasiado. ¡Mierda, la verdad es que está muy bueno! Pero lo mejor de todo es que sabe exactamente cómo hablar conmigo sin portarse como un auténtico imbécil. Y eso que no es profesor. No trabaja con niños, pero sabe exactamente cómo hablar con un adolescente sin convertirse automáticamente en un idiota monumental. ¿Sabes por qué, Grace? Porque vive con adolescentes. En serio. Y tú lo sabes de sobra, joder. Vive con adolescentes y también vive con la madre que los parió. ¿A quién le importa? A mí no. Pero me hace bastante gracia que tú te creas que no lo sé. Me importa una mierda si él está casado o no. Todo el mundo tiene estas movidas. Es cierto, mira mis padres. Todo el mundo se divorcia o finge que tiene un matrimonio feliz aunque sea mentira, incluso ellos. ¿Quién de vosotros dos tiene un nuevo novio o novia? ¿Y cuánto tiempo pasará hasta que alguno de los dos finja y todo se vaya a la mierda? Y entonces ahí estaré yo para decir ¡lo sabía!, ¡mierda!, tremendos imbéciles, si hace más de un año que no compartís cama. ¡Por qué no os divorciáis de una puta vez!

La letra de Nadia parece gritar en la tienda vacía. Me quedo literalmente boquiabierta, totalmente sorprendida ante esta revelación. La idea de que los padres perfectos de Nadia se divorcien es horrible. También lo es que ella esté tan triste y enfadada. La ironía y la culpa me sacuden al mismo tiempo y con la misma intensidad. Me pregunto si estará equivocada. A veces, los adolescentes lo interpretan todo mal. Sin embargo, ha sido muy perceptiva con respecto a David.

Voy al final del cuaderno, las entradas no tienen orden y hay páginas vacías entre bloques de texto apretado y furioso. En la penúltima página encuentro unas palabras que jamás olvidaré.

¿Cómo espera que su hijo aprenda música si está tensa como un palo y el padre del niño no tiene ni remota idea de lo que es una melodía? ¿Por arte de magia?

La realidad es simple, cruel y cruda. Así son las cosas.

Quizá ni siquiera se refiera a mí. Sé que la madre de Nadia tocaba el piano bastante bien cuando era más joven y que su padre no toca ningún instrumento. ¿Pero sabrá que deseo tener un hijo? ¿Le importa? No tiene importancia. Esté o no esté hablando de mí —de todos modos, no está dirigido a mí—, sé que esa oración me perseguirá hasta en sueños. Cuando sigo leyendo, me siento absuelta: «Cuando hagan una estatua a los padres más imbéciles y prepotentes pensarán en ti, querida madre. Sin el maldito bótox y sin maquillaje. Yenpapátambién». Escribe «yenpapá también» todo junto.

Quedo absuelta, pero no por eso soy menos culpable.

Escucho la puerta y levanto la mirada, deseando que sea David. Es Nadia. Cierro el cuaderno, lo acerco al cubo de basura y sacudo las migas de bocadillo de la tapa cuando ella entra.

—No esperaba que vinieras hoy.

—Sí —responde—, me dijiste que viniera toda la semana.

—Pero no te dije que vinieras hoy. Tengo un cliente que vendrá a ver un violín dentro de una hora.

—No importa. —Se encoge de hombros y me quita el cuaderno de la mano—. Sabía que lo había dejado por aquí.

—No sabía que dibujabas —comento mientras ella guarda el cuaderno en su bolsa.

—Sí, bocetos. Algunas porquerías aquí y allá. ¿No lo has abierto?

—No, por supuesto que no. Es tu cuaderno. —Y con la mayor naturalidad del mundo, acabo de mentirle.

Vuelvo a casa feliz. David está sentado frente a la mesa de la cocina, y veo hojas de cálculo y correos electrónicos en la pantalla de su portátil. La radio se oye como ruido de fondo, y llena la casa de noticias del mundo exterior, recordándonos que estamos juntos y aislados en nuestro capullo.

—¿Qué tal el día? —me pregunta, levantando la mirada del ordenador y sonriendo. Tiene un *gin-tonic* con hielo y una fina rodaja de limón en la mano. Junto al ordenador hay un bol con cacahuetes. Parece que vive aquí y que acaba de dar por finalizada su jornada de trabajo.

—Hice algo malo. No debí hacerlo.

—¿Qué hiciste? —pregunta, con la mano sobre la boca mientras come los cacahuetes y habla al mismo tiempo.

—Nadia dejó su diario debajo del mostrador...

—¡No! ¿Lo leíste? —Se echa a reír.

—No te rías. Me siento muy mal. No debí haberlo hecho. Lo abrí porque creí que era un cuaderno de bocetos. —Extiendo la mano para sujetar un cacahuete del bol y David apoya su mano sobre el recipiente. Empuja el bol hacia él.

—Es mío —dice, y me sonríe.

—No leí mucho.

—¿Quizá ella quería que lo leyeras? Tal vez fue una llamada de atención.

—¿Tú crees? —Me aferro al capote que me echa.

—Cada vez que veo a esa chica siento que nadie la escucha. Sus padres son espantosos, son verdaderamente afortunados de tener una hija como ella y no les importa una mierda, solo presumen de sus notas. —Hay algo en David que parece poder aislar la esencia de las personas, identificarse con ellas de manera rápida y efectiva. Supongo que es eso lo que hace que tenga éxito en su profesión.

—Eres mucho más perceptivo que yo. Yo la veo casi todos los días y lo único que hago es envidiarla por su belleza y talento. ¡Me parece tan perfecta! Desearía haber sido como ella.

David no está de acuerdo. Lo expresa agitando un dedo.

—Ah, no. Esa chica está muy enfadada. Eso puede verse de lejos. Está loca de rabia. Está enemistada con el mundo entero.

—Ha dicho cosas buenas sobre ti.

—Cómo no, soy fantástico.

—Ha dicho que estás «muy bueno». —Hago un gesto de comillas con los dedos.

—Es cierto, lo estoy.

Vuelvo a atacar a los cacahuetes de forma infructuosa.

—Parece ser que sus padres se van a divorciar.

—No me sorprende. Esa mujer es insufrible. Solo la he visto en un par de ocasiones y lo único que le interesa es el dinero, dinero, dinero. Y sus mejillas no se mueven cuando habla.

Es cierto. Desde hace algunos años es evidente que la madre de Nadia ha recurrido al bótox, quizá en un intento por arreglar su matrimonio en ruinas. No creo que haya surtido efecto desde ningún punto de vista.

Mi relación con David, aunque poco convencional, ya ha sobrevivido a algunas parejas casadas. La madre y el padre de Nadia son otra pareja que se suma a la pila de fatalidades que hemos visto crecer con el tiempo. Incluso Natalie y Jonny, la pareja que nos presentó, se separó hace dos o tres años.

No soy tan inocente como para creer que el estar separados no influye en la pasión que sentimos el uno por el otro, la relación de convivencia es mejor y vernos con poca frecuencia hace que los momentos que pasamos juntos sean intensos. Sin embargo, estoy convencida de que esa no es la razón principal de que lo nuestro dure.

Pocas parejas comenzaron su relación con el mismo dolor que David y yo, por fortuna para ellas.

Después de haberle dicho a David que estaba embarazada, él no pudo moverse de Francia durante casi un mes. Me llamaba a diario, al menos una vez por día. Nos pasábamos una hora llorando cada uno a un lado del teléfono. En esa hora experimentábamos momentos de esperanza, en los que yo creía que podríamos encontrar una especie de solución —un futuro con verdades a medias—; y otros en los que la cruda realidad de la vida que él ya tenía antes de conocernos nos aplastaba y marcaba el límite que nos dejaba sin opciones.

Él se echaba al hombro toda la responsabilidad y remarcaba siempre que era él quien ya tenía una familia, quien estaba casado, no yo. Pero se necesitan dos para bailar un tango.

Las náuseas no cedían. Empecé a considerarlas un descanso para no pensar, eran casi un consuelo.

El día que comencé a fabricar el chelo diminuto supe que no me sometería a un aborto. Corté las piezas que conformarían el primer instrumento de mi bebé, y mi seguridad comenzó a tomar forma junto a ellas. Debía aceptar que tendría que hacerlo sola y que David, por intenso que fuera su dolor, por válidos y lógicos que fueran sus motivos, tendría que aceptar mi decisión.

Cuando empecé a trazar los puntos de una espiral diminuta sobre el trozo de madera que había elegido para la voluta, supe que, de ser necesario, renunciaría a David. Podía alejarme de él si estaba obligada a elegir entre él y mi bebé.

Los cálculos matemáticos necesarios para reducir el tamaño de un chelo para un adulto a uno para un bebé eran complicados e importantes. Debía reducir cada parte anatómica del chelo sin alterar la acústica y la física de la pieza terminada. Cada lado del instrumento a escala debía funcionar como caja de resonancia, la interacción de la madera y el movimiento de las cuerdas tenía que ser tan exacta como en un chelo de medidas normales.

El primer instrumento de nuestro bebé debía ser perfecto. La idea era que él o ella aprendiera la auténtica belleza del sonido al mismo tiempo que descubría el resto de sus sentidos. No sería música proveniente de un altavoz metálico o de una grabación de baja calidad, sino las notas, intensas y ricas, las que se comunicarían con su pequeña alma.

Las largas columnas de números, las fórmulas y el álgebra me daban solidez. Me aliviaba que aún existiesen constantes inalterables en el mundo. Trabajar en la sucesión de Fibonacci para la voluta me produjo tanta calma y paz que pude respirar con tranquilidad por primera vez en semanas.

Fuera de mi taller me dedicaba a echar un vistazo a las mujeres por la calle, mujeres con hijos, y me preguntaba cómo se las arreglaban, cómo parecían tan normales. Para empezar miraba sus rostros, ¿eran ingenuas como yo o poseían algún conocimiento que yo aún debía aprender? ¿Me sumaría a ellas en igualdad de condiciones cuando naciera mi perfecto bebé?

Después les miraba las manos. ¿Tenían alianzas? ¿Había un surco o una fina marca no bronceada donde en otro tiempo solía haber un anillo?

Con una confianza que por momentos flaqueaba, las seguía por la calle, pensando: «Si ellas pueden, yo también podré».

David está en la cocina preparando la comida. Me dice que me vaya arriba y me dé un baño mientras él llena la casa de aromas sabrosos y de la ilusión de una vida completamente normal. Me recuesto en el agua caliente y me deshago del olor a barniz, del polvo de mi taller, y escucho el ruido de ollas en la cocina; es como si él siempre estuviera aquí y solo aquí.

Bajo para ver si falta mucho para cenar. Estoy envuelta en una toalla y tengo otra más pequeña alrededor de la cabeza, como un turbante. Me encanta esta familiaridad, la informalidad.

Pero la escena que adivinaba a través de las tablas del suelo se terminó. David está guardando el portátil en su maletín, y sé de inmediato que se marchará.

—Mi hijo lo sabe.

Me quedo atónita. Permanezco muy quieta en la cocina, con las manos colgadas a los lados de mi cuerpo. No soy capaz de hablar, ni siquiera sé qué decir.

—Vio el vídeo. En un enlace de Twitter. —David cierra la cremallera que rodea el maletín. Produce un ruido largo y fuerte en mitad del silencio—. En Francia.

Me imagino el intercambio de palabras en francés que debió haber ocurrido mientras yo estaba en el baño. En mi cabeza surge una imagen de ellos como si fuesen dos insectos diminutos, fragmentos de conversación que se deslizan por debajo del frigorífico, algunas vocales se meten rodando debajo de la encimera y del armario, y las consonantes corren para escabullirse debajo de la mesa como arañas.

—¿Cómo... él...?

—Su madre me acaba de llamar.

—¿Qué va a pasar ahora?

Él se acerca a mí. Su rostro está lívido; su voz, quieta. Suspira, es un suspiro apasionado y terrible.

—Gracie, no lo sé. Es como si una maldita bomba hubiese estallado. —Inspira profundamente.

Imagino una explosión que arrasa a su familia: las preguntas, los gritos, nadie entiende qué se supone que está pasando en el dichoso vídeo.

Me pregunto si su mujer querrá saber si esa soy yo. Supongo —aunque nunca antes me había hecho esa pregunta— que ella no sabe nada de mí, aparte de que existo.

Yo sé algunas cosas sobre ella. Sé que es francesa y abogada. Sé que tiene tres hijos, un hogar en Estrasburgo y una familia como la de mis sueños. Sé que es la pelirroja y que me la crucé en la fiesta de Jonny y Natalie. Ella es la mujer que se iba a casa porque no se encontraba bien.

Sé que ella y su marido tienen un pacto de silencio, un contrato de comportamiento según el cual sus hijos van primero. No sé cómo reaccionará ella si esa peculiar confianza se rompe. David tampoco lo sabe.

—¿Qué vas a hacer? —le pregunto. Después de tantos años, ambos sabemos que la respuesta no es que se queda conmigo y que aprovecharemos la oportunidad para anunciarle al mundo nuestra relación, con audacia y claridad. La experiencia me ha enseñado que debo tener en cuenta a sus hijos, que yo también debo desear lo mejor, y solo lo mejor, para ellos.

—No sé cuándo voy a volver, mi amor. Tendré que limpiar los destrozos. Vio el vídeo, me reconoció de inmediato y, además, tiene la edad suficiente como para deducir que yo estaba *avec une amie* si lo mira con detenimiento.

David me aprieta entre sus brazos.

—Mi niña preciosa. —Más suspiros atormentados—. Por fin todo va a estar bien... ¿Cómo sigue?

—... si no está bien, no es el fin del mundo. —Conozco las palabras. Aún creo en ellas, si bien algunas veces debo pintarme una sonrisa en el rostro para pronunciarlas.

Comparo cada dificultad, cada obstáculo o impedimento con nuestros dos primeros meses juntos, diez semanas horribles, y pienso que, si fuimos capaces de superarlas, podremos atravesar cualquier problema. Podremos sobrevivir. Se necesitará paciencia, tiempo y confianza, pero podremos conseguirlo.

7

Mis padres renunciaron a todo para cumplir mi sueño de ser violonchelista. Sus vacaciones consistían en fines de semana en la playa en caravanas u hoteles baratos, y su vida social —si es que alguna vez la tuvieron— se reducía a las conversaciones que mantenían con los demás padres mientras esperaban en el aparcamiento mientras nosotros nos examinábamos o ensayábamos, y, más tarde, con todo el orgullo del mundo, también charlaban en las salas de conciertos y en los estudios. No tenían placeres ni lujos, todos ellos eran para mí. Sus necesidades eran tan frugales que mi padre pagó más por mi chelo que por el coche familiar. Y todas las alegrías que tenían, cada triunfo, era mío o estaba relacionado conmigo. Trabajaban horas extras. Mi madre tenía un trabajo de limpieza por las mañanas, para sacarse un extra con el que pagar mis lecciones, las cuerdas, el reencintado de arcos y los viajes para que tocase en conciertos. Mi padre escuchaba todas las mañanas mi primer ensayo del día mientras me preparaba el desayuno, con el mono azul de mecánico desabotonado en la pechera. «Para no sentir el frío cuando salga», decía, y luego se abotonaba la parte de la chaqueta sobre la vieja camiseta blanca.

Mi madre trabajaba en una tienda durante todo el día y volvía a casa justo a tiempo para prepararme el té y escuchar las dos horas siguientes de ensayo. Eran personas normales y corrientes, un poco mayores que la mayoría de los padres. Comían de forma sencilla y desempeñaban tareas convencionales. Postergaron todos sus deseos por mí.

Cuando les envié las entradas para el recital, después de haberles dicho una y otra vez lo que significaba ser uno de los cinco músicos que representaban a Nikolai Dernov, mi madre se recorrió nuestra calle de un lado a otro, yendo de puerta en puerta para contarles a todos sus vecinos lo que yo estaba haciendo, lo que había logrado. Sin duda, nuestros vecinos, en su mayoría, no tenían ni idea de qué estaba diciendo, pero su orgullo y entusiasmo les transmitía todo lo que necesitaban saber.

En la última carta que me escribió antes de, supuestamente, venir a mi concierto —a la muestra de Nikolai—, mi madre me describió, con palabras colmadas de culpa, segura de que no tendría que haber gastado el dinero en sí misma, el vestido que se había comprado para la ocasión. «Es de un azul muy pálido, amor —decía la carta—, y es tan largo que tengo que ponerme tacones para que no me arrastre. ¡No me has visto jamás con un vestido así, y tu padre tampoco!» Se vestía como una princesa porque creía que sus sueños se habían cumplido.

Todavía me rompe el corazón saber que nunca llegó a ponerse ese vestido.

Estar embarazada suavizó mis impulsos, pero también me volvió inflexible con respecto a mi determinación. Tenía treinta y dos años, y, en los últimos doce, habían pasado tantas cosas que, por primera vez, pensé que era el momento y me permití recomponerme. Le expliqué a David, en largas noches enganchados al teléfono, que mi sueño en el conservatorio había salido mal, que creí que nunca podría curarme de tanta humillación, del impacto y la desilusión que sentí cuando fui expulsada. No era lo suficientemente buena, y esa revelación me había pillado por sorpresa. Le conté también que Nikolai Dernov me había robado toda mi confianza con su frustración por no poder enseñarme, y que, desde entonces, tocar ante cualquier persona me resultaba imposible.

Perder a mis padres cuando todavía tenía veintitantos años agravó mi sensación de fracaso y, cada vez con más frecuencia, me encerraba para tocar el chelo —a solas— como estrategia para sobrellevar el dolor; tejiendo a mi alrededor una fortaleza con mi música. Se había convertido en hábito, tanto que dejé de darme cuenta de que lo era. Disponerme a fabricar el pequeño chelo para mi bebé me hizo cambiar. Me permití ser feliz, aunque apenas pudiera retener los alimentos y me pasara la mayor parte del día dando sorbos de agua y deseando que el mundo dejara de dar vueltas frente a mis ojos.

No compartí esta felicidad con David, ya que era privada, ni tampoco le conté nada sobre el chelo diminuto que estaba creando.

Gracias a mis libros sobre el embarazo supe que un feto comienza a desarrollarse a partir de la columna vertebral, igual que un instrumento de cuerda, que empieza a fabricarse a partir de la parte trasera y va tomando forma gracias a fajas, hombros y cuello. Nunca he empezado un proyecto con tanto entusiasmo. Ni con tanto amor.

Dibujé el contorno de la parte trasera diminuta, lo recorté con una clásica silueta bresciana, era poco más grande que mi mano. Cepillé un trozo de arce surcado por preciosas vetas hasta convertirlo en fajas tan delgadas que eran flexibles. En ese momento sonó el teléfono en la parte delantera de la tienda.

—¿Señora Atherton?

—Soy yo.

—Me llamo Shelley. Soy su comadrona.

Todo era real. Nosotros —el bebé y yo— teníamos una aliada.

—Le llamo de parte de su médica. ¿Está embarazada de ocho semanas?

—Nueve. Casi nueve. —Ocho semanas y cinco días. Estaba tan orgullosa que contaba mi logro por horas.

—En circunstancias normales no marcaríamos una cita tan temprano, pero su médica está preocupada por su hiperémesis.

—¿Cómo dice? —Siento una ráfaga de preocupación por mi bebé, el gruñido de la leona en mi interior.

—Náuseas excesivas. Ella ha mencionado que se encuentra muy descompuesta.

Sentí alivio.

—Sí, todo el día, y toda la noche también. Nunca dejo de sentir náuseas.

—Estará agotada.

Escuchar que alguien se preocupaba por mi salud y, aun así, era positiva con respecto a mi embarazo fue fantástico. David se preocupaba constantemente por mi incomodidad, pero suponía que pronto terminaría.

—Si pudiera acercarse al centro en los próximos días, podríamos revisar sus datos, ingresarla como paciente. Y después...

Percibí la leve pausa en su voz.

—... le haremos una ecografía. Para quedarnos tranquilas. La hiperémesis es común en embarazos múltiples.

—¿Mellizos?

—Es una posibilidad.

Dos días antes de la ecografía, a las nueve semanas y cuatro días, las náuseas cesaron tan abruptamente como habían comenzado. Parecía como si las náuseas finalmente se hubiesen dado por vencidas, aplastadas bajo mi optimismo entusiasta.

David y yo éramos como un disco rayado. Cada conversación nos llevaba al mismo sitio, hacía que la distancia entre nosotros fuera mayor y que, al mismo tiempo, el deseo de estar juntos se volviera más intenso.

Ingresé en el hospital bajo la tutela de una comadrona diferente de la que me había llamado; Shelley estaba ocupada con un parto. Imaginé cómo sería estar en la misma posición, en este mismo edificio, dentro de solo seis meses y medio.

La sala de ecografías olía a metal. Me tumbé en la camilla y un técnico sonriente untó mi vientre todavía plano con gel transparente y frío. Con firmeza, hizo rodar un bulbo de metal, como un bolígrafo con una bolita de metal gigante, sobre mi estómago. La pantalla moteada adquirió la forma de mi útero, que reconocí gracias a mis libros y folletos, y allí estaban.

Los dos.

Dos habichuelas idénticas. Ambas muertas como huesos de cereza.

8

Nuestra historia quedó escondida detrás de las cajas como las piezas perdidas de ese chelo que fabriqué hace ya tanto tiempo. Es un pasado incómodo, pero es el único que tenemos. No podemos cambiarlo, solo construir sobre él. Todo lo que nos ha sucedido es parte de la inversión que nos permite continuar hacia delante. Seguimos nuestro camino surcando a cada paso una tristeza infinita que nos unió como ninguna otra cosa podría haberlo hecho.

Ahora ayudo a que David se prepare para marcharse. Desde mi casa estamos a solo veinte minutos de la terminal del Eurostar, y cuando vamos a París siempre cogemos el tren. En esta ocasión, David debe darse prisa para llegar a Estrasburgo, así que el avión es su única opción.

Aparco en el carril habilitado para dejar a los pasajeros en el aeropuerto. Este será un adiós tenso y apresurado. David querrá terminar pronto.

—Gracias por traerme, amor. Siento estar de tan mal humor, estoy hecho polvo.

—No pasa nada, te entiendo perfectamente. Seguiré estando aquí cuando vuelvas.

Ahora estamos fuera del coche y me pongo de puntillas para darle un beso. Me sujeta de las manos y me besa las palmas.

—Entra conmigo, ven al aeropuerto. Así tendremos algunos minutos más.

—No, me pondrán una multa. O se llevarán mi coche.

—No se lo llevarán. —Me levanta, me aprieta contra su pecho y me da un beso largo e intenso.—. Yo pagaré la multa. Vamos. Dame cinco minutos más.

Pienso en apartarlo entre risas y en pedirle que sea sensato; en cambio, engancho mis brazos alrededor de su cuello y seguimos besándonos.

Él me levanta del suelo.

—Ojalá no tuviese que irme. Ojalá acabara de llegar y nos estuviéramos yendo a casa.

Nunca dice ese tipo de cosas. Normalmente no se permite comparar una vida con la otra, hacer promesas vacías o hablar de temas imposibles. Los nervios hacen que se tense.

—Está bien —respondo, y le cojo la mano—. Esperaré contigo mientras facturas tu equipaje, pero si mi coche ha desaparecido cuando vuelva, tendrás que bajar del avión para resolverlo.

—Trato hecho —dice, y cierro el coche con el mando mientras me alejo.

Él no se despega de mí cuando entramos en el aeropuerto. Pero no tardamos mucho tiempo porque, después de toda una vida entre aviones y trenes, David termina los trámites en un abrir y cerrar de ojos; rara vez pierde diez minutos. Alrededor de nosotros, los turistas hacen cola y unos niños pequeños se sientan, malhumorados, sobre las maletas. David no es la única persona en la cola que solo lleva su portátil como equipaje, pero sí es el único vestido con traje y concentrado en una apasionada despedida.

Generalmente no hacemos este tipo de demostraciones de afecto en público. Se nos da bien despedirnos, y también se nos da bien volver a reunirnos. Supongo que, dadas las circunstancias, de pronto represento la estabilidad para él. Cuando viene a mi casa se siente tranquilo, es el hogar donde todo sigue siempre igual y eso le aporta calma.

Dos adolescentes estadounidenses, con mochilas y gorras de béisbol, nos están señalando.

—Estás ofendiendo a la juventud con tus manifestaciones públicas de afecto —murmuro en su oído.

—Están celosos.

—Vete de una vez a pasar el control de seguridad. Tú puedes. —Hago como que lo empujo.

Él vuelve a levantarme en el aire.

—Voy a echarte muchísimo de menos. Te quiero.

—Yo también te quiero, pero van a ponerme una multa. —No suelo infringir las normas; me pongo nerviosa cuando lo hago—. Además, esos chicos no dejan de mirarnos. ¿No prefieres que nos volvamos a casa?

—Eso desearía, mi niña preciosa —responde—. No puedes imaginarte cuánto lo deseo.

Cuando por fin nos separamos, los adolescentes ya no están haciendo muecas. Me alejo de David sin mirar por encima de mi hombro. Darme la vuelta para verle antes de que se esfume es demasiado difícil. Nunca lo hago.

Paso por el supermercado de camino a casa. Mi vida es diferente cuando David no está. Compro comida basura, el tipo de alimentos que comía mi familia, en lugar de ensaladas y pescado fresco como le gusta a David. Toco mi chelo.

Ya es tarde, se está haciendo de noche. Recorro los pasillos del supermercado y miro a la gente, y me pregunto qué otra persona tendrá un amante que ha regresado junto a su verdadera familia.

Como testimonio de mi estilo de vida, paso más tiempo del habitual en el pasillo de los vinos. Lo cierto es que me resultó fácil elegir la fruta y la verdura, los días vividos en Francia hacen que siempre me desilusione en los supermercados ingleses. Echo de menos las fresas ácidas y el olor a melón maduro que despiertan mis sentidos en Francia.

Cojo algunas botellas de precio razonable del estante de vinos. No me llevo el vino más barato, para evitar la resaca y los labios manchados, pero tampoco escojo el que David compraría. Delante de mí hay un grupo de adolescentes. A juzgar por el contenido de su carrito, es evidente que están organizando una fiesta. Llevan patatas fritas y botellas, la omnipresente botella grande de plástico oscuro de sidra y la de cristal transparente de vodka. Espero que haya mucha gente invitada a esa fiesta.

—Grace. —Una de las adolescentes que está en mitad del grupo, fuera de mi campo de visión, es Nadia.

—Nad, hola. Qué raro encontrarte aquí. —Con una sonrisa señalo mi carrito. Cuatro precocinados y cinco botellas de vino, un paquete de galletas de queso y una bolsa de manzanas—. ¿Estáis organizando una fiesta?

—Es el cumpleaños de Harriet. —Nadia señala a la chica que está junto a ella—. Ella es Harriet.

—Querrás decir, ella es Harriet, mi mejor amiga —añade la chica, y se ríe. Su acento es refinado. Es evidente que va al mismo instituto que Nadia.

—Ella es Harriet, a quien le encantaría ser mi mejor amiga —corrige Nadia.

Les sonrío a ambas y recuerdo el diario de Nadia. Espero no ruborizarme.

—No quiero parecer una vieja, pero ¿no creéis que ya habéis cogido suficientes botellas? —Enarco las cejas, pero dejo claro que soy amiga, no enemiga.

—No es todo nuestro. Nos vamos de campamento, todo el grupo. —Hay otras tres chicas con ellas, y dos chicos se pasean al otro lado del pasillo.

—Y no son para Nadia. —Harriet hace una mueca—. Ella es demasiado santita para bebérselas.

Nadia agita la cabeza.

—Dejé de beber hace un tiempo. Y Harriet no lo soporta.

—No soporto lo aburrida que te has vuelto. —La sonrisa de Harriet es maliciosa.

—¿Lleváis perritos calientes? —pregunto, tratando de cambiar de tema—. Tenéis que llevar perritos calientes. Y beicon.

—Soy vegetariana —me informa Harriet, y me mira con tan mala cara que me alegro de que no sea la mejor amiga de Nadia en este momento. Harriet tiene el pelo largo y rubio, y marcados aires de superioridad. En mi instituto también había muchas chicas como ella. Por un lado, las despreciaba, pero por otro deseaba ser como ellas. Sentí lástima por Nadia.

—¿Tengo que ir a trabajar el sábado? —pregunta.

—Ah, no estoy segura. David se ha ido antes de lo previsto.

Debo decir, en su favor, que ni se inmuta. Cuando se retiran, me pregunto si le contará a Harriet adónde se fue David.

—No importa, iré de todos modos. Quiero contarte algo —dice.

—De acuerdo, Nadia. Genial —respondo, antes de recordar que seguramente querrá que hablemos sobre mis razones para no tocar el chelo en público. Después me odio a mí misma por haber dicho «genial» delante de la glamurosa Harriet, no sé qué es peor.

En una pausa entre un pensamiento y otro, me doy cuenta de que Harriet seguramente me habrá criticado hace ya mucho tiempo. Me habrá mirado de arriba abajo, habrá observado mis bailarinas planas, mis vaqueros y la camiseta algo descolorida que llevo puesta. Se habrá preguntado por qué no llevo maquillaje o por qué tengo el pelo tan corto. Quizá decidirá que soy demasiado vieja para llevar aros brillantes en las orejas y cardarme el pelo. Echará un vistazo a mi mano y, al mismo tiempo, verá si tengo bien pintadas las uñas y si llevo alianza.

Quizá se impresione más cuando Nadia le cuente que tengo un amante.

Cuando llego a casa cojo una manzana, la corto en cuatro trozos y los coloco en un plato junto con algunas galletas. Abro una botella de vino y llevo todo a la sala.

Mi cuerpo se muere por tocar el chelo, pero quiero encontrar la pieza correcta. Muerdo la manzana y busco entre las partituras. Tengo estantes repletos de ellas. Todo mi pasado está grabado allí, con anotaciones entre los pentagramas o garabatos donde debo acordarme de alzar el arco o mover los dedos en una posición extraña para alcanzar el espacio entre una nota y la siguiente.

A veces encuentro notas garabateadas como «comprar queso» o «reunión con Mike el lunes». La letra muestra la edad que tenía cuando escribí los mensajes. Colecciono partituras desde que era joven. Ni siquiera recuerdo quién es «Mike».

Saco el chelo de su base y desatornillo la pica. No tengo necesidad de medirla, aunque sé cuánto tiempo tardé en acomodarla cuando era niña. Aprieto el tornillo y rasgueo las cuatro cuerdas para ver cuánto se desafinaron durante los dos últimos días. No está mal. Ajusto los afinadores en el cordal y no uso las clavijas. El sonido podría ser peor.

Me pongo nerviosa cuando no toco. Es algo que he hecho casi todos los días de mi vida desde que tenía ocho años. Es más que nada un hábito. David siempre se da cuenta de que estoy nerviosa, y es otro de los motivos por los cuales ambos desearíamos que yo pudiera tocar con público. No le he contado que elegí una melodía cuando él estaba en la cama; tenía la intención de hacerlo.

Ajusto mi arco, le unto colofonia y comienzo a tocar. Soy, y tengo, todo lo que necesito.

Lo que más me interesa de la música, y lo que más me gusta, son las melodías tradicionales con variaciones escritas por distintos compositores. «La Follia» es uno de los ejemplos más comunes: existe una versión popular —y maravillosa— de Corelli, la que me llevó a ver David esa noche en París. Hay otra, alocada y asombrosa, de Vivaldi. Liszt, Beethoven y Handel también han escrito versiones sobre ese tema. Me encanta que esos temas musicales, y todo lo que representan, se transmita a través de los siglos, que nunca pierdan brillo. Casi no existen compositores que no hayan tomado prestada alguna melodía de la música folclórica. Desde Bartók y las danzas populares rumanas, hasta Vaughan Williams y «Mangas verdes». He estado coleccionando partituras, y tocándolas, desde hace décadas. De haber recibido mi título en el conservatorio, ese habría sido el tema de mi disertación, con listas repletas de ejemplos, toda mi experiencia de tocar las partituras y todos los motivos por los que son tan maravillosas.

Encuentro la melodía de la versión de Vivaldi, pero no tengo energía para tocarla. El final requiere bastante esfuerzo físico, y hoy no estoy en condiciones.

Doy un sorbo a mi copa de vino y trato de recordar una pieza. La reconozco apenas veo la ajada partitura. «Libertango», un tango argentino que rezuma pasión y tristeza, creado por Astor Piazzolla. Esta pieza no es conmovedora, ni triste, ni *sotto voce*; ni siquiera es tan buena.

Al principio la toco tal cual aparece en la partitura. Luego, después de un buen sorbo de vino y de secar las gotas de sudor de mi frente, toco con un acompañamiento de piano que tengo en un CD. Toco rápidamente, cada vez más rápido, y la melodía se me sube a la cabeza como una droga.

Pongo otro CD. La botella de vino ya está por la mitad. Suena Grace Jones cantando «I've Seen That Face Before», también es el «Libertango», y toco muy fuerte, por encima de la grabación.

Cuando termino estoy sin aliento, riéndome. Le envío a David un mensaje de texto:

Llévame a Argentina. Es una necesidad, no un deseo.

Me responde casi de inmediato:

La prensa francesa me ha encontrado.

9

Esa noche no hago más que beber vino y navegar por Internet. Me termino la botella antes de encontrar lo que estoy buscando. Escribo mal las palabras en francés y no consigo que mi ordenador ponga los acentos en los lugares que corresponde. La búsqueda sería más fácil en inglés, pero, por supuesto, las webs de Reino Unido no dicen nada sobre toda esta historia.

Me cuesta admitirlo, pero lo que realmente quiero es ver una foto de la mujer de David. Me pregunto también si querría verla de no estar borracha. En mi interior siento un golpe repentino, un baño de realidad, cuando encuentro la foto.

La mujer de David ha envejecido muy bien. Apenas ha cambiado desde la noche en que la vi en la fiesta de Jonny y Natalie. El recuerdo que tenía de ella era certero: alta y delgada, cuidada y elegante. Afortunadamente, no se parece en nada a mí. Siempre he tenido confianza en que David no buscaba una versión más joven de su esposa, pero, de todos modos, es agradable confirmarlo. Ella y yo somos diferentes en todos los sentidos.

En la foto que encuentro en Internet están uno al lado del otro. Nada en su lenguaje corporal sugiere ningún tipo de intimidad, ni pasada ni presente. Están de pie, casi hombro con hombro, con las manos a los lados del cuerpo, pero sin tocarse. Ella es tan atractiva como él. Su boca tiene expresión decidida o de desagrado.

La mujer de David parece enfadada, aunque, a decir verdad, yo también lo estaría si los medios hubiesen invadido la privacidad de mis hijos, si el mundo entero estuviese haciendo preguntas incómodas sobre mi marido. El pie de foto la presenta como la «Dominique-Marie Martin, prestigiosa abogada de Derechos Humanos». En la fiesta de Natalie me la habían presentado como Marie. Yo daba por sentado que ella habría tomado el apellido de su marido, pero era evidente que no había sido así. David solo se refiere a ella como «mi mujer» o como la madre de sus hijos. Ahora me doy cuenta de que, hasta este momento, no conocía su nombre.

Abro la segunda botella de vino y reanudo la búsqueda.

Ya había buscado en Internet datos sobre ella. Busqué «Marie Hewitt», el apellido de su marido y su segundo nombre. No encontré nada digno de mención y, por supuesto, me quedé satisfecha.

Al buscar «Dominique-Marie Martin» surgieron casos judiciales y transgresiones internacionales que ella había resuelto. Su ojo para detectar injusticias es respetado en todo el mundo.

Pincho en las imágenes en las que sale. Sale perfecta en todas: su ropa, sus zapatos, su pelo; todo es impecable. No hay fotos de sus hijos —eso lo agradezco—, ni tampoco encuentro más fotos de ella y David juntos.

Un especialista en relaciones públicas mantiene a David lejos de fotos y comentarios de los medios. Es fundamental que los traductores de su nivel mantengan un perfil bajo. Hay algunas imágenes corporativas donde él aparece —muy guapo, con una presencia increíble—, pero su mujer aparece en muchísimas más. Me pregunto qué diría si supiera que busco, que investigo el lado oculto de su vida, cruzando un límite que establecimos por acuerdo tácito. Me siento mal por conocer detalles sobre la mujer con la que está casado.

Cuando era niña, «La caja de Pandora» era uno de mis cuentos favoritos, y ahora, desería haberle prestado más atención.

Estoy borracha y sensible, pero por lo menos nadie puede verme. La mujer de David siempre ha tenido lo mejor de él, no es culpa de nadie. Pero desde el segundo lugar que ocupo, me siento desterrada.

El día en que perdimos a nuestros bebés, David vino desde Francia para verme, con tanta prisa que olvidó quitarse la alianza del dedo. En el período posterior de nuestra tristeza, cuando esperábamos para volver a casa, las comadronas hablaban de él como si fuera mi marido, y extendieron las condolencias a ambos en lugar de solo dármelas a mí.

También fue una pérdida para él. David era inflexible en cuanto a querer poner fin al embarazo, solo porque sabía, por experiencia, que amaría a los bebés tanto como yo cuando nacieran. Cuando debieron haber nacido.

Nuestras vidas cambiaron mucho mientras estuvimos en el hospital. Entramos siendo dos personas diferentes que luchaban por una posibilidad y salimos, menos de veinticuatro horas después, como una pareja despojada de toda posibilidad.

Dejamos el hospital a plena luz del día, pestañeando como si acabásemos de salir del cine, sin poder creernos lo ocurrido. Cuando llegamos a casa, verdaderamente agotados, David me preguntó si le echaba azúcar al café.

Durante la noche me desperté y descubrí que lo que en tres cortas visitas se había convertido en el «lado de David» estaba frío y vacío. Caminé en silencio hacia la sala. Él estaba sentado en el sofá, inclinado sobre un vaso de whisky que estaba apoyado sobre la mesa de café frente a él. La habitación estaba a oscuras y la inquieta luz del televisor iluminaba su rostro. Había bajado el volumen y el silencio envolvía la casa.

Levantó la mirada cuando entré.

—Lo siento mucho. Todo esto es culpa mía. Yo lo hice.

Me senté a su lado y me arrebujé más en mi camisón. Mis hombros estaban encorvados por el peso de la desilusión.

—Son cosas que pasan —dije. No lo dije con sinceridad, no entonces.

—No son cosas que pasan. Yo les hice esto.

«Les», en plural.

—¡Por Dios! —Bebió el whisky de un solo trago—. Haría lo que fuera por volver el tiempo atrás. Absolutamente cualquier cosa. —Estaba más que borracho.

A su lado, me encogí de hombros bajo una sombra de consentimiento.

—Fue el estrés. Te presioné demasiado. Lo hice todo mal.

Me incliné hacia él y me abrazó. Le conté lo del chelo diminuto y lloró. Le confesé todos mis deseos, todas las promesas que me había hecho a mí misma y que tenía escondidas para que él no me odiara.

La única persona a la que terminó odiando fue a sí mismo.

—Me siento tan culpable... He destrozado tantas vidas... ¡mierda! Nunca podremos recuperarlos.

—No fue por eso —murmuré—. No murieron porque yo estuviera preocupada, porque, en realidad, yo no te creí. No iba a abortar.

—Gracie, fue culpa mía. Debí haberte apoyado. Debía haber encontrado una manera. Encontraré una forma. Después de esto, de esta lección tan difícil, yo no..., no volveré a ser tan imbécil. He sido muy egoísta. —David se inclinó y se sirvió más whisky—. ¿Quién mierda me creo que soy?

Levantó el vaso hacia mis labios y yo asentí. Odio el whisky. Tragué con fuerza, un trago enorme, y sentí el ardor en mi garganta. Bebí otro sorbo.

—Tengo que contarte algo. Es una cagada. Soy totalmente responsable de todo esto. Soy tan imbécil.... —Puso su mano sobre la mía y apretó mis dedos.

—Espera. —Me levanté y busqué otro vaso. Lo llené de whisky hasta la mitad y bebí. El dolor en mis fosas nasales me hizo sentir viva, como si todavía hubiera en mi interior capacidad de reacción. Me ardieron los ojos, la nariz me quemó, y volví a beber.

—Quise contártelo cuando nos conocimos. En nuestra primera noche. Pero fue la noche más mágica de mi vida..., no quise estropearla. No quise destruirnos.

Empezó a llorar con fuerza y apretó mi cara contra su mejilla. Sus lágrimas pegaron nuestra piel.

—El invierno pasado yo no te conocía. Entonces tomé decisiones que no te incluían a ti. Jamás volveré a hacerlo.

Se tapó el rostro con sus manos grandes. Estaba temblando.

—Grace, mi mujer está embarazada de seis meses.

Me destrozó por completo. No entendía nada, no podía hacer nada. Sus palabras me destrozaron.

—Le he contado que he conocido a otra persona. Ella entiende que nuestro matrimonio, tal como lo conocíamos, está acabado. Pero no puedo abandonar al niño, Grace. Por favor, lo siento mucho. Por favor, dime que puedes perdonarme.

Empecé a empujarlo, pero él me abrazó con fuerza.

—Creí que no tendría que contártelo hasta que todo terminara. Estaba paralizado... Tenía tanto miedo de perderte. Todavía tengo miedo de perderte.

David continuó pensando en voz alta. El futuro hijo de David y su mujer, ese bebé vital, saludable, había sido un intento desesperado para salvar una relación que, sin embargo, había muerto. Él no había encontrado el momento para decírmelo.

Yo aún no estaba lista para recibir esa noticia.

Hicimos muchas promesas bajo la triste brisa de esa noche, tomamos decisiones a la sombra de nuestros corazones destrozados, decidimos seguir adelante.

David pudo quedarse diez días, uno de los períodos no planeados más largos que pasamos juntos. Erigimos nuestra relación a partir de esas cenizas, le enseñamos a sujetarse sobre sus pies temblorosos, a caminar con sus piernas lastimadas.

Durante las semanas y meses siguientes, David y yo empezamos a creer que llegaría un momento —un futuro— en el que tendríamos nuestra propia familia, en el que conseguiríamos que todo funcionara. Parecía importante no darse prisa, dejar que nuestras vidas fluyeran y se desarrollaran juntas. Una parte de nosotros sentía que debía haber un período de duelo por los bebés que habíamos perdido, que debíamos forjar una base estable antes de pensar en formar una familia. Tener un hijo sola no era lo que yo quería, y perderse el crecimiento diario de su hijo hubiese atormentado a David.

Pero una idea romántica en mi interior, enterrada en lo profundo de mi ser, escondida y alejada de toda lógica, creía que nuestros hijos llegarían cuando fuera el momento. David compartía mi confianza hasta el extremo de que decidimos dejar de usar métodos anticonceptivos, no evitar otro embarazo deliberadamente.

La infertilidad secundaria —la inexplicable incapacidad de concebir después de un embarazo anterior— es una amante cruel. He soportado todas las pruebas habidas y por haber durante los últimos años y no existe razón evidente que explique por qué no puedo quedarme embarazada.

Sabemos que David no tiene ningún problema porque su tercer hijo nació en Francia apenas doce semanas después de haber perdido a nuestros mellizos.

10

Me despierto temprano y con resaca. Me arrepiento de mis actividades nocturnas en todos los aspectos. Cuando arrastro los pies hacia la sala y recojo mi vaso y la segunda botella de vino medio vacía, mi chelo me observa, acusador, desde el rincón.

Anoche no le envié ningún mensaje a David; es lo último que necesita. He reservado los días siguientes para trabajar en el lustre final de mi chelo de Cremona, pulir las últimas imperfecciones diminutas y tocar toda veta con un cepillo tan fino que casi ni se ve. Será una tarea meticulosa que exigirá toda mi atención.

El concurso será en octubre, justo dentro de ocho semanas, pero tendré que embalar y enviar el chelo dos semanas antes de la exhibición de instrumentos y del comienzo de la competición. Para poder enviarlo, el barniz debe estar duro como una piedra. El más delicado movimiento hará que el chelo se frote contra el interior suave del estuche —aunque sea un estuche perfecto—, y la más mínima tara o mancha podría costarme la participación en el concurso.

Antes, la tienda y mi chelo eran todo lo que tenía, pero al conocer a David gané perspectiva, me demostró lo vacía que era antes mi vida. Cuando él y yo nos vayamos a vivir juntos tendré que dejar la tienda: tendremos que vivir en Francia, ya que es donde están sus hijos, por lo menos por ahora. Su lengua materna es el francés, aunque me ha dicho que hablan inglés a la perfección. David y yo hemos decidido que él les hablará en francés a nuestros hijos, para que no se sientan excluidos cuando sus medio hermanos hablen entre sí. Mi lista de espera no me garantiza que mis clientes me seguirán adondequiera que vaya. Sé que no hay muchas posibilidades —aunque David me recuerda constantemente que los clientes son los mismos en cualquier sitio—, pero vale la pena intentarlo. Sobre todo, cuando pienso en Cremona y en el concurso, me encanta que él tenga suficiente fe en mí como para creer que puedo ganarlo. Su fe es contagiosa, y yo estoy tan entusiasmada como él. He pasado demasiado tiempo sin correr riesgos en mi vida, sin atreverme a saltar por miedo a caerme. Ahora sé que David me protegerá.

Por mucho que el chelo me necesite, no puedo ocuparme de él hasta más tarde, si es que hoy me queda tiempo. Llamo a Nadia y le pido que venga. Por lo visto sus planes de fiesta se vieron interrumpidos por peleas internas y riñas entre amigas, pero ella está feliz de ganar un poco de dinero y de alejarse de sus compañeras.

Oficialmente me tomo el día de descanso. Antes de volver a la cama una hora más, consulto Internet para ver hasta dónde ha llegado hoy la noticia. Parece que David lo tiene todo bajo control. Con suerte solo saldrá mañana en los periódicos de menor circulación y todo quedará en el olvido antes de que alguien salga herido.

Más tarde salgo a caminar por las colinas ventosas. Asciendo sin aliento hasta la cima de una colina empinada, y me doy cuenta del poco ejercicio que he hecho en las últimas semanas.

La vista desde la cima es sensacional: campos enteros de semillas de colza maduras y amarillas entremezcladas con las primeras amapolas se extienden justo debajo de mí hasta una distancia lejana. Este año fue lluvioso, y los árboles verdes aprovecharon las lluvias al máximo. Los colores son los de un edredón de niño, cosidos con setos frondosos y puertas de cinco barras como las de los libros de cuentos. Intento sacar una foto con mi teléfono para enviársela a David. Aquí arriba no hay señal y, de todos modos, la cámara es demasiado pequeña para capturar lo que mis ojos aprecian; no le hace justicia al paisaje. Tendré que contárselo cuando vuelva.

Cuando llego al coche, mi teléfono vuelve a tener cobertura y me llega un mensaje de texto de David.

La situación es muy complicada, mi amor. Hago todo lo posible por resolverla. Estoy exhausto.

Supongo que para David será más fácil irse de su casa si yo voy a París. Hago una nota mental para hablar con Nadia cuando la vea. Todavía quedan quince días de vacaciones de verano, y estoy segura de que a ella le vendrá bien un poco de dinero extra.

¿Puedes ir a París, encontrarnos allí?

Pulso enviar, pero la señal todavía es errática y el mensaje se niega a salir.

Paso por la tienda camino a casa.

El cielo muestra un crepúsculo amarillento de verano, y las luces de la calle comienzan a encenderse en la plaza del mercado fuera de la tienda. El escaparate está precioso iluminado suavemente desde atrás. Nadia cerró la tienda y apagó las luces principales por mí, lo cual aporta encanto a este pequeño centro. He puesto en exhibición un atril, un contrabajo, un chelo, una viola y un violín.

Cambio la partitura que está sobre el atril de manera que es temática, o estacional, o incluso a veces graciosa; una broma privada para quienes saben leerla. Este verano está siendo perfecto, con esa mezcla típicamente inglesa de olor dulce a lluvia y sol cálido. En este momento está en exhibición «La alondra ascendiendo», de Vaughan Williams.

Cambio las partituras a menudo: villancicos navideños y conciertos, que agregan un poco de incongruencia al estilo clásico del escaparate; himnos y melodías votivas para Pascua; alguna que otra pieza de la cultura popular. Para la Copa Mundial de Fútbol compré una antología de himnos nacionales y los cambiaba todos los días según el equipo que hubiese ganado la noche anterior. La ocurrencia llegó al periódico local; todo es buena publicidad para la tienda.

Abro la puerta principal y pulso el código para desactivar la alarma. Recojo los vasos vacíos de Nadia y la taza de té medio llena del mostrador. El cuaderno azul está allí otra vez.

Es posible que Nadia crea que es el único sitio donde puede dejarlo sin que nadie lo lea. Me siento fatal y me alejo hacia el taller. Volveré dentro de un minuto y limpiaré los envoltorios de golosinas y el corazón de manzana que hay encima del cuaderno.

El chelo es perfecto. Verlo me pone loca de contenta. Enciendo el foco que está sobre mi mesa de trabajo y apoyo el chelo de lado. Muevo la lámpara hasta que ilumina la parte frontal del instrumento, sin que brille por el reflejo del lustre perfecto de la tabla.

Cuando estoy satisfecha con la posición y la luz, saco una foto para David.

Adjunto un mensaje a la foto y pulso enviar.

Nuestra obra ganadora. Tengo ganas de verte. Estoy emocionada por nuestras vacaciones en Italia junto al violonchelo. Te echo de menos.

Después, casi de inmediato, envío otro mensaje.

Puedo ir a París cualquier día de la semana próxima. Envíame un mensaje e iré.

El cuaderno azul pálido me taladra la cabeza todo el rato. Siento la tentación de seguir leyendo, y, al mismo tiempo, me enfado conmigo misma. Se me ocurren excusas: que lo leo para intentar entenderla, para descubrir qué convierte a esta chica con la que hablo todos los días en el volcán de furia que esconde en su interior, que solo quiero ayudarla... Ni siquiera las excusas pueden tapar el hecho de que sé que está mal y que sé que seguiré leyendo.

No puedo continuar con el pulido y la preparación del chelo mientras haya basura en la tienda, tendré que limpiarla. Recojo el corazón de manzana y los envoltorios que están sobre la tapa del cuaderno y los pongo en mi mano. Vuelvo a alejarme hacia el taller, hacia el cubo de basura que Nadia no se molesta en usar.

Me siento frente a mi mesa de trabajo y me concentro en cortar el puente. He dejado mi lápiz graso en la tienda y lo necesito para encajar el puente. Me pregunto por qué mis convicciones son tan poco estables y no puedo ser sincera con lo que estoy a punto de hacer.

Cuando paso junto al cuaderno por tercera vez experimento una tentación bíblica. Me siento detrás del mostrador, en la silla que Nadia habrá usado para escribir en el cuaderno. Pienso en el comentario de David, el de que quizá ella quiera que yo lo lea, y abro el cuaderno cerca del final.

Yo y la coca hemos terminado. A la mierda con este maldito caos. Harriet puede quedarse con ella y con todo lo que ella implica. Es un hecho.

Por un instante inocente, espero que se refiera a la Coca-Cola. Me doy cuenta, horrorizada, y me tapo la boca con la mano, de que se refiere a la cocaína. Meto el cuaderno debajo del mostrador, todavía abierto, donde puedo verlo, pero donde permanece invisible para cualquiera que mire por el escaparate.

Punto y final. Harriet y el imbécil de su novio me ponen mala. Sí, Charlie, estoy hablando de ti. Ya no os sigo el juego, idiotas. Charlie y Harriet, fugaos juntos, casaos, no me importa una mierda. Tirad en la boda coca en lugar de confeti y que se os quede pegada en el pelo. Yo paso.

Me estoy volviendo loca. Cuando tenemos instituto ya os pasáis suficiente, pero ahora, ahora que nuestros padres están fuera y todos los días hay fiesta... Bebo demasiado, porque la coca hace que no tenga límite, y después me siento como una mierda al día siguiente... y encima Charlie nos da pastillas a todos porque siempre lleva unas cuantas encima. Luego vuelvo a mi casa, que está llena de completos imbéciles, sí, queridos padres, me refiero a vosotros. Y allí me tomo una de las pastis de Charlie, y después me tengo que tomar otra... y eso significa que necesito estar a solas con él. Con #CharlieelnoviodeHarriet.

La intensidad de su furia es aterradora. No sé cuál es la verdadera Nadia: la que muestra al mundo una confianza impenetrable, la chica en quien puedo confiar mi tienda con artículos de un valor de miles de libras, o esta adolescente atormentada y furiosa. Me parte el corazón que pueda ser esta última.

Odio a Charlie. Odio su pelo blanco y su piel transparente. Odio su cara. Con esos ojos parece una rata blanca, ojos rojos, ojos redondos y brillantes, ojos de borracho.

Durante un instante me pregunto si Charlie será un adulto, un hombre mayor, si hay algo más detrás de esta furia. De lo contrario, no puedo imaginar cómo es que consigue drogas, no en esta ciudad. Después recuerdo al chico de pelo blanco, apartado del grupo de Nadia en el supermercado. Era delgado y tenía los pantalones muy ajustados en las pantorrillas, tanto que lo hacía parecer frágil. Me llamó la atención, primero por eso, y luego por el largo flequillo blanco que sobresalía debajo de su gorra y le tapaba la mitad de la cara. No se detuvo a charlar, sino que se apartó cuando las chicas se pusieron a hablar conmigo; ese debe de ser el tal Charlie.

Putas madres, a todas les encanta Charlie. Es un chico bien y está forrado de pasta, y saluda con un apretón de manos y dice lo que ellas quieren escuchar. Y no es de esos chicos que se pasean por la ciudad con uno de esos coches trucados que cambian de velocidad con el freno de mano.

«Las mamis no los quieren a ellos en sus casas.» «Ellos» está escrito con letras de burbuja, las que usa Nadia para dar énfasis, como la niña que todavía es. «Ay, no, *mecagoenlaputa*, no, esos chicos no, no esos pueblerinos. Podrían tener sexo con nuestras hijas maravillosas y limpias. Podrían no ser chicos bien como Charlie. ¿Acaso sabes, querida mamita, cómo consiguen drogas esos chicos ORDINARIOS? ¿Lo sabes? Ja, ja, Charlie se la consigue. Charlie, sí, Charlie. Mierda, cómo odio a Charlie. Y también odio a Harriet.»

Sigo leyendo, boquiabierta. El pitido de mi teléfono me saca de mi estupor y cierro la boca.

> Quizá pueda ir a París. No estoy seguro. Un cliente me ha pedido prestado el apartamento, así que, por el momento, no tenemos dónde quedarnos. ¿Un hotel?
> ¿Estás bien?

Me pregunto si debería contarle lo del diario de Nadia. Pero él ya tiene suficiente con sus problemas, pero no tengo ni idea de qué hacer, y David sabe cómo tratar con adolescentes. No, si lo llamo debe ser por nosotros, para saber qué haremos a continuación, cuánto tiempo estará lejos; no para hablarle sobre mi chica de los sábados y su adicción a la cocaína.

Quizá David me dirá que eso es lo que hacen los chicos de hoy en día. Quizá lo hacían en mi época, pero yo no estaba enterada. Yo vivía escondida detrás de mi chelo, me quedaba en mi casa y era la hija perfecta, practicaba acordes por arriba y por abajo del diapasón, y soñaba con conciertos y vestidos de tafetán.

Intento ser lógica. Después de todo, Nadia ha dicho —o más bien, escrito— que no lo hará más. No tengo manera de saber cuánto hace que escribió esto, pero me doy cuenta de que fue durante estas vacaciones, nada más. Podrían haber pasado semanas. Es posible que ya no consuma.

Si le digo que he leído su diario, perderé su confianza y, egoístamente, también a mi chica de los sábados. Imagino durante un momento que no tengo a Nadia en mi vida, que desconozco sus estados de ánimo y su actitud defensiva, su repentina calidez y amistad. También perdería a una buena amiga.

Hojeo algunas páginas más. Esta no es la última página, pero está casi al final, hasta donde llega lo que hay escrito en el cuaderno. Veo la palabra «borracha» escrita con letras alargadas y decoradas en varias páginas, pero no hay más párrafos largos, no más diatribas garabateadas. Hay largas franjas sin nada escrito en ellas, y, de pronto, un dibujo de un árbol de Navidad, con blasfemias colgadas como adornos. A continuación, hay varias páginas escritas más.

Debo responderle a David.

Iré a París... cualquier día. Podemos reservar un hotel. No hay problema. Todo bien por aquí. Voy a tocar el chelo de Cremona mañana y pasado.

Estoy a punto de escribir «ojalá pudiera ser en tu presencia» al final del mensaje, pero me contengo. Eso no sucederá por muchas razones.

Le pido a Nadia que trabaje en la tienda mientras monto el chelo. Los pies del puente están cortados y son planos, las clavijas entran a la perfección y el cordal ya está listo. Hoy pondré las cuerdas, probaré el sonido y le haré los últimos ajustes al alma.

He comprado un estuche caro para transportarlo. La parte exterior es azul marino, y es muy sólido, muy elegante. La parte interior es de color escarlata, la pieza recortada en el medio es del tamaño perfecto para el instrumento. En este estuche viajará a Italia.

Quería llevarlo personalmente, y quizá encontrarme con David allí, pero últimamente me estuve ausentando mucho del trabajo, y mis encargos se siguen acumulando. Ni siquiera me he puesto a trabajar en el violín del señor Williams. El chelo tendrá que viajar por correo, como el de todos; David y yo nos encontraremos con él allí.

—¿Lo terminarás hoy, Grace? —me pregunta Nadia, y señala el chelo de Cremona.

—Así es, es muy emocionante. —Le paso un trapo—. Pero mientras tú tendrás que trabajar en la tienda.

Le indico que no le pago para hacerme compañía, pero mi comentario cae en oídos sordos y me convence de que la deje quedarse en el taller para prepararme café. ¿Debería intentar sacar el tema de las cosas que leí en el cuaderno? Mejor no, el día ya está siendo lo suficientemente complicado.

Ella no parece una drogadicta. No sé nada sobre cocaína, literalmente, aparte de que no es precisamente de comercio justo y de que no es buena para la salud. Nadia tiene la piel clara y brillante, su maquillaje es perfecto. La línea negra de delineador sobre sus párpados superiores fue aplicada por una mano perfectamente firme, y está difuminada en dos pequeñas marcas en las comisuras exteriores de los ojos, tan perfectas como las fajas de mi chelo.

—¿Te encuentras bien? —pregunta, y me imagino que la estoy mirando fijamente.

—Sí. Muy bien. Estoy entusiasmada. Por el chelo.

—Yo también —dice, y siento que me sudan las palmas de las manos.

Entonces, de la nada:

—Grace, ¿puedo contarte un secreto? Algo que nadie sabe. Principalmente porque no sé a quién contárselo, no porque no quiera.

Contengo el aliento. Intento ordenar mis pensamientos y me aseguro de reaccionar con sensibilidad y ánimo de colaborar. Pensar en cocaína se me antoja muy incoherente ante la chica dulce que tengo enfrente, aunque siento que en realidad no sé nada sobre ella.

—Estoy escribiendo una sinfonía. —Su rostro refleja tranquilidad, solemnidad. Sus ojos profundos me miran con seriedad.

Tardo un momento en volver a la realidad. Mi primera reacción es de asombro, porque no es del consumo de cocaína de lo que quiere hablar.

—¿Estás de broma?

Se encoge de hombros y agita la cabeza.

—No, no estoy de broma. Ya he empezado a escribirla. Bueno, una parte: melodías, temas. —Agita la mano como restándole importancia, como el director desorganizado de una pieza abstracta.

—Es increíble. —Me maravilla su fe en sí misma, sus posibilidades. Yo nunca habría tenido la valentía de intentar algo tan enorme a su edad, a ninguna edad. Nadia está preparada para encarar este desafío. Sabe que tiene las herramientas necesarias y también la capacidad —la confianza en su música— para usarlas.

—Vaya, me has impresionado. —Agito la cabeza, en parte porque no puedo creérmelo y, en parte, porque siento una envidia brutal.

—¿No crees que es una tontería?

—¡Por Dios, no! ¿Quién creería eso? Creo que es estupendo. —Ella teme el mundo que le rodea, la crítica de los demás. Tiene miedo de que las limitaciones de los demás la contagien y la confundan, pero, siendo Nadia como es, sé que todo eso se le pasará.

Yo opino todo lo contrario. Pienso en una cacofonía de toques de trompeta, algo tan obvio que debía haberlo visto desde el principio. Para mí el fracaso es mi talismán, creo firmemente que es lo único que, sin duda, conseguiré. Lamentablemente, comprender nuestras diferencias no equivale a poder resolverlas.

Observo a Nadia como si fuera una desconocida.

—Creo que es una maravilla.

—¿No crees que abarco más de lo que puedo apretar? ¿Que quizá no la termine?

—¡Por Dios, Nad, para cuando tengas dieciocho años habrás escrito una sinfonía! La gente podrá escucharla y tocarla incluso mucho después de que estés muerta.

—Qué felicidad.

—Pero sabes a qué me refiero.

Sonríe levemente.

—Gracias, de todos modos. Por no decir que es una tontería.

—Conozco una historia sobre Mozart —digo—. Estoy segura de que no es del todo cierta, pero es excelente.

Nadia asiente con la cabeza para que se la cuente.

—Alguien le preguntó a Mozart cómo podía empezar a escribir una sinfonía. Mozart le respondió que debería comenzar con algo más simple, con un concierto, quizá. Dijo que una sinfonía requería experiencia, comprensión y compromiso, y que, evidentemente, era demasiado para este compositor.

Nadia me mira y hace una mueca. Le preocupa que el resultado de la historia sea una crítica para ella.

—Entonces, el compositor le dijo a Mozart: «Pero usted empezó a escribir sinfonías cuando tenía ocho años de edad». Y Mozart le respondió: «Sí, pero nunca le pregunté a nadie cómo debía hacerlo».

Nadia se echa a reír. La historia ha conseguido que se sienta bien.

Recuerdo cuando Nikolai me contó esa historia en la universidad. Estábamos en una sala de ensayo. Él se paseaba por la sala, enumerando mis limitaciones. Yo estaba inclinada sobre mi chelo, con los brazos colgados hacia delante y el arco derrotado en mi mano.

Nikolai intentó hacerme sentir la música más profundamente. Se sentaba detrás de mí, con sus brazos a lo largo de los míos, su aliento caliente sobre mi oreja. Leíamos la música juntos, marcaba los ritmos, tarareaba la línea melódica. Pero nunca era suficiente.

Nadia no deberá soportar todo eso. Ella comprende la profundidad de su talento y lo escucha, deja que su talento la dirija y la guíe.

Nadia se marcha a la parte delantera de la tienda con un trapo en la mano, satisfecha con mi reacción. Me pongo a trabajar en el violín del instituto Klotz, que debe estar listo para mañana. Se respira paz en la tienda por primera vez después de mucho tiempo.

Ella está tarareando, no distingo la melodía, pero estoy segura de que la conozco.

—¿Qué tarareas? —Voy hacia la tienda para escuchar mejor.

—Mira, te la enseño. —Nadia extiende su mano y sujeta uno de los violines. Es su favorito entre los que fabriqué yo misma: una copia de un elegante violín bohemio que compré una vez en una subasta.

Ajusta los afinadores en el cordal para poner a punto las cuerdas. Su rostro adopta una expresión diferente, de certeza y determinación.

—Escucha —dice Nadia, y empieza a tocar.

La melodía es mágica. Reconozco algunos pequeños acordes del tema principal, tomados de melodías folclóricas y tangos. Tiene arpegios robados de la historia y acordes más tenues de viejos relatos. Es el comienzo de la sinfonía de Nadia.

La música es extraordinaria. Se eleva y vuela y cae en picado. Tiene luz y alegría, y después, de pronto, feroces explosiones de sombra y miedo. Es el equilibrio perfecto entre una melodía seguramente conocida pero luego no, es nueva. Esta melodía es cómoda, atractiva y fácil de aprender o de tocar, pero es nueva.

Entiendo rápidamente que la pieza es autobiográfica y habla de Nadia, o, por lo menos, de su vida. En eso irrumpe el sonido metálico de un sitar, y después un repentino *pizzicato* de notas elegidas como percusión. Utiliza una y otra vez un estribillo de bajo que, adivino, fue tomada de la música pop.

Por encima de todo, tiene una fuerte melodía, una línea que sé que me despertaré tarareando por la noche. Es la marca de una pieza musical verdaderamente sensacional. De pronto no me cabe ninguna duda de que Nadia es capaz de sostenerla durante los cuatro movimientos de una sinfonía.

Muchísima gente intentó escribir sinfonías cuando estaba en la universidad. Nikolai habló de eso conmigo, pero yo no le di importancia, segura de que ya tendría tiempo de hacerlo. Algunas de las obras eran buenas y se publicaban, otras eran fantásticas y caían en el olvido. También estaban aquellas que eran deplorables, resultado de un gran ego en estrecha combinación con poca clase o estilo.

La sinfonía de Nadia será tan excepcional que a la gente le costará creer que haya sido escrita por una alumna. Estoy segura.

—Es preciosa. Estoy impresionada. —No puedo entender cómo alguien tan joven sabe tanto. Nadia entiende y luego, por puro instinto (no puede ser experiencia), es capaz de traducirlo en forma de música, y de aplicar una estructura—. Es absolutamente maravillosa.

—Ese fragmento que acabo de tocar fue el primer movimiento, y ya he terminado los dos siguientes..., creo. Todavía no sé qué pasará con el cuarto. Parece que me rehuye. —Sonríe y me doy cuenta de lo feliz que la hace todo esto.

Asiento y sonrío.

—Me has impresionado mucho, Nad.

Me habla dándome la espalda mientras vuelve a guardar el violín bohemio en el soporte.

—Hasta ahora ya he perfeccionado tres partes: dos violines y un chelo.

Apoyo una mano para sostenerme, los dedos paralelos al cuero del mostrador.

—Tú, yo y...

No imagino quién más puede ser. Esto no puede empeorar. La cabeza me da vueltas, mi espalda está húmeda por el sudor que cae de mi cuello.

—... el señor Williams.

Me siento detrás del mostrador.

—Mañana por la noche, en tu casa. Tú haces la cena. Será el estreno de tu chelo. La primera función de mi primer grupo.

Siento náuseas.

—No puedes hacer esto. ¿Cómo te atreves?

Nadia se encoge de hombros. Su rostro expresa hostilidad.

—¿Qué pasa con mi privacidad? No puedes simplemente decidir algo y hacerlo. —Mientras hablo veo el cuaderno azul. Sus esquinas se agitan como tentáculos, su tapa pálida amenaza con revelarlo todo.

—Bueno, ya lo he hecho —responde, coge su bolso y se va—. Y el señor Williams está emocionadísimo.

11

Al día siguiente, mi casa huele a hogar. He decidido aceptar la superidea de la cena que me impuso Nadia. Preparé un pastel de postre, que decoraré con fresas y crema para que sea más veraniego. El aroma a dulce inundó mi casa de calidez y comodidad. Debería preparar postres más a menudo. El hecho de medir, mezclar y agitar apartó mi mente de las cosas que me asustan, de los horrores que me puede deparar la noche que está por llegar.

He decidido que hoy viviré en una mentira durante todo el día. Después de todo, llevo haciéndolo con David nueve años seguidos y se me da de cine. Hoy soy esa clase de persona que tiene invitados a cenar, aunque los huéspedes sean de lo más raros. Soy intrépida y poderosa.

Anoche me di cuenta de que no había limpiado la casa desde que David se fue, así que las primeras horas de la mañana transcurrieron entre aspirar los zócalos y limpiar el baño.

Todo está limpio y fresco. Ocupo mi mente con la limpieza, con la cocina..., con cualquier cosa excepto con la música. Nadia y yo hemos hecho un pacto, y ella llegará en cualquier momento para comenzar el proceso que me llevará —así me lo ha garantizado— a que pueda tocar esta noche.

Cuando llega, está risueña y alegre. Yo me pregunto si siempre se siente tan positiva cuando se sale con la suya.

—Vale, te diré lo que vamos a hacer —me dice—. Prometo quedarme abajo sin moverme, con la puerta de la sala bien cerrada, preparándome para esta noche. ¿De acuerdo?

Asiento. Ahora yo soy la niña.

—Y tú mientras te quedarás sentada en tu dormitorio con la puerta cerrada también. Y así tocas estas cuatro notas allí arriba. —Tararea cuatro notas claras, como diminutas campanas que explotan en el aire.

Son las cuatro cuerdas abiertas de un chelo, y el ritmo en el que las tararea es el ritmo exacto en el que las punteo después de afinar. «Bum, bum, bum, bum», como una canica que baja rodando por cuatro escalones parejos.

—Y después tocas esto... —Otras cuatro, una octava más alta, y me escucho verificando la afinación de una viola—. Y después... —Tararea sol, re, la y mi, las cuerdas que punteo cuando afino un violín—. Son doce notas. O sea, una melodía.

—Muy graciosa —le digo.

—No soy graciosa —replica Nad—. Soy inteligente. Es una idiotez que digas que no puedes tocar mi melodía delante de alguien..., te he escuchado millones de veces.

Es cierto. He afinado chelos, violas y violines ante Nadia muchas veces. No puedo negarlo, a pesar de lo mucho que deseo hacerlo.

—Y luego tócala con tu arco unas cuantas veces, y después toca otra cosa. Yo te prometo, te prometo, te prometo que no abriré la puerta. Ninguna de las dos.

Una vez arriba, con el corazón como un metrónomo en mis oídos, considero la propuesta de Nadia.

—¡Suficiente! —me gritó Nikolai Dernov en uno de nuestros últimos ensayos—. Te he dicho una y otra vez que tú puedes hacerlo. Puedes realizar esa apoyatura sin sonar como un bebé, como una niña estúpida. Puedes confiar en tus manos. —Acercó su cara a la mía—. Hazlo otra vez.

El resto de mis compañeros intentó no mirarme. Catherine y Shota se quedaron mirando sus atriles, mientras los demás se concentraban en las líneas rectas de las cerdas de sus arcos. Todo el mundo se paralizó de vergüenza.

Volví a intentar el acorde, que sonó con fuerza en mitad del ambiente tenso. No había ventanas en el estudio de Nikolai, no teníamos posibilidad de echar un vistazo hacia el exterior para recordar que había otro mundo allí afuera, que esa atmósfera intensa no era lo único que exisitía. En la parte superior de las paredes había una franja de cristal que dejaba entrar la luz. Hasta donde yo sabía no se abría, y estaba demasiado alta para ver el exterior. Cada día que pasaba, el estudio se parecía más a la celda de una prisión.

Nikolai frunció la nariz, con los ojos entrecerrados. Hizo unos ruidillos que parecían escupitajos, mientras yo intentaba pasar mis dedos de cuarta a quinta posición.

—Eres tan torpe... Ni siquiera lo intentas. He quitado del quinteto a otro alumno. —Apretó la parte superior de mi brazo con tanta fuerza que me dolió—. Un alumno se ha quedado fuera para que tú pudieras ocupar su lugar, y mira lo que recibo. No mereces la pena.

Se me hizo un nudo en el estómago, tan fuerte que creí que tendría un ataque al corazón. Mantuve la boca cerrada, los pies apretados con fuerza contra el suelo. Por mucho menos yo habría gritado y huido.

—Eres un horror. —Sentí gotas de su saliva sobre mi barbilla. El color amarillo mostaza institucional de las paredes del estudio se difuminó detrás de su rostro amenazador, mientras yo intentaba apartar mis ojos de los de él.

—¡Basta!

Era Shota. Lo miré con el rabillo del ojo, no podía levantar la mirada. «No, rogué en silencio, por favor, no empeores las cosas.»

—Déjela tranquila. —Estaba sentado en la punta de la silla, como si estuviese a punto de levantarse. Sostenía su viola del cuello, y su arco estaba apoyado sobre el borde del atril. Señaló con su mano libre a Nikolai—. Déjela tranquila.

—Fuera de aquí. —La voz de Nikolai sonó fría como el hielo—. Fuera de mi estudio.

Tenía la esperanza de que me estuviera hablando a mí, pero no, miraba a Shota.

Este se puso de pie, clavándole la mirada. Nikolai no era un hombre alto, y Shota tenía los hombros mucho más anchos.

—Todos ustedes, fuera. Excepto ella. —Nikolai me señaló—Te quedarás hasta que lo logres. Y si es necesario, nos quedaremos a dormir aquí.

—No la dejaré aquí sola. No puede seguir tratándola así. —Shota se acercó aún más a Nikolai. Jamás había sentido tanto miedo.

De pronto, encontré mi voz y dije, temblorosa:

—Por favor, vete. Iros todos. Lo siento. —Nikolai se alejó de Shota.

—¿Y bien? —replicó el profesor.

—No quiero dejarte aquí sola. —Shota extendió su mano libre hacia mí.

—Por favor. Iré a buscarte en cuanto salga. —Comencé a sentir que podría lidiar con cualquier cosa siempre y cuando Shota y los demás no estuvieran presentes. Hice como que enderezaba mi partitura en el atril, fingí estirar los hombros, relajar los músculos, cuando en realidad estaba tan concentrada en no llorar que me dolían los dientes.

—Esperaré una hora —respondió Shota, con mirada penetrante—, y volveré.

No advertí el paso del tiempo: tenía la piel tensa alrededor de mis hombros, el codo me dolía por la presión que Nikolai ejercía sobre mi arco. Alrededor de mi muñeca había un anillo rojo justo donde él la había agarrado, guiándome de delante hacia atrás, sin descanso, por las cuerdas. Vi que el pomo de la puerta del estudio se sacudía. Recuerdo que las puertas se cerraban automáticamente desde el interior, para darles confianza a los músicos de que nadie los interrumpiría.

—¡Grace! —gritó Shota a través de la puerta, que estaba insonorizada. Su voz se oía apagada.

—¿Qué piensas hacer? —preguntó Nikolai. Se puso de pie y caminó hacia la puerta —. ¿Qué vas a elegir? —Se encogió de hombros histriónicamente. Bajo sus brazos se veían manchas de sudor que oscurecían su camisa gris.

—No he terminado, Shota —grité a la puerta cerrada. Observé los surcos, como carriles de tranvía sobre los dedos de mi mano izquierda.

Cuando las fibras comenzaran a recuperarse, me arderían terriblemente—. Quiero quedarme.

Nikolai enarcó las cejas y las gafas de hilo se movieron en su nariz, después, asintió una vez.

—Te veré por la mañana —dije a través de la puerta. Mi cuerpo se sentía tan débil, tan frágil, que bien podría haberse evaporado y desaparecido.

Shota golpeó la puerta desde el otro lado.

Nikolai la abrió abruptamente. Su ira provocó un silencio aterrador.

La luz del pasillo era tenue comparada con la de la sala de ensayo. De pronto, Shota pareció diminuto bajo la sombra del profesor.

—¿Cómo te atreves? —rugió Nikolai, y su voz retumbó en el pasillo—. ¿Quién te crees que eres?

Hubo una pausa incómoda mientras Shota reunía sus pensamientos.

—Estaba preocupado por Grace. —Apenas podía percibir su voz.

—En su lugar, señor Kinoshita, estaría preocupado por cuidar mi plaza en este conservatorio. Por mi propio futuro. —Nikolai tenía la batuta en la mano, y la apuntó hacia Shota como si fuera una varita mágica—. Y me metería en mis propios asuntos.

—Necesitaba asegurarme de que Grace estuviera bien. —En ese momento no pude ver a Shota desde donde estaba sentada, pero podía imaginar su rostro, con una mezcla de temor y determinación. El corazón me dio un vuelco.

—Estoy bien. —Pude hablar a través del nudo que se me había hecho en la garganta, las palabras brotaron como niebla hacia el pasillo—. Estoy a punto de conseguirlo. —Mis dedos latieron de dolor ante la idea de continuar tocando o de seguir intentándolo.

—¿Satisfecho? —La voz de Nikolai era maliciosa, disfrutaba la victoria.

Oí pasos afuera, en el pasillo, y la silueta de Nikolai se encogió visiblemente en el marco de la puerta. Shota se había marchado.

—¿Quieres hacer una pausa por algún otro motivo? ¿Hay algún otro amigo que venga a visitarte? —El rostro de Nikolai estaba blanco de ira.

No tenía sentido decirle que yo no tenía la culpa, que yo no le había pedido a Shota que volviera. Solo acerté a apoyar el arco sobre las cuerdas y a sostener mi mano izquierda sobre el diapasón en actitud sumisa.

Surtió efecto: la furia de Nikolai perdió su razón de ser y volvió a sentarse en su banco a mi espalda, con sus dedos envueltos alrededor de los míos. La fusión de ambas manos atravesó una vez más las cuerdas, y creí que me moriría.

—¡Eso es!

No era necesario que Nikolai lo dijera. Percibí la nota, esa dulce y suave tensión que fluyó hacia el mundo desde mis cuerdas. La transición perfecta que latía como la sangre en mis venas, nuestras venas. Algo maravilloso.

—Hazlo otra vez.

Separó sus dedos de los míos. Todavía estaba muy cerca, tanto que podía sentir el calor que irradiaba su cara, pero ya no me tocaba. Moví mis dedos por las cuerdas. Una y otra vez. Jamás había percibido un sonido tan puro.

Nikolai soltó un suspiro largo y exhausto.

—Esa es la música que yo sabía que podías crear —señaló—. Se levantó, enderezó sus rodillas crujientes y su espalda. Cogió su chaqueta de la silla—. Ahora, vete a la cama —dijo, y se marchó.

No pude ir a dormir. Estuve una hora con las yemas de los dedos bajo el grifo para cortar la hemorragia, y otra para dejar de llorar. Sin embargo, lo había logrado. Había encontrado la nota que había hecho feliz a mi profesor.

Recuerdo todo esto ahora porque fui capaz de conseguirlo a pesar de creer que realmente no podría hacerlo. Pienso en lo que Shota hizo por mí. A la mañana siguiente fui a buscarlo y, con la gran formalidad de la inexperiencia, él me propuso ser su novia, y yo, con torpeza, acepté.

Ahora, la puerta de mi dormitorio está cerrada para protegerme, no para humillarme. Puedo salir cuando quiera, y nadie entrará a menos que yo se lo pida. Dejo en el pasado esos recuerdos dolorosos y apoyo el arco sobre las cuerdas. Recuerdo lo que soy capaz de hacer. Confío en que Nadia mantendrá las puertas cerradas, y toco.

Pongo flores frescas sobre la mesa de la cocina —margaritas blancas y grandes, se las he comprado al florista hípster que está cerca de mi tienda— y preparo todo como para una cena formal. El mantel es blanco y solo tengo que tapar una mancha de vino tinto con una copa.

Aunque tengo un comedor separado, he redistribuído los muebles de esa estancia. Guardé las alas abatibles de la mesa y la puse en un lado de la habitación. Tres de las sillas del comedor forman un pequeño semicírculo, con sendos atriles frente a cada una de ellas. Mi partitura está sobre mi atril, Nadia y el señor Williams traerán las suyas cuando lleguen.

Una de las sillas está apartada de las otras dos y, entre ellas, y atada a las pantallas de las lámparas, hay una enorme sábana blanca. Este es el intrincado plan psicológico de Nadia. Me hace preguntarme si el nivel de enseñanza de hoy día no será muy bajo.

Es la primera vez que veo el chelo de Cremona en el mundo real. Sujeto mi teléfono y me siento en el suelo junto a él. Nadia diría que la foto que estoy a punto de tomar es un *selfie* de chelo. Es una foto fantástica: tanto yo como el bello instrumento hemos salido bien. Se la envío a David y me pregunto cómo estará transcurriendo su domingo.

He decidido no contarle a Nadia que he leído su diario, por lo menos no esta noche. Me imagino que soy la última persona con derecho a criticar su estado. Sin embargo, en este momento quizá yo sea la única persona que se preocupa por ella.

Esa noche, Nadia es la primera en llegar. Está muy guapa. Tiene el pelo suelto, que le cae por los hombros y por la espalda, y lleva puesta una falda negra, abullonada y muy corta, blusa negra y pantis color rojo brillante. Trae el estuche con el violín en la espalda y, para mi sorpresa, una botella de vino en la mano.

—Creí que habías dejado de beber. —De pronto parece importante a la luz de todo lo que he leído.

—Tu carrito estaba lleno de vino blanco —dice, y después añade—, en el súper. Así que he decidido traer una botella.

—Gracias. —Esta chica es una caja de sorpresas, una mezcla de niña y mujer.

—¿Qué hay para cenar? Huele muy bien. No sueles cocinar, ¿verdad?

—Cuando estoy sola no mucho. No le veo el sentido. Cuando he terminado de cocinar, ya no tengo hambre.

—A mí me pasaría igual, supongo. —Hay algo en su tono que deja claro que no tiene intención de terminar como yo. Caminamos hasta el comedor para sacar su violín.

El simple hecho de que ella esté en la misma habitación que mi chelo con su estuche de violín hace que me maree. Respiro profundamente.

Yo le vendí ese violín. Es una belleza. El presupuesto de sus padres era bastante elevado y acabaron gastándose treinta mil libras esterlinas. Me encantaría que Nadia tocara un violín fabricado por mí, pero debo admitir que este instrumento se adapta perfectamente a su estilo de interpretación. Posee un sonido tranquilo, no es un violín prepotente. Es para tocar en tríos y cuartetos más que para un trabajo orquestal. Ella quería un instrumento que la ayudara en su audición en el conservatorio, y este pequeño violín italiano es ideal. Ella ya sabe que recibirá ofertas de Manchester, Oslo, Londres y París. Podrá estudiar donde prefiera.

—¿Quieres beber algo? —le pregunto.

—¿Me puedes dar un vaso de agua? ¿O Coca, o algo así?

La miro dos veces, y luego recuerdo que ella no sabe lo que estoy pensando.

—¿Estás bien? ¿Grace?

—Lo siento, sí, por supuesto. ¿Agua con gas?

—Vale. ¿Vamos a tocar antes de comer?

Asiento con la cabeza.

—Por supuesto. —Me sirvo una copa grande de vino. Voy a necesitarlo.

Nadia acepta el vaso de agua y le da unos sorbos. Entrecierra un poco los ojos. Me doy cuenta de que va a preguntarme algo indecente.

—Dime una cosa. El señor Williams. ¿Es gay?

—¡Nadia! —Chasqueo la lengua en señal de desaprobación, como si fuera algo que nunca me he preguntado—. Y yo qué sé, no es asunto mío.

—¿Pero?

—Bueno, supongo que sí. Aunque no estoy segura. Quizá solo sea un poco amanerado, pero hetero. ¿Acaso importa?

Ella se encoge de hombros.

—Por supuesto que no. Solo tenía curiosidad. Apuesto a que tú también.

—Sé que su pareja falleció hace dieciocho años y desde entonces no conoció a nadie más. Pero más allá de eso, no sé mucho sobre él.

—Entonces, es una misión. Yo lo descubriré. —Me mira y asiente con la cabeza, y suena el timbre.

El señor Williams se ha vestido como para ir a un concierto. Lleva puesto un traje negro de corte impecable, camisa blanca y pañuelo dorado. Sus zapatos con cordones están lustrados, tanto que las luces del cielo raso se reflejan en ellos como arcos plateados.

Me siento horriblemente mal vestida. A decir verdad, estuve un rato pensando qué ponerme, pero me decidí por unos pantalones de lino azul y una túnica color amarillo pálido. Un collar de plata con grandes gotas de ámbar polaco realza el conjunto, pero sigue siendo informal comparado con el del señor Williams.

Él apoya su estuche de violín en el suelo y saca dos botellas de vino de una bolsa de tela que tenía echada al hombro.

—Una de cada, querida, no podía decidirme.

Son vinos buenos, ha elegido con cuidado. David los aprobaría.

—Se lo agradezco, es usted muy amable. ¿Quiere un *gin-tonic*, vino o...?

—Me encantaría beber un *gin-tonic*, gracias. He descubierto que toco mejor después de beber algo.

—Siento no haber podido terminar el violín de Alan a tiempo para hoy. —Lo siento de veras. Habría sido precioso que él pudiera haber tocado la nueva versión del violín de Alan al mismo tiempo que yo probaba el chelo de Cremona, pero no habría podido dedicarme a ambos—. Sin embargo, está saliendo bien. Va a funcionar de maravilla. Voy a cortar una nueva barra de bajos, y he empezado a rebajar el mástil. Tendrá un sonido fantástico.

—Tengo toda mi fe puesta en ti, querida —dice el señor Williams, aceptando el *gin-tonic* que le sirvo en un vaso—. Fantástico. ¡Salud!

Todos bebemos un trago. Me siento culpable por beber, y apoyo mi copa sobre la mesa, necesito todos mis sentidos para juzgar el sonido de este instrumento. Tiene que ser perfecto.

Los instrumentos de Cremona se valoran, para empezar, por su aspecto. Los jueces no buscan nada extraordinario: quieren simplemente algo perfecto. Desean ver un color parejo y un acabado de profundidad nítida. Quieren ver la llama de la madera magnificada por la opacidad del barniz, ni oscurecida ni alterada por este. Lo raro es que lo que quieren los jueces no es lo que ningún cliente querría. Los clientes quieren que sus instrumentos sean únicos, desean que tengan carácter y peculiaridad. Si no gano el concurso y quisiera venderle mi chelo de Cremona a un músico, tendría que darle un aspecto más añejo, arenarlo para apagar un poco el alto brillo, achatar una que otra esquina.

Si gano, los organizadores del concurso me comprarán el chelo. Pagarían su precio establecido, más elevado de lo que la mayoría de los fabricantes pediría por cualquier instrumento, y ese pasaría a ser el valor de mi chelo y el de todos los posteriores. A lo largo de los años desde que comenzó este concurso, todos los instrumentos ganadores se exhiben en un museo de Cremona. Estoy decidida a seguir creyendo que el mío estará entre ellos. No sé quién estará más orgulloso, si David o yo. Echo un vistazo a la cocina y me doy cuenta de que el señor Williams y Nadia también serían parte de esa ecuación. No estoy tan sola como antes.

Llevamos nuestras bebidas hasta el comedor y comenzamos a afinar los instrumentos. El señor Williams y yo afinamos con la cuerda del violín de Nadia; por un lado, porque ella tiene el tono perfecto, y, por el otro, porque el de Nadia será el primer violín. Toda la sección de cuerdas se afina con la cuerda del primer violín, incluso los contrabajos. Me digo a mí misma que solo estoy afinando, algo que hago en la tienda, todo el tiempo, frente a mis clientes. El sudor se cuelga de las raíces de mi pelo, y me tiemblan las manos, pero yo continúo.

Supongo que el señor Williams cree que la gigantesca sábana que nos separa como un fantasma forma parte de la ceremonia para ejecutar un nuevo instrumento. Aún no ha hecho ningún comentario. Quizá no le parezca raro.

Por fin estamos listos. Puedo adivinar por la afinación que acabo de realizar, por el proceso de colocación del puente, por el alma en posición correcta, que este chelo será excepcionalmente bueno.

—¿Quieres tocar algo tú sola primero, Grace? ¿Como un bautismo? —pregunta el señor Williams.

Él no puede verme detrás de la sábana. No puede ver el pánico en mi cara, el miedo en mis ojos. Deliberadamente silencio mi respiración entrecortada. Lo haré.

—Sigamos.

Los instrumentos hechos de madera despiertan cuando las vibraciones comienzan a habitarlos. Nunca suenan tan bien con el primer paso de los arcos como lo harán después de algunas horas de tocar. La marca de un gran instrumento, a diferencia de uno bueno, es que seguirá mejorando a lo largo del tiempo. Años de música abrirán las profundidades de sonido que la madera guarda en sus anillos y nudos, en su forma.

Estoy temblando. Puedo sentir que mis pulmones se tensan y los músculos intercostales se estrechan de miedo. Invertí mucho trabajo en este instrumento, es el portador de mis sueños y esperanzas.

Pienso en mis futuros hijos, en cómo ensayarán, en mi necesidad de prepararlos y convencerlos.

Pienso en Nadia y en su soledad entre el ruido y la charla, en cuánto me necesita para demostrarse a sí misma que ella es importante.

Pienso en el señor Williams y en sus pérdidas, en que todos necesitamos aferrarnos a los objetos mientras podamos, atesorarlos.

Pienso en David, en su voz tranquila y baja, en sus ojos amables, en todo el amor que me brinda.

Todos juntos expulsan a Nikolai del escenario, esparcen su resentimiento, el recuerdo de su boca fruncida y enfadada y sus gritos.

Nadia solo ha escrito la parte más corta de su sinfonía, pero aun en este estado en ciernes es extraordinaria. Me quedo mirando la partitura delante de mí, y me doy cuenta de que abre con un solo de chelo.

Estoy sola. Soy responsable de mi propio sonido, de mi propia vida. Este es el momento en que decido si soy escuchada o no.

La primera nota que toco es un do, melancólico y pleno.

Es hermoso. Es la cuerda más baja del instrumento y, sin mis dedos sobre ella, produce el sonido más profundo: la nota más baja que mi chelo es capaz de emitir. Vibra alrededor de la habitación y, cuando se termina, no queda más que el silencio.

Parece que la nota ha dejado un hueco en el aire que la transportaba. Levanto la mirada. La sábana ha desaparecido, está amontonada en el suelo.

Nadia tiene la boca abierta, maravillada ante la claridad del sonido. La sonrisa del señor Williams es tan grande que sus ojos casi han desaparecido en los pliegues de fuelle de su piel arrugada.

En lugar de llenar de miedo la atmósfera hormigueante, comienzo a tocar. Hay dos compases de solo antes de que comiencen los violines.

Esta pieza es la que Nadia tocó para mí, con muchas otras tonalidades. Es compleja y simple, puntiaguda y angular, y, al mismo tiempo, suave y delicada. Sus temas son claros y accesibles, sus frases son perfectamente oportunas.

Hay un bello diálogo llegando al final de esta breve sección, un fragmento que muestra a la perfección la relación entre los instrumentos. El chelo llama y el violín responde, y luego al revés, con elegancia, y siguen su conversación en sentido inverso. Compiten y pelean, y luego se vuelven suaves y armoniosos, dependientes uno del otro. Somos nosotras, Nadia y yo, sin duda, claramente. Ella ha escrito sobre nosotras.

Jamás me había sentido tan conmovida.

No sé si levantarme de un salto y abrazar a Nadia o arrojarme a sus pies.

Ella arroja un pañuelo de papel encima de mi falda.

—Suénate los mocos.

Me doy cuenta de que estoy llorando. Las lágrimas amenazan con caer sobre el hombro de mi chelo para el concurso. Consigo esbozar una sonrisa y me sueno la nariz ruidosamente.

—¿Qué tocamos ahora, Grace? —pregunta el señor Williams. Estamos entusiasmados, tenemos que continuar.

—«Libertango», de Piazzola. —Estoy de humor para tocar esa canción. «Libertango» es la pieza perfecta. Echo de menos tocar esta pieza junto a otras personas. Los CD con los que toco son un reemplazo patético, y me alegra mucho que haya seres humanos que ocupen su lugar.

Mi arco se desliza con gracia por las cuerdas, mi mano izquierda se mueve hacia arriba y abajo del diapasón, apretando las notas altas del registro superior, punteando notas largas, serenas y bajas como dulces en las dos cuerdas inferiores.

Estoy en Argentina, en un café lleno de humo. Los olores y la oscuridad son los que creo que deben inundar el aire en ese país. Imagino el ambiente sofocante y húmedo del salón, el techo amarillento, los bebedores alineados a lo largo de la barra, hombres ancianos encaramados en taburetes, con un pie apoyado en el suelo y el otro enganchado en la barra horizontal de metal que mantiene firmes las patas del antiguo taburete de madera. La orquesta de mi imaginación es un hombre pequeño, encorvado sobre un acordeón sibilante, y un violinista alto y moreno que parece peligroso. Quizá detrás de la escena habrá una mujer con campanillas o castañuelas, y zapatos negros con tacones cuadrados y ruidosos. Ella bailará mientras tocamos.

En el exterior de mi bar de fantasía, al otro lado de las puertas con listones y pintura descascarillada, hay un bosque con árboles verdes. Hay vastos acantilados que caen sobre ríos tempestuosos, amplias planicies onduladas de césped amarillo y corto, cascadas que ahogan todos los demás sonidos. A lo ancho de todo el campo, el calor sigue siendo la fuerza dominante, que ahoga a la gente, a las plantas, a los animales con una presión cada vez mayor.

Nadia se suma a la melodía. Su violín es agudo y aflautado comparado con el voluptuoso sonido del chelo, pero ella hace que los dos sonidos se combinen bien.

Pienso en la falda roja y envolvente de la bailarina, en su largo pelo negro que cae lacio y brillante, como si tuviera aceite o agua, en las largas cintas hechas jirones alrededor de sus muñecas, que flotan junto a la tela de la falda.

El señor Williams elige la melodía más simple y pulsa un ritmo tranquilizador para que ambas, Nadia y yo, toquemos con toda pasión. Me inclino aún más hacia delante sobre el chelo y siento el calor de las cuerdas. Nadia se pone de pie y el codo del brazo que sostiene el arco vuela con la velocidad de una máquina.

Somos como un motor, los tres, y tocamos con exactitud, con precisión. Tocamos como si hiciéramos un pacto con el diablo. Ensayamos la música tres veces, extendiendo la melodía porque no queremos que se termine. Por algún motivo, en la última nota de la tercera ronda, todos nos detenemos. El silencio es ensordecedor. Es denso como el humo.

—¡Bravo! ¡Bravo! —grita el señor Williams.

Nadia sonríe como un demonio. Estamos desaliñados, sudorosos.

Todos estamos emocionados y exultantes.

—El sonido, Grace. —El señor Williams apunta al chelo con su arco. Sostiene su violín del cuello, la parte inferior redondeada descansa sobre su rodilla—. El sonido de ese instrumento es increíble.

—Es fantástico, Grace. Maravilloso. —Nadia lo dice en serio. Su maquillaje está algo borroso sobre uno de sus párpados, porque la velocidad de la música la ha hecho a sudar.

—Creía que sería incapaz de hacerlo. —Sacudo la cabeza, doy una palmada sobre el chelo como si fuera un caballo.

—Imagínate cómo sonará cuando esté listo. —El señor Williams está lleno de energía. Su sonrisa tiene un brillo que lo rejuvenece muchos años—. Mi difunto compañero adoraba el «Libertango». En realidad, cualquier tango.

Nadia no pierde la oportunidad.

—¿Cómo se llamaba su compañero, señor Williams?

—Leslie —responde, o quizá dice «Lesley». Sonrió para mis adentros por la entusiasta frustración de Nadia, se le nota en la cara. Es la misma Nadia de siempre, la misma chica. Es posible que todo lo que leí en su diario hayan sido fantasías. Sin duda es asunto de ella.

En este comedor blanco, normal y corriente, con su mesa y sus sillas de pino omnipresentes, con la rutinaria alfombra color beis, con las escasas fotografías y pinturas... se había producido magia. El chelo nos hechizó, nos hizo creer que somos capaces de cumplir nuestras promesas, de esforzarnos por alcanzar nuestros sueños, de desterrar nuestros miedos.

Tengo fe en este chelo. Sé que puedo ganar.

12

La noche es todo un éxito.

Continuamos tocando durante más de una hora las melodías favoritas de cada uno y las que consideramos que son más atractivas para el público, aunque nuestro público sea imaginario.

Cenamos muy tarde, y la ensalada que yo había preparado como entrante tiene charcos de aceite y vinagre en las hojas húmedas, donde el aliño se ha separado en señal de protesta. Bebemos y reímos, y volvemos a tocar. La música une y aglutina a nuestro pequeño y raro trío. El chelo sigue ampliándose. Ensayaré por lo menos tres horas al día desde hoy y hasta que lo guarde en su estuche para enviarlo a Italia. He decidido ir al gimnasio más a menudo para mejorar mi tono muscular y hacerle justicia al chelo.

Es tarde cuando me voy a la cama. Estoy cansada, pero tremendamente feliz. Quiero agradecerle a David todo su estímulo, poder compartir con él este éxito, pero en Francia es una hora más que aquí y ya es más de la 1 de la mañana...

Pienso en enviarle un mensaje para que lo vea cuando se despierte, pero no me parece suficiente, ¡y hay tantos superlativos para definir a mi chelo! Tengo demasiadas promesas que hacerle a David acerca de las piezas que tocaré para él.

Ya estoy intentando encontrar adjetivos para describir el sonido del chelo. Normalmente, las palabras que usaría son nombres abstractos: profundidad, amplitud o sutileza. La música que este instrumento crea justifica palabras reales e importantes. Me hace pensar en comida: en chocolate, en melaza, en una tostada untada con mantequilla amarilla y derretida.

Decido llamar al teléfono de David. No contestará, ya que el teléfono está configurado permanentemente en silencio a menos que él esté en Londres, y no lo molestará. Hace días que no escucho su voz, seguro que él también se muere de ganas de escuchar la mía.

Pulso el botón verde. El suyo es el único número al que llamo desde este teléfono, con un simple «volver a marcar» me comunico con él. La factura va directamente a su cuenta, algo en lo que él insiste, ya que podría estar en cualquier lugar del mundo y nuestras conversaciones a medianoche cuestan fortunas.

Sé cómo comenzaré mi monólogo. Primero hablaré del chelo y de su sonido. Luego le explicaré lo sucedido, que no toqué sola y que se produjo un milagro. Él podrá escuchar la sonrisa y el entusiasmo en mi voz, se dará cuenta de que he bebido de más y sabrá que me las arreglo bien en su ausencia. Será una preocupación menos para él cuando me escuche por la mañana.

El contestador automático de David está configurado para activarse después de cuatro tonos. Los cuento a medida que pasan. Después del tercero, ante mi sorpresa, él responde.

—Hola. —susurra, su voz está llena de cansancio.

—Creí que estarías durmiendo.

—Espera. —Escucho que se levanta de dondequiera que esté, y cierra una puerta a sus espaldas—. Así mejor —dice, con una voz solo levemente más alta—. ¿Estás bien? ¿Va todo bien?

—Mejor que bien. He tocado el chelo. Es perfecto. Es fantástico.

—Ah, mi niña preciosa, sabía que sería fantástico. ¿Qué has tocado?

Me encanta que David sepa qué es importante para mí, que me haga las preguntas adecuadas y que me escuche, que me escuche de verdad, que esté atento a mis respuestas.

Tarareo la melodía de «Libertango».

—¿Es esa?

—Sí. Me encanta.

—Buena elección. —Todavía sigue hablando entre murmullos.

—Pero hay más. —Necesito impulso para contárselo—. ¿Puedes hablar? ¿Dónde estás?

—Estoy en París. La situación es difícil, endemoniadamente difícil. No puedo hablar mucho tiempo.

Escucho que una puerta se abre y se cierra de fondo. Algo se mueve y hace un ruido áspero, ¿una silla, una mesa de café?

—Lo siento —dice, y me lo imagino sentándose, quitándose el pelo de los ojos como hace siempre que está cansado. Suspira, como si estuviera a punto de soltar una narración enorme y densa sobre sus problemas, pero no lo hace.

—¿Quieres que vaya a verte? —Ahora no es momento de hablarle sobre mi triunfo. Será mejor hacerlo en persona.

—No sé cuándo. O dónde. —Parece que habla otra persona, alguien más pequeño—. Tengo un cliente aquí. Yo duermo en la meridiana.

—Podría reservar un hotel. Dime qué día.

—No puedo quedarme a pasar la noche. Es complicado, pero te lo contaré cuando te vea. Lo siento, mi amor. —Parece desolado.

—¿Va todo bien? ¿Estás seguro? ¿Tú y tu...? —Estaba a punto preguntarle si él y su mujer estaban negociando algún tipo de reconciliación, pero él me interrumpe.

—Por Dios, no, nada de eso. Cielo santo, eso es imposible. —Hace una pausa y entiende mi silencio preocupado—. Nada ha cambiado entre nosotros, mi amor. Simplemente tengo que hacer un control de daños exhaustivo.

Me dejo caer en el sofá. Hay una copa de vino pequeña a mi lado, me la bebo mientras él habla.

—Mira, podría ser mañana. Un almuerzo tardío. Quizá hasta la tarde. ¿Puedes venir? ¿Puedes, aunque solo sea una tarde?

Pienso rápidamente en el horario del tren.

—Sí, puedo. No tendré muy buen aspecto después de solo cinco horas de sueño. ¿Podrás soportarlo?

—De todas formas, estarás más guapa que cualquier otra mujer que me cruce por la calle.

Sonrío. Hasta en un momento como este, David logra que todo gire en torno a mí.

—De acuerdo, te veré mañana.

—Reservaré Le XVIII —en realidad dice *dix-huit*—. ¿A las dos de la tarde, mesa para dos?

—Perfecto —respondo, y sonrío.

—Te amo, mi vida, te veo allí.

Le XVIII es nuestro restaurante favorito en París, está lleno de recuerdos y charlas. Al principio de nuestra relación, tratábamos de pasar desapercibidos en *arrondissements* menos poblados mientras los lazos que nos unían se afianzaban. De habernos cruzado con algún conocido suyo en aquellos primeros días, nos habríamos sentido traidores y torpes. David coincide con muchos clientes, pasados y presentes, en las calles cercanas a su apartamento. La mayoría de los empresarios estadounidenses, rusos y de Oriente Próximo con los que trabaja se alojan cerca del Trocadero, en la franja de hoteles de cinco estrellas hacia el *Arc de Triomphe*.

En una de nuestras primeras citas en París, cuando yo no conocía la ciudad y David no pasaba tanto tiempo allí, salimos a pasear al *Pont de Clichy*. Es una zona desagradable. El puente mismo —una vez que se sale del metro, debajo de un paso a nivel, junto a supermercados baratos y lavanderías mugrientas— es utilitario. No es, como podría uno imaginar, una pieza de irónica arquitectura brutalista: es funcional, lúgubre y feo. Las pasarelas del puente se parecen más a una escena de película estadounidense sobre vías de tren que a una senda peatonal, el agua debajo es sucia, gris y con remolinos.

Sin embargo, al otro lado del río hay distritos residenciales mucho más agradables, y en una de esas calles, bordeando el río, está Le XVIII. Si los camareros que trabajan allí se han formado un juicio sobre nosotros —y estoy segura de que saben bien que por lo menos uno de los dos está casado con otra persona— son demasiado profesionales y parisinos a la vieja usanza como para decir algo.

Le XVIII es un restaurante bonito. Me encanta pasarme por allí. Tiene todo lo que me impresiona acerca de la formalidad de París. Los camareros son distantes y apuestos —rara vez atienden mujeres— y la comida jamás me decepciona. La decoración y los aromas, junto con el ambiente levemente arrogante, se suman para producir un efecto muy parisino. Ninguna persona podría pensar que se encuentra en alguna otra ciudad del mundo.

También reservaré un hotel, barato pero cercano al restaurante. David ya me ha dicho que no podía quedarse a dormir, pero posiblemente pueda extender su estancia hasta la noche.

Enciendo el ordenador. Podría ahorrarme algunas libras si reservo el billete del Eurostar ahora, en lugar de comprarlo mañana en el mostrador. Puedo echar un vistazo a los hoteles, y ahora mismo estoy demasiado excitada como para dormirme.

Es cierto que le prometí al señor Williams que trabajaría en el violín de Alan en estos días y que necesito con desesperación seguir tocando el chelo de Cremona, pero todo eso deberá esperar. Esta noche percibí la tensión y el estrés en la voz de David. Necesito saber que está bien.

Enviaré un correo electrónico a Nadia y le pediré que abra la tienda. Ella no mencionó ningún plan que tuviese mañana por la mañana.

En el buzón de entrada hay un correo electrónico enviado por Dominique-Marie Martin. Conozco ese nombre.

Tardo tres segundos enteros en darme cuenta de que es la esposa de David.

Uno, dos, tres. Lo abro.

«Estimada Sra. Atherton», comienza: un correo tan inofensivo como cualquier otro.

Le pido que disculpe que me haya tomado la libertad de escribirle. La verdad es que jamás pensé que lo haría.

Evidentemente, estoy al tanto de su aventura con mi marido desde la noche en que se conocieron. Hablar con una chica guapa con la que acaba de encontrarse y luego no venir a dormir a casa es lo que siempre delata a David.

Si bien no me detendré a explicar la naturaleza de mi matrimonio, estoy segura de que para usted no es ninguna sorpresa, o quizá ya lo haya confirmado, que mi marido y yo tenemos un acuerdo satisfactorio que nos beneficia a ambos. El único aspecto que usted debe conocer es que el acuerdo existe para proteger a nuestros hijos. Específicamente, teníamos un acuerdo firme de que David no tendría más hijos.

Ahora mi marido, para mi humillación más absoluta, ha decidido revertir su vasectomía. Él cree haber encontrado, y le pido que confíe en que las siguientes son sus palabras literales, «el amor verdadero y eterno». El objeto de su deseo es una «modelo» de veinticinco años de edad llamada Marie-Thérèse.

El reciente «acto heroico» de mi marido en el metro de París lo obligó a actuar cuando su novia —usuaria activa de Facebook, como la mayoría de las personas de veinticinco años— vio el vídeo de ustedes dos en el metro de *Porte de Pantin*. En consecuencia, él ha abandonado el hogar familiar y se ha mudado con esta chica a su apartamento en París.

No deseo entablar ningún diálogo sobre todo esto. He enviado el mismo correo electrónico a su asistente privada —quien le sirve desinteresadamente desde hace veinte años— y a una amiga de la familia en Alemania. No me he molestado en informar a las novias provisorias o sin importancia, y no pretendo humillar a ninguna al incluirlas a todas en el mismo correo electrónico.

La manera en que decida continuar su relación con David es absolutamente problema suyo, en el que nada tengo que ver. Sin embargo, debo señalar que, si usted y él también deciden tener un hijo, yo tomaré las medidas necesarias para proteger la herencia, los derechos y la estabilidad de mis propios hijos. Esa es mi única preocupación.

Al pie firma, simplemente, Dominique-Marie Martin.

Tengo diecinueve años. Estoy en el largo pasillo que da a los salones del conservatorio. Subo al tercer piso, donde está la habitación de mi mejor amiga, porque necesito con desesperación un hombro en el que llorar y no encuentro a mi novio.

Mis ojos están tan nublados por las lágrimas que no soy capaz de distinguir el color de la pintura de las paredes ni los números de las puertas. Mi chelo está guardado en un estuche sobre mi espalda; mi pobre, silencioso y maltratado chelo. Vengo del estudio de Nikolai, donde he tenido una clase individual. Él me ha advertido de que, si no practico, pondré en riesgo mi vacante en la universidad. Me ha dicho durante semanas que soy, literalmente, una vergüenza para el precioso instrumento para el que mis padres tuvieron que ahorrar, que soy un lastre en este quinteto y, algo peor, que he puesto en peligro la carrera de Shota.

Practico. Practico hasta que me sangran los dedos. Me levanto por las noches a todas horas para ponerme alcohol metílico en las yemas de los dedos y así fortalecerlas. Reservo salas de música cuando es de noche, cuando todo el mundo sale de bares o va a la discoteca. Practico cuando todo el mundo hace vida social.

Hasta en los momentos a solas con mi novio, solo hablo de música, le pregunto cómo tocaría él algunas piezas, tarareo estribillos en voz baja. Hago todo lo posible por no verme obligada a irme. Lo intento con más esfuerzo que cualquier otra persona.

Hoy Nikolai ha declarado que no es suficiente. Me voy. Mañana él irá a la oficina del director para explicarle que no puede continuar enseñándome porque no tengo talento. Eso es todo, en pocas palabras.

Cada vez me presiona más. Ya no soy capaz de comer antes de las sesiones, se me hace un nudo en la garganta y se me cierra el estómago. He tenido que quedarme después de cada ensayo, y Shota y yo discutimos cada vez más por eso.

—Tu relación con ese chico le costará su carrera —sentenció Nikolai esa noche—. Es un error que lo predispongas en mi contra. Tú solo tienes un corazón, y debe pertenecer a tu chelo, no a un estúpido chico que cree que puede ser tu dueño.

Mi cara se enciende de vergüenza. La idea de que Nikolai sepa que Shota y yo somos novios me humilla más que nunca.

Nikolai se agacha detrás de mí, empuja su palma sobre la parte inferior de mi espalda.

—Aquí —dice, y aprieta mi columna vertebral—. Este es tu centro, aquí es donde generarás el sonido. Es el lugar más cercano a tu alma.

Me incorporo poniéndome lo más recta que puedo. Estoy mareada a causa del hambre y por culpa de los gritos de Nikolai.

Él me hace extender el brazo, el que sostiene el arco, junto con su brazo derecho, y arrastra sus dedos hacia atrás hasta que envuelven mi muñeca.

—Ahora —ordena—, arrastra el arco hacia atrás y siente la melodía en tu alma. Suéltate.

Pero yo me cierro aún más cuando la parte interna de su brazo toca el mío, cuando su cuerpo hace otro intento por empujarme para que me enderece, para darles a mis brazos y a mi columna vertebral el poder combinado que necesitan para producir el sonido que él desea.

Después de resolver mi postura momentáneamente, se concentra en mi mano izquierda, aprieta mis dedos doloridos para que estén más achatados, pero no hace más fuerza sobre las cuerdas. Cuando pasamos al acorde sobre las tensas cuerdas de aleación, siento que cortarán las yemas de mis dedos como si fueran alambre para cortar queso.

Grito de dolor, segura de que el diapasón se manchará de sangre. Nikolai cubre mi mano pequeña con la suya. Cada uno de sus dedos cubre uno de los míos como un guante, su mejilla carnosa está sobre la mía y puedo oler su aliento frente a mi boca.

—Otra vez —susurra, y su voz suena inusitadamente amable sobre mi cuello.

—No puedo. —Y me aparto de él. No puedo acercarme más a este hombre que me presiona y trata de enseñarme, este hombre a quien deseo complacer más que a casi ninguna otra persona, pero a quien desilusiono todos los días—. Simplemente, no puedo.

Nikolai me sigue gritando mientras guardo mi chelo. Guardo la pica y aprieto el tornillo, y él empieza a decir que podría haber llegado lejos. Mientras cierro el pestillo del estuche, enumera las razones por las cuales jamás seré una intérprete notoria. Mientras lucho con las correas para meter los brazos y salir del salón, describe —con detalles puntuales y dolorosos— cómo mi actitud destrozará el corazón de mis padres. El concierto en el que hemos trabajado durante meses es la semana próxima y yo no tocaré en él. Mis padres no estarán entre el público.

Mi tiempo en la universidad se acabó.

Busco a mi novio. Tropiezo al subir la escalera y cuando camino por el pasillo. El cuarto de Shota está a la derecha. Llamo a la puerta, deseando entrar. No hay respuesta.

Sé que no está allí, la habitación es demasiado pequeña para esconderse. Hace solo un mes perdí mi virginidad en el cuarto de Shota, en esa cama diminuta. Fue parte de mi esfuerzo por sentirme normal, por ser como todas las demás estudiantes. Fue mi intento de encontrar la pasión que Nikolai dice que nunca tendré.

No sirvió de nada.

Shota ha dejado a su familia en Japón para venir aquí, está solo. La universidad significa tanto para él como para mí. Es mi tipo de chico.

Me arrastro por el pasillo. Estoy llorando tanto que me provoca náuseas. La puerta de Catherine está cerca del final del pasillo, es la habitación más alejada de la escalera. Me acerco todavía más y la puerta se abre. Es Shota el que sale del pequeño cuarto de Catherine. Es Shota quien se pone la chaqueta y sopla un beso a través de la puerta abierta. Es Shota quien no tiene su viola, que no se ha llevado al cuarto de Catherine con intención de practicar.

Me doy la vuelta y corro. Llamo a mi madre y me marcho.

No le pregunto a Shota cuánto tiempo hace que está con Catherine. Tampoco le pregunto a ella qué demonios está pasando. No vuelvo a hablar con nadie de la universidad. Pasan años antes de que pueda volver a pensar en lo sucedido sin llorar, y décadas hasta que vuelvo a tocar el chelo delante de otras personas.

Leo y releo el correo electrónico. No estoy histérica y no soy ninguna ingenua. No soy estúpida. Respiro profundamente y, con tranquilidad, y recuerdo que el correo fue escrito por una mujer enfadada, una cónyuge traicionada.

Me concentro en lo que estaba haciendo antes de que el correo llegara. Sé que no puedo llamar a David, sé que su teléfono está en silencio y que ya se habrá dormido.

Reservo un hotel en Asnières-sur-Seine por Internet. Es de categoría media —para París— y bastante funcional, y queda cerca del restaurante. Reservo mi billete para el Eurostar. Pienso en dónde dejaré mi coche y, en consecuencia, a qué hora tendré que salir de mi casa.

Lo más espantoso que ha hecho la mujer de David es fingir que él se ha hecho una vasectomía. Supuestamente, significa que ella sabe que estoy desesperada por tener un bebé. También demuestra que no está al tanto de nuestros dos preciosos bebés muertos. Ellos, nuestros mellizos, son lo más grande que tenemos y ahora sé que excluyen a su mujer, y a eso me aferro. Me escucho murmurar «yo sé algo que tú no sabes» a nadie en particular en mi casa vacía. Me voy a la cama.

Pongo la alarma a las cinco y media de la mañana, pero me despierto a las cuatro.

Estoy decidida a no cometer los errores que cometí en la universidad. No voy a precipitarme, ni a sacar conclusiones que podrían tener ecos dolorosos a lo largo de los años.

No tengo razones para confiar en la mujer de David, pero sí todos los motivos del mundo para confiar en él. La conclusión lógica, la única que quiero considerar, es que ella ha visto las imágenes de ambos juntos y necesita descargar su ira contra mí. Mi dirección de correo electrónico es fácil de encontrar: aparece en el sitio web de mi tienda. No existen muchas mujeres fabricantes de violines en esta parte del país y, menos aún, mujeres propietarias de su propia tienda. Sé que le haría falta muy poca información sobre mí para encontrarme, y sospecho que esa escasa información se la proporcionó David cuando los medios de comunicación se apostaron fuera de su casa día y noche.

A las cuatro y media, los pájaros empiezan a cantar y el sol aparece lentamente, como si se abriera una puerta en el horizonte. Mi estado de ánimo empieza a mejorar. La luz del día trae racionalidad, algo de sentido común. Quizá David le haya dicho que soy una modelo de veinticinco años llamada Marie-Thérèse, quizá él quiera protegerme de la culpa. Me convenzo todavía más cuando pongo el nombre en Google y solo encuentro un laberinto de la vida de Picasso y perfumes que se llaman así. Quizá él desea dirigir la virulencia de la ira de su mujer a una imagen al azar en una revista, para evitar escuchar los insultos de ella hacia mí. Tengo la esperanza ferviente de que él, efectivamente, haya abandonado la casa familiar, aunque eso lastime a sus hijos y no sea, en rigor, lo que ambos estipularon.

Durante un momento imagino el resto de sus cosas aquí, en este dormitorio medio vacío. Durante una temporada tendremos que dividir nuestro tiempo entre mi casa y París, pero qué felices seremos.

Me visto con esmero. Quiero parece parisina, quiero pensar que puedo encajar allí, ser una más si hace falta. No quiero que parezca que me esforcé mucho a la hora de prepararme, a David no le gustan los tacones altos ni el exceso de maquillaje.

Elijo un vestido muy corto pero que se compensa con las mangas, largas y estrechas, más angostas todavía en las muñecas. No requiere bisutería, ya que el diseño es bonito tal como es. Es suficiente. No me pongo medias —tengo las piernas bronceadas por el sol del verano— y saco los mocasines que compré en París la primavera pasada.

Me miro en el espejo de la entrada. Me veo guapa y me siento segura.

Cojo mi bolso y confirmo que tengo el pasaporte, las llaves de la tienda, dinero y el móvil. Con cada pensamiento rutinario, todo se tranquiliza, se hace más normal. En pocas horas veré a David.

Lo último que cojo antes de irme es el chelo. Lo llevaré a la tienda para que Nadia pueda tocarlo, si es que lo desea. Ella no es chelista, pero es una intérprete competente ante cualquier instrumento de cuerda, así que sabrá sacarle cualquier melodía, y, lo más importante, lo tratará bien. Cualquier uso que tenga el chelo le ayudará a abrir el sonido.

Cuando llego a la tienda, hay una o dos luces encendidas en los escaparates de la calle. La carnicería de la esquina tiene un horario amplio, y el dueño me saluda con la mano mientras transporta carne desde la camioneta aparcada en la puerta. No parece sorprendido de verme parada frente a la puerta de mi tienda a las seis de la mañana, vestida de forma elegante y cargando un chelo. No me atrevo a dejarlo en la parte delantera de la tienda. Cualquier niño entrometido, mientras su padre esté despistado, podría provocar un desastre y desgastar su brillo, su barniz impecable. Lo dejo fuera de su estuche para que Nadia lo vea, pero lo coloco en una esquina del taller, donde no pueda sufrir ningún accidente.

13

Llego a París muy temprano. Ya sabía que sería así. Reservé con tan poca antelación que debí comprar el billete más caro, la única ventaja es que es completamente flexible. Puedo quedarme esta noche o volver más tarde hoy mismo. Hundo las uñas en las palmas de mis manos, deseo quedarme y que David se quede conmigo.

Intento dormir en el tren, pero estoy demasiado tensa. En cambio, repaso el papeleo para el concurso. Tengo dos semanas antes para despachar el chelo. Un mes más tarde, David y yo tendremos doce dichosas noches reservadas en un bello hotel de Cremona. Durante el día estaré con fabricantes y comerciantes de todo el mundo, y David, por supuesto, hará su parte, traduciendo para mí y, en general, entreteniendo a clientes potenciales. Por las noches escucharemos recitales, ejecutados por músicos increíblemente importantes, los mejores del mundo. Por las noches dormiremos abrazados y trataremos de olvidar toda esta angustia.

La Gare du Nord me regala su mezcla usual de sonidos y olores. A mi lado, los turistas se chocan entre sí para llegar a la parada de taxis que está a la derecha. Tratar de sobrevivir ante la marea de gente que está en el lado izquierdo de la estación es como nadar a contracorriente.

Me doy por vencida y me dejo empujar hacia la calle lateral, como un corcho en el mar. El sol me parece fresco después de la atmósfera empalagosa del tren, y en cuanto sus rayos me tocan respiro profundamente. El aire de esta ciudad tiene un sabor que podría distinguir entre miles.

Camino por la calle. No es de las zonas más salubres; según mi experiencia, los barrios de las ciudades cercanos a las estaciones nunca lo son.

Paso junto a algunos salones de masaje y por una hilera de restaurantes tapiados con tablas. Un par de hombres entregan tarjetas para hacer llamadas al extranjero en el exterior de un estanco, pero me ignoran porque soy blanca. Suponen que no tengo a nadie a quien llamar en países lejanos.

La red de autobuses públicos de París me supera, incluso David se limita a usar los pocos recorridos que conoce. Echo un vistazo a la aplicación del sistema de transporte público parisino que tengo en el móvil, pero no parece haber un camino fácil hacia mi destino. La aplicación me informa de que no me llevará mucho más de una hora llegar caminando, y tengo por lo menos ese tiempo libre. Mi ropa para pasar la noche y una versión en miniatura de mi kit de maquillaje están guardados en una pequeña mochila de cuero que llevo al hombro. No pesa demasiado ni es difícil de llevar, y mis zapatos son planos, cómodos y prácticos. La caminata me despertará, y puedo hacer que sea agradable si voy por Pigalle, subo por la colina hasta Sacré-Cœur y bajo por las calles sinuosas de Montmartre. La segunda parte de la caminata no será tan agradable, pero estoy dispuesta a intentarlo. Creo que parezco lo suficientemente nativa como para internarme en las zonas más funestas hacia *Pont de Clichy*.

Agradezco el ejercicio, probablemente sea el camino más empinado que puede encontrarse en París y la falta de aire me estimula. Subo con esfuerzo la escalinata de Montmartre, y, cuando llego a la cima, me detengo a apreciar la vista.

Paseo por el cementerio de Montmartre. No había estado aquí antes, y me entretengo mirando las esculturas, la historia y las declaraciones de amor y respeto. Consulto la hora y me doy cuenta de que no puedo retrasarme más. Camino a ritmo considerable durante la siguiente media hora, aproximadamente. Por la zona, los edificios, la gente y sus actividades puedo adivinar que estoy cerca del restaurante. Entro en una farmacia y finjo estar interesada en unas gafas de sol para echar un vistazo a mi aspecto en el espejo del mostrador, reviso mi pelo y me fijo en si llevo bien puesto el pintalabios. Tengo aspecto cansado. Mis mejillas están encendidas y soleadas por la caminata, pero mis ojos están apagados e hinchados.

La pesada puerta del restaurante tiene una larga manilla de bronce que la surca de un lado a otro. No tengo oportunidad de empujarla, pues el atento *maître* se adelanta y la abre. Echo un vistazo detrás de él en la penumbra del restaurante. El restaurante es espectacular, está lleno de todo tipo de plantas de interior de color verde oscuro en soportes de aspidistra y sobre barandillas de cobre pulido a lo largo de toda superficie horizontal, a excepción de las mesas, cubiertas de mantelería blanca y almidonada.

David está sentado en una mesa del otro lado. Está probando el vino y habla con entusiasmo con el camarero. Sostiene la copa de vino a contraluz y hace girar el líquido rojo en ella.

David levanta la mirada y me ve. Su cara se ilumina al reconocerme. Se levanta y se acerca con los brazos abiertos. No hay malicia, simulación ni preocupación en ese rostro, ninguna tensión en las comisuras de esos bellos ojos.

David es un hombre inocente.

Me siento tan aliviada que casi estallo en lágrimas en la puerta del restaurante. Camino hacia David y él me abraza. Todo es como debe ser.

—Habrás tenido un viaje horrible, Gracie. Siento mucho haberte enredado en mis problemas.

—¿Parezco una bruja? —le pregunto, y sonrío. He bajado la voz por si los camareros hablan inglés.

—Estás fantástica. Como siempre. —Me besa y aparta mi silla para que me siente—. Y, en honor a la verdad, debo decir... que estás increíblemente parisina.

—Eso es porque me he comprado aquí los zapatos y el vestido.

—El vestido es extraordinario. Estás sensacional. —Se inclina hacia mí—. ¿El chelo es todo un éxito?

Sonrío.

—Sí, lo es.

David se apoya en su silla y se encoge de hombros. Vestido con su ropa de París parece todo un francés.

—Sabía que lo conseguirías. Y ganarás el concurso. Estoy seguro, mi niña preciosa.

Vuelve su atención hacia el menú, pide champán para los dos. Este no tarda en venir, envuelto en una servilleta blanca. David sacude la cabeza cuando el camarero le ofrece catarlo. Le hace un gesto para que llene nuestras copas.

—Por tu éxito —dice, y me mira a los ojos—. Estoy increíblemente orgulloso de ti.

—Tu mujer me ha enviado un correo electrónico. Dominique-Marie. —Las palabras salen de mi boca sin permiso. Este no es un momento para echar a perder.

El champán está burbujeante y frío, de color amarillo, perfecto.

El hombre que tengo enfrente rebosa de amor, sostiene mi mano sobre el mantel y estremece mi piel.

Los camareros se mueven como si fueran pájaros, arreglan cubiertos y alisan servilletas.

—Me dijo que lo haría —confiesa. Su mirada no se aparta de la mía. Su boca permanece firme. Ninguna gota de sudor hollywoodense se asoma en el arco de Cupido de su labio superior.

—¿Es cierto?

—No lo sé, mi amor. No sé qué te ha dicho.

—¿La has dejado? ¿Los has dejado?

Vuelve a chocar su copa de champán contra la mía y bebe.

—Así es.

No sé qué decir. No sé por qué no me ha dicho nada.

Un camarero se acerca con dos menús. Comenta el *plat du jour*, y él y David se ríen de algo. David le hace una seña para que se retire.

—Me dijo cosas horribles. —No puedo nombrarlas. Las palabras se atascan en mi garganta como si fueran de algodón. Mi lengua parece de cristal, que se romperá en añicos si pronuncio esas palabras. Las astillas me sofocarán y lacerarán mi garganta.

—Está enfadada, Grace. Y herida. —Frunce los labios—. Esto no fue lo que habíamos acordado que sucedería. Y no habría sucedido si el destino no hubiese intervenido. —Da un suspiro, muy característico de él, y se quita el flequillo de la cara—. ¿Podemos olvidarnos de todo esto por hoy?

¿Tratar de disfrutar? Ya te contaré todos mis problemas de mierda, ¿me cuentas tú lo del chelo y hablamos de lo que haremos en Cremona?

Siento que unas víboras se arrastran debajo de la piel de mi cara. Diminutas serpientes malévolas se agitan a través de los capilares debajo de mis ojos. Puedo sentir el dolor de sus escamas, que raspan mi piel a medida que avanzan.

—¿Grace?

Un dolor intenso recorre el contorno de mi barbilla, se detiene en la articulación de mi mandíbula. Pelea y sobresale detrás de mis ojos. Abro la boca para aliviar la presión y las palabras caen de mi boca.

—Me dijo que te hiciste una vasectomía.

Él cierra los ojos. Puedo ver que su cara se mueve, que sus pensamientos se reagrupan. Observo su lengua en la punta misma de su boca, la veo frotar y mojar sus dientes. Late mínimamente, de forma involuntaria. Puedo ver las papilas gustativas que sobresalen en el fondo, en la parte redonda. Sus labios son del tono exacto de rosa que deben tener los labios de un hombre, su lengua, uno o dos tonos más oscura. Sus dientes están derechos y son realmente blancos, y brillan donde les da la luz.

—Grace, vamos a hablar a otro sitio. —Cuenta billetes y los deja sobre la mesa, paga el doble por las bebidas: es una señal para que los camareros sepan que nos vamos por nosotros, no por ellos. Somos nosotros los culpables.

David se muestra elegante y controlado cuando me ayuda a levantarme de la silla sujetando mi brazo. Se detiene en la puerta para dejarme salir primero y me guía hasta la calle.

—¿Dónde está tu hotel, Grace? ¿Dónde has reservado?

Mis manos tiemblan cuando extraigo mi agenda de la cartera. No tengo fuerza para abrirla y sacar la hoja impresa de mi reserva. Mis pertenencias se desparramarán por la calle de París, cada valioso trozo de papel, cada billete, cada recuerdo guardado entre las hojas de esta libreta se irán volando.

David lee la dirección en voz alta.

—Está bien, mi vida. —Me agarra de la mano—. Puedo explicártelo. Por favor, no llores.

No estoy tan paralizada como creí que estaría. Una lágrima brota de mis ojos y lentamente comienza a descender por mi cara.

David me enjuga las lágrimas con su pulgar.

—Vamos, Gracie. Salgamos de la calle, hablemos como es debido.

He compartido los peores momentos de mi vida con este hombre. Tiene que haber una explicación. Tiene que haber palabras y motivos.

David es el único que siente la caída que yo sentí, el mero caos de caer, sacudirse hacia el vacío del que nunca hemos salido. Él es la única persona, aparte de mí, que conoció a nuestros bebés, que fue consciente de su existencia, que estuvo cerca de ellos físicamente.

Es la única persona con la que pude contar como punto de apoyo, para sostenerme, una fracción de seguridad para evitar que chocara contra el suelo. Por favor, que no sea él quien corte la cuerda.

—Grace, Grace. —Habla en voz baja y acaricia mis brazos. Estamos fuera del hotel—. Necesito que te concentres un minuto. Vamos a registrarnos y a buscar nuestra habitación, y luego resolveremos esto. ¿De acuerdo?

Subo la escalera sin hablar. Sigo a David hacia la habitación del hotel, como lo hice cientos de veces antes. Si hablo, si abro la boca, me haré pedazos.

La habitación es sorprendentemente buena para la categoría media de París. En otras circunstancias estaría impresionada. Por el contrario, se me viene a la cabeza el sofá Luis xv, las gruesas cortinas rojas con lazos de cuerda dorada, iguales que las de la habitación donde perdí mi vida.

Los temas de arte y música clásica se agolpan en mi cabeza. El hombre contra el hombre. El hombre contra la naturaleza. El hombre contra sí mismo. En cada tema, veo que un trozo de mi vida desaparece; me destroza la pérdida de mi carrera, de mis hijos, de mi futuro.

David me pide que me siente en la cama y se sienta muy cerca de mí.

—No es lo que crees. Te lo juro.

Extiendo mis dedos sobre las rodillas, los estiro todo lo posible y siento que cada nudillo aprieta rígidamente al dedo de al lado. Me quedo mirando las uñas de mis dedos. Intento respirar con normalidad.

—Fue antes de conocerte, tres semanas antes de conocerte. —Se levanta de la cama de un salto, cae de rodillas delante de mí y sujeta mis manos. Mientras se arrodilla me mira a los ojos—. No creas que no siento vergüenza por haber creído que no eran míos. Por decirte que no eran míos aquel primer día. Recuerdo esa conversación una y otra vez. —Deja caer la cabeza. Veo los remolinos en su coronilla, los escasos cabellos grises que sobresalen—. Nunca podré perdonármelo, lo que te dije fue una barbaridad. Pero en ese momento estaba convencido de que así era.

Apoya su cabeza sobre mi falda.

—Esta semana me he sometido a un chequeo, un seguimiento rutinario. Me han advertido... No, no ha sido una advertencia, joder. Me han recordado. Ya me habían dicho una vez que no debía tener relaciones sexuales sin protección durante semanas, antes de que los últimos..., bueno, ya sabes. Hasta que todos los espermatozoides murieran.

Mis dedos están inmóviles. Están blancos y tengo frío. Tengo piel de gallina en las piernas. El vestido corto ahora parece ridículo, infantil y frívolo.

—Y después, estabas destrozada. Completamente aniquilada. ¿Qué podía hacer? —Mira mi cara.

Mi boca tiembla, mi barbilla se estremece. No tengo palabras.

—He preguntado en el hospital y me he asegurado de que, aun así, hubiera alguna manera de tener un bebé. De sortear la situación. Pueden pincharme los testículos y sacar espermatozoides. —Su cara se tuerce en una sonrisa peculiar—. Se hace con anestesia general —dice este último comentario en tono de broma.

Las palabras brotan de mi boca. Salen débiles y los dos tenemos que hacer un esfuerzo por escucharlas.

—¿Te haces una idea de lo que he tenido que soportar? ¿De la invasión de mi intimidad que ha supuesto? ¿Las pruebas, los legrados y el maldito dolor?

—He estado contigo la mayor parte de las veces, Grace. Por supuesto que lo sé. —Se pone de pie, se pasea—. ¿Crees que a mí no me ha dolido? ¿Puedes imaginarte cómo me sentía cada vez que ponían tus pies en los estribos, para hurgarte o pincharte? ¿Sabiendo todo el tiempo que podía poner fin a todo eso, pero que, si lo hacía, te causaría el peor daño posible?

Se desploma en una silla al otro lado de la habitación. Apoya la cabeza entre sus manos.

Me pongo de pie y abro la puerta del baño en *suite*. Vomito antes de poder siquiera cerrar la puerta. El vómito mancha el retrete, como si todos esos años ponzoñosos brotaran de mí.

No quiero perder mis años ponzoñosos. No quiero perder nuestro pasado... por ficticio que haya sido. Sin él, no tengo nada.

Cuando vuelvo a la habitación, David está llorando abiertamente. Por primera vez pienso en la facilidad que tiene para llorar. En lo atractivo que me resulta cuando lo hace. David nunca moquea, ni tiene la piel hinchada, ni solloza como si le fuera la vida en ello. David llora apaciblemente. Las lágrimas alargan sus pestañas perfectas y después derraman dos rastros de tristeza sobre sus mejillas sin manchas, como un barniz impecable.

—Iba a hacerlo, de un modo u otro, en cuanto mis hijos tuvieran la edad suficiente. En cuanto fuera el momento adecuado para que formáramos una familia. —Su mirada es suplicante.

Me pregunto si mi corazón ha dejado de latir. No puedo oír nada en mi propio cuerpo.

—Iba a revertirlo o, llegado el momento, nos someteríamos a una fecundación *in vitro*. Finalmente tendríamos lo que queríamos. Mientras tanto, nadie saldría herido.

Vuelvo a sentarme y él se acerca. Con suavidad me apoya en mi lado de la cama, se acuesta a mi lado y me toma entre sus brazos. Puedo oler su aroma y sentir la suavidad de su cuello sobre mi piel.

—Lo siento mucho, mi amor. Te quería demasiado como para decírtelo.

Me besa en el rostro, besos que parecen diminutas mariposas se posan y vuelan, vuelan y aterrizan.

—No me puedo creer todo el daño que te he hecho. Siento haberlo hecho durante tanto tiempo. Lo siento mucho.

—Ocho años. —He cerrado los ojos para reprimir el dolor, el peso de toda la información, y mis palabras resuenan en la oscuridad púrpura de mis párpados cerrados—. Ocho años.

—Lo siento muchísimo.

—También me ha dicho que tienes novia.

14

Sé que me odiaré a mí misma por haberme acostado con David, pero estoy demasiado cansada y demasiado borracha por culpa del ponche como para no hacerlo. Necesito que alguien me abrace, que apriete su piel contra la mía y me asegure que todavía sigo viva. A pesar de que él es el causante de mi destrucción total, es la única persona que puede protegerme.

Cuando la palabra «novia» sale de mi boca me doy cuenta de que todo es cierto. Acepto el hecho lentamente, en gotas que manchan todas nuestras charlas previas como moho. Mi conciencia se traslada hacia atrás y hacia delante, buscando una pista aquí, una sospecha allá, descubriendo al final de mi búsqueda una infidelidad fría y cruda.

Las vendas se caen de mis ojos, una por una. No las vendas que me impiden verlo a él —lo que siento por David tardará más de un día y una conversación en desmantelarse—, sino que, de pronto, puedo ver la situación y la desolación con tanta seguridad como si las dos estuvieran de pie en la habitación.

Necesito posponer las palabras el mayor tiempo posible. Necesito contener la lluvia implacable de palabras que amenazan con hundirme, que ya me cortan la respiración.

Cedo ante los besos tentativos de David. Dejo que su boca pase por mi cuello, mi cara, hasta llegar a la mía. Luego respondo su beso con avidez, conjurando el tremendo dolor de haberlo perdido ya, de no haberlo tenido nunca.

No hablamos, excepto entre jadeos. Él me dice que me ama.

Y yo le respondo. No sería cierto decirle lo contrario.

Este es mi último momento con él, pienso mientras hacemos el amor, y no puedo imaginar cómo funcionará mi vida sin él en ella.

Me despierto en la cama del hotel envuelta en la penumbra. Las cortinas siguen abiertas, y la luz cetrina de las lámparas de la calle cae sobre todos los objetos de la habitación. David está sentado, sus pies están apoyados en el suelo y se está poniendo la camisa.

Me siento consciente y avergonzada. Antes de hablar con él, me digo a mí misma que no tuve elección, que la alternativa a dormir en este hotel con David era volver llorando todo el camino de vuelta —sola— a Londres. Eso me digo a mí misma, pero la verdad es que solo quería algunas horas, algunos minutos más con él.

—David.

—Lo siento, mi amor, no quería despertarte. Tengo que irme. —Se da la vuelta y me toca el brazo. Es un gesto que conozco bien, lo conozco desde mi primer encuentro con él. David me toca como si nada hubiese cambiado.

Sujeta mi mano y la besa. La sostiene durante un segundo, después aspira y huele mi piel.

—Te veré pronto. Muy pronto. Iré a Londres en cuanto pueda. Siento haberlo jodido todo.

Estoy mareada, como si hubiese imaginado todo lo sucedido durante el día y la noche.

—He pensado...

Él me sonríe, me besa suavemente en la mejilla.

—Dios, eres preciosa. ¿Qué has pensado?

—Tu mujer me dijo que tenías novia.

Él no lo ha confirmado ni negado, y me sujeto a eso como a un talismán. Pero se escapa de mis dedos como humo.

—Mira, nada ha cambiado entre tú y yo. Somos los mismos que éramos antes.

—¿Tienes novia? —Me duele la cabeza. Necesito ir al baño, pero no puedo levantarme. Si me muevo, él se irá, estoy segura.

—Gracie, tengo mujer. Eso no nos ha afectado, ¿verdad? Nunca nos ha afectado. —Se levanta el cuello para ponerse la corbata debajo—. Nada ha cambiado. Te amo. Y... —Apoya su mano sobre mi hombro— ... no quiero perderte. Nunca he querido perderte.

—Te estás acostando con otra, ¿verdad?

—No es así. No es algo sexual. Mira, mierda, es difícil de explicar..., necesito más tiempo. Conocí a alguien, sí, pero es diferente. Es diferente de mi matrimonio y es diferente de nosotros.

Una ráfaga de aire frío entra por la ventana abierta, pero no es el aire el que hace que me estremezca.

—He pensado que podía vivir sin ti, mi niña preciosa, realmente iba a intentarlo. He pensado que lo haría. Le he prometido a Marie-Thérèse que te dejaría. Pero no puedo.

Me siento en la cama. Pongo ambas manos sobre mi boca e intento contener la incredulidad.

—Cuando te he visto en el restaurante, tan guapa, me he dado cuenta de que jamás podría dejarte. Eres realmente única.

Si permanezco en silencio, este hombre desconocido en la piel de David dejará de hablar. Si uso mi silencio para negociar con él, tal vez esta persona me devuelva a mi atractivo novio.

—Es como cuando nos conocimos. Ni más, ni menos. Ella me ha hechizado. Exactamente como hiciste tú. Y todavía me hechizas.

Se inclina hacia mí, intenta besar mi espalda.

Me aparto de él, y, de inmediato, siento la distancia que he puesto entre los dos. Los centímetros que nos separan caerán como un iceberg, trozos helados de hielo que destrozarán mi vida.

—No te enfades. Estoy siendo sincero contigo. Es todo lo que puedo hacer. Es lo único que puedo hacer.

—¿Me estás pidiendo que me quede contigo? ¿Mientras tienes un bebé con esa chica?

Él se levanta, se pone los pantalones y tira de su cinturón.

—No sé qué va a pasar. Me han obligado, ¿entiendes? Yo no he pedido nada de esto.

—¿Y qué hay de mi bebé? —Mi voz es un fantasma en la habitación.

Él apoya los dedos en sus sienes, cierra los ojos.

—Cuando estamos juntos somos geniales. Geniales. Conocer a Marie-Thérèse no entraba en mis planes. Y tampoco enamorarme de ella. Tienes que entenderlo, nada de esto ha sido premeditado. —Y luego añade, como si yo tuviera pocas luces—. Grábate esto. Esto. No. Ha. Sido. Premeditado.

Un ruido surge de mi interior, mitad hipo mitad sollozo. Es un brote de humillación, un dolor que se niega a convertirse en ira por más que yo lo desee.

Lo único que puedo sentir es pena. Siento desesperación por que él me diga que nada de esto es cierto, deliro con la necesidad de que sea una alucinación. O un simple error.

—Grace, le he mentido a mi hijo menor toda su vida para estar contigo, nueve años de mentiras. Ya no tengo que mentir más. Me he marchado. Mi familia está destruida, devastada. Mis hijos ni siquiera quieren hablarme.

Él vuelve a sentarse. Me aparto de él en la cama y él apoya su mano sobre mi rodilla. Estoy desnuda debajo de la fina sábana blanca, y su palma recorre los huesos de mi pierna.

—Todas las cosas que te he dicho son ciertas. Cada una de mis palabras.

—¿Pero te acostabas con otras personas? —Lo más profundo de mi ser rogaba, sin palabras, que respondiera que no.

—Nunca me has pedido eso, Gracie. Nunca me has pedido exclusividad. Sabías que estaba casado cuando aceptaste lo nuestro. Siempre has sabido que no eras solo tú.

Exhala un suspiro de frustración.

—No me pidas que la deje, mi amor, no puedo. Desearía poder, pero no puedo.

En mi interior, una voz atrevida, vívida, grita que yo jamás le pediría eso, que ella puede quedárselo, que lo aproveche. Están hechos el uno para el otro. Mi voz escondida le grita, golpea su maldita cara, tira de su pelo y le rasga la ropa.

Empiezo a temblar de impotencia.

—Tienes frío, mi amor. Estás temblando. —Se levanta y cierra la ventana, un acto diario de preocupación, de amabilidad. Y luego vuelve a repetir su letanía contándome lo mucho que me ama y lo mucho que ama a su novia (que tiene solo siete años más que Nadia) y todo lo que ha dejado atrás por nosotras.

El temblor no cesa. Mis manos tiemblan, y no confío en que mis piernas me sostengan cuando intente ponerme de pie. Mi voz ronca y trémula dice que debo ir al baño y que necesito que David me ayude, casi que me transporte.

Cierra la puerta en un gesto de peculiar modestia, teniendo en cuenta que acabamos de pasar horas teniendo sexo en esa misma habitación.

Murmuro que he terminado y me ayuda a volver a la cama.

—Tienes que dormir un poco, mi amor. No te haces ningún bien. No nos haces ningún bien.

Tengo los labios demasiado secos como para emitir algún sonido, si hablo las palabras se pegarán a mi piel áspera. Lo miro callada, y él responde arropándome con la sábana y tapando mi cuerpo con el edredón.

—Debo irme, niña preciosa. Lo siento mucho, pero debo irme. Te llamaré.

Mi imaginación lo sigue de regreso al Trocadero, entra con él en el ascensor *art déco* y cruza las puertas de hierro ornamentadas. Viaja hacia el fresco pasillo blanco de su apartamento, siente la brisa del río que entra a través de la larga ventana, sigue sus piernas que cruzan la elegante sala.

Lo último que imagino, antes de caer vencida por el sueño, todavía temblando, es que llega a los brazos de una atractiva joven. Mi cabeza me obliga a sufrir el dolor de observar cómo se besan, y me doy la vuelta antes de que hagan el amor.

El viaje de vuelta a casa es la clase de viaje que se hace cuando alguien muere. No puedo concentrarme, no puedo diferenciar la realidad de mi imaginación.

Cada vez que intento procesar que él no volverá —que se ha marchado— recuerdo el plan que habíamos hecho juntos para las próximas semanas, y vuelvo a empezar de cero. Todavía soy la misma persona que era cuando comencé a caminar desde la Gare du Nord para ir al encuentro de mi novio. Mi vida está configurada para que David forme parte de ella, para que consuma mis pensamientos.

Apenas me relajo, recuerdo sobresaltada todo lo sucedido en los dos últimos días. Cada recuerdo es un impacto nuevo y violento.

Sentada en el asiento gris del tren, intento imaginar momentos de nuestro pasado, de encontrar una pista y asirme a ella. Pero no las hay. No ha habido preámbulo para este descubrimiento. David y yo nunca hemos hablado de cómo era él cuando no estábamos juntos.

Me pregunto cuánto tiempo hace que está enamorado de Marie-Thérèse. Intento no pensar en cuánto tiempo hace que se acuestan.

Esa parte de mi vida en el glamuroso apartamento parisino se ha acabado. La chica sobresaliente y cosmopolita con un novio perfecto, con una carrera brillante por delante..., todo eso ha muerto. Peor aún, no sé cuándo murió esa persona.

¿Habrá estado viviendo la novia en el apartamento durante mi ausencia? ¿Habremos compartido las mismas sábanas limpias en noches alternas, y asistido a conciertos y restaurantes diferentes, pero viviendo la misma vida?

Ella sabe de mí. David dijo que le ha prometido dejarme.

Dejarme.

¿Dejarme dónde? ¿Con quién? Parece que me ha dejado frente a un abismo, un cráter en ebullición que soy incapaz de entender. El tren avanza por las vías con gran estruendo. Los campos del norte de Francia, que parecen sacados de un cuadro, con sus margaritas, casas de labranza anaranjadas y pequeñas camionetas blancas, ceden paso a la oscuridad del túnel. Deseo que la piedra se encoja, que sujete al tren y nos apriete hasta convertirnos en una pelota negra. Darme por vencida.

Bajo la luz brillante al otro lado, el acantilado se eleva a mi derecha y Weald of Kent anuncia sus colinas verdes. Cuanto más me acerco a casa, peor me siento. No me queda nada para llegar. Es peor que lo que me ocurrió en la universidad, peor que el aborto; estos dos hechos —aunque en ese momento no me di cuenta— dejaron fragmentos de esperanza, fantasmas de futuro a los que agarrarme. Este es el fin de mi mundo, la destrucción de mi pasado y la devastación de lo que podría haber sido. Este es el final del «Había una vez...».

No puedo volver a mi hogar. No puedo dormir en una cama que tiene «un lado de David».

Conduzco hasta la tienda en lugar de irme directamente a casa. Aprieto los dientes y me aferro al volante, necesito todos mis sentidos para concentrarme en el camino de vuelta. Mi cabeza forcejea durante todo el trayecto, intentando encontrar una razón para no estrellarme ni para quedarme quieta en alguna esquina. Me digo que debo encontrar un sitio donde solo pueda lastimarme a mí misma, donde no exista el riesgo de arrastrar a ningún inocente conmigo.

Abro la puerta de la tienda y la cierro con un fuerte portazo. Pongo todos los cerrojos para asegurarme de que estoy completamente aislada del mundo exterior y que no existe ninguna posibilidad de rescate. Aquí es donde quiero que todo termine, donde he elegido quedarme.

Camino hasta el taller.

En el rincón está mi chelo de Cremona. Brilla bajo la lámpara fluorescente. Su barniz perfecto es una alegoría de todos los velos que he elegido para no mirar atrás, de todo el humo y los espejos de mi vida.

Echo mi pierna hacia atrás, doblada por la rodilla.

Apunto mi mocasín francés al suelo antes de dar una patada que destruye el frontal del chelo.

Las distintas partes de un chelo están unidas con cola animal. La cola animal se fabrica hirviendo tejido conjuntivo de distintos animales. La cola es soluble en agua y puede disolverse en cualquier momento. La ciencia no ha logrado encontrar un adhesivo más apropiado para la fabricación de violines.

Dos de los daños más comunes —y más graves— de cualquier instrumento de cuerda son las fracturas del alma o de la barra de bajos. Cuando se aplica fuerza a la parte exterior del instrumento, la frágil tapa superior se quiebra a través de las piezas interiores más fuertes. Las líneas que van desde abajo de una efe hasta la base del instrumento son, en general, fracturas de la barra de bajos a la derecha o fracturas del alma a la izquierda. La tapa superior, que es de una madera más blanda que la tapa inferior y las fajas de arce, siempre ha sido más propensa al daño que otras partes del instrumento.

El chelo es uno de los pocos instrumentos que posee el registro vocal de un ser humano.

15

La primera voz que escucho es la del señor Williams. Detrás de esa voz hay otras, pero no puedo distinguirlas.

No me molesto en prestar atención. Puedo oír que el señor Williams susurra y se preocupa. Su voz es como una manta, y utilizo la seguridad que me brinda como excusa para volver a cerrar los ojos.

La voz de Nadia es como cristal que estalla.

—¡Mierda, Grace! ¡Bien hecho!

Detrás de ella, el señor Williams sigue comentando trivialidades y emitiendo sonidos conciliadores. Las palabras no importan, los sonidos son suficientes por sí solos.

—Joder, esto es imposible de arreglar. —Ella no le presta mucha atención a lo que le dice el señor Williams.

Siento la ráfaga de aire cuando Nadia se deja caer en algún sitio cerca de mi cara. Abro mis sentidos, pero no mis ojos, e intento comprender dónde estoy.

Estoy en una cama que no es mía. Me doy cuenta por la suavidad de las almohadas que se hinchan sobre mis mejillas a ambos lados y por la calidez del pesado edredón que cubre todo mi cuerpo, envolviéndolo como un capullo. Adivino, sin mucho esfuerzo, que estoy en la casa del señor Williams.

Tengo un presentimiento espantoso, un recuerdo vago y esquivo como el humo. Sé por qué estoy aquí. La culpa, el horror y una aplastante tristeza invaden mi cabeza.

No me queda tan claro por qué Nadia está aquí, y me gustaría que se marchara.

—Supongo que todo tiene que ver con David. —Nadia es implacable—. He leído el artículo.

Abro los ojos. Sin duda es la casa de una persona mayor. Las paredes son de color beis y están cubiertas con una gran variedad de cuadros de paisajes. La luz es tenue y se filtra a través de unas finas cortinas, con un pálido estampado de rayas.

—¿Qué artículo?

—Supuse que lo habrías leído. Creí que por esa razón..., ya me entiendes. Que por esa razón lo destrozaste todo.

—Nadia. Esas preguntas pueden esperar. —El señor Williams la hace levantarse para que no estorbe y, cuando ella se pone de pie, veo su cara sin tener que girar la cabeza. Ha salido sin maquillaje, y está joven y fresca.

—Grace, querida, ¿quieres un vaso de agua? Está aquí, en la mesilla de noche. —Se sienta en el borde de la cama.

Muevo los ojos lentamente hacia la izquierda. Hay una botella con un vaso de cristal transparente posado encima. Asiento con la cabeza.

El señor Williams levanta el vaso hasta mis labios y yo le dejo hacer, porque me duele cada centímetro del cuerpo. Es un dolor sordo, muscular y profundo.

—¿Qué artículo?

—Shhh, Grace. Todo a su debido tiempo. Volvamos primero al mundo de los seres vivos.

Hago un esfuerzo por incorporarme y levanto los hombros de la almohada. Siento que mi cabeza es de plomo, y apenas puedo soportar su peso. El interior de mi boca está hinchado, la piel de mi cara está tensa.

—Cielo santo, Grace. Estás horrible. —Nadia habla en voz muy alta.

—Suficiente, Nadia —interviene el señor Williams—. Ve a hacer algo útil. Mira si el horno ya tiene la temperatura adecuada para el pan.

Nadia se marcha, supuestamente para hacer lo que le han mandado. Siento un gran alivio cuando se va.

—¿Es David? ¿Salió en los periódicos? —Mi voz suena como la de alguien débil y viejo. Como la de una persona derrotada.

—Vamos, debes beber algo y arreglarte primero, Grace. —El señor Williams me ayuda a apoyarme sobre las almohadas. Tengo puesta una camiseta blanca, demasiado grande para mí. Nunca antes la había visto—. Es David, sí. Es sobre él. Pero esperar diez minutos no cambiará nada.

—¿Se encuentra bien?

El señor Williams asiente con la cabeza.

—Él está bien, que es mucho más de lo que puedo decir de ti.

Por el ardor que siento en los ojos parece que estoy llorando, pero mis mejillas están secas. Tengo, como un destello fotográfico, una imagen de mí misma, llorando sobre el suelo del taller. Literalmente sobre el suelo del taller. Con la frente apoyada sobre la alfombra y los brazos y las piernas extendidos, impotentes. De vez en cuando aporreaba la alfombra áspera con las palmas de las manos, la raspaba con las puntas de los pies mientras gritaba. No quiero pensar en eso.

—Estaba borracha. —Esta nueva versión de mí es tan delgada como el papel.

—Lo sé.

—Cuando he vuelto de París, he bajado al sótano del taller. Allí abajo hay un sofá, un comedor pequeño con techo bajo. —No sé por qué menciono estos detalles.

—Lo sé. —El señor Williams asiente lentamente con la cabeza. Aún tiene el vaso de agua entre las manos y me lo ofrece.

Envuelvo mis dedos alrededor de este. La frialdad del vaso me reconforta. Me sorprende que aún pueda tener sensaciones comunes.

—No sé qué he bebido. Quería morirme, creo.

Las yemas de mis dedos están cubiertas de costras diminutas, quemaduras de la alfombra por haber arañado el suelo, por rasparlo sin sentido con mis desesperadas manos vacías.

El señor Williams no habla, pero asiente con la cabeza. Lo miro, pero debo apartar la mirada porque la tristeza en su cara me destroza. Su mano tiembla ligeramente cuando coge el vaso de mi mano.

—Lo que has hecho ha sido horrible.

Cierro los ojos con fuerza, como si de esa forma pudiera cerrar mis oídos, mis recuerdos.

—No puedo creerme que hayas destrozado los instrumentos. Eran preciosos.

Imágenes espantosas desfilan frente a mis ojos cerrados. En mi cabeza veo mi pie dándole una patada al chelo, oigo el ruido chirriante de la madera destrozada que se dobla sobre sí misma y se astilla hasta covertirse en pequeños palitos. Me imagino destrozándolo todo. Espero, con poco entusiasmo, no haber cogido una viola por el cuello ni haberla golpeado contra los violines que estaban colgados del soporte. Deseo con todo mi ser que solo sea mi imaginación que he destrozado los chelos y arrasado con todos los instrumentos de mi mesa de trabajo.

Siento náuseas al recordar el olor del polvo, las heridas frescas y abiertas de la madera, el barniz derramado y la cola goteando. Rezo para que todos estos recuerdos sean alucinaciones. Me tapo la cara con las manos y sollozo. Sé que no lo son.

Siento arcadas y me tambaleo hacia delante cuando recuerdo la imagen más clara. Mi mocasín francés, mis tobillos finos, mi furiosa rodilla huesuda, aplastando la frágil tapa de un violín italiano de tamaño mediano. De un instrumento que había sobrevivido a dos guerras mundiales y a innumerables propietarios.

Verdaderamente siento odio de mí misma, y las arcadas se convierten en vómito en toda su magnitud.

El vómito cae sobre la ropa de cama limpia. El señor Williams se pone a trabajar de un salto: trae toallas y cubos, pero el daño ya está hecho. Me quedo tendida, impotente, sobre un charco rojo y húmedo, rodeada de bordes sucios, rosados y hediondos, y puedo sentir que me cuelga baba de la barbilla.

El señor Williams comienza a hablar. Creo que lo hace para cambiar de tema, para fingir que no estoy cubierta de mi propio vómito y que soy incapaz de hacer nada al respecto. La fetidez de vino putrefacto y ácido me viene bien, encaja conmigo.

Mi vida se ha acabado.

—Fui a la tienda para saber si habías vuelto. —El señor Williams frota la sábana con la punta de una toalla. La mancha no sale—. Al mirar por la ventana pensé que alguien había entrado a robar. ¿Ladrones? ¿Vándalos? No sé. Algo así. —Agacha la cabeza para no tener que mirarme—. Todo era un caos, instrumentos destrozados por todas partes. El cristal del mostrador hecho añicos junto con todo lo demás.

La voz incorpórea de Nadia sube la escalera. Está gritando algo sobre panes y hornos. El señor Williams camina hacia la puerta y le da algunas instrucciones. No sé cuáles son, pero deseo que Nadia se quede abajo, que se mantenga lejos de mí. Empiezo a llorar, aunque no sé por quién o por qué. Es un ejercicio totalmente inútil que no producirá ningún resultado.

—Así que llamé a la policía —prosigue el señor Williams. Limpia mi almohada con la toalla, pero deja la saliva secándose en mi cara. Mi mandíbula está flácida y abierta como la de una muñeca—. La policía forzó la puerta y te encontramos allí. —Se pone de pie y pliega la toalla—. Vino la ambulancia, pero vieron que solo te habías emborrachado hasta perder la conciencia.

Nosotros te trajimos de vuelta aquí anoche, después de que te revisaran bien en el hospital.

—¿Nosotros? —Me pregunto por un instante si con «Nosotros» se refiriese a David—.

Nadia. Una de sus amigas vio los coches de la policía y la llamó. Ella y yo nos hemos turnado para vigilarte durante la noche. —Mientras habla, recuerdo las láminas de madera y los fragmentos barnizados. No olvidaré jamás los chasquidos de las cuerdas rompiéndose y el gemido de la madera destrozada. Me cuesta respirar.

—He llamado a un cerrajero y han reparado el escaparate de la tienda.

Evidentemente, iba a añadir que todo estaba a salvo, pero su voz se apagó cuando se dio cuenta de que no había nada que salvar. Yo misma me encargué de destruirlo todo.

—¿Señor Williams?

Esta es la peor parte de mi dolor. El momento más doloroso de mi vida.

—¿El violín de Alan? Estaba en la mesa de trabajo.

Él sacude la cabeza. Son demasiadas pérdidas. No tengo palabras.

Nadia habla en murmullos en mitad de la oscuridad. Su voz es suave, pero su intención es despertarme. Dice mi nombre con suavidad y se sienta al borde de mi cama.

—¿Estás despierta?

—Sí.

Se recuesta sobre la almohada, encima de las mantas, y se desliza por la cama hasta tenderse junto a mí, encaramada en el borde.

—He pasado mucho miedo.

Hacía años que no escuchaba esta voz. La Nadia enfadada, la adulta en ciernes, ha desaparecido. Esta es una voz que proviene de su interior, desde detrás de la barricada.

—Creí que ibas a morirte.

—Lo siento mucho.

Ella solloza y puedo oír que ahoga sus lágrimas. Tiro de la punta del grueso edredón. Siento el peso de Nadia que se resiste.

—Métete debajo si quieres.

Ella se retuerce y se tapa con el edredón.

Puedo sentir que la almohada se hunde con el peso de su cabeza, pero la habitación está a oscuras y apenas puedo verla. Decido no mirar más detenidamente, no es momento de hacer un examen detallado.

Ella se hace un ovillo, como un langostino, con sus rodillas hacia mí. Su cara está cerca de mi oído.

—¿Ahora estás bien?

Me acuerdo de cuando yo era joven. Recuerdo —con sorprendente y repentina claridad— la época en que todo era o blanco o negro, cuando todavía no conocía la gama de grises y su amplitud.

—Estaré bien.

Acerca la cabeza y la apoya sobre mi hombro, con su pelo cerca de mi cara, y me pregunto si es así como se siente una persona cuando tiene un hijo.

—Pero ¿en serio? ¿Estarás bien de verdad?

Saco una mano y sujeto la de ella. Aprieto sus dedos.

—No te vas a suicidar, ¿verdad?

Debo hacer una pausa antes de responder. Tengo que estar segura.

—No, te lo prometo. No me suicidaré.

Suelta mi mano y me abraza, yo también la abrazo con fuerza. Me doy cuenta de que esto es exactamente lo que se siente cuando se tiene una hija, me doy cuenta de que estoy pensando en ella y no en mí. Ella me necesita aún más de lo que yo necesito mi autocomplacencia. Esta es una experiencia nueva para mí.

La habitación es cálida y confortable. No sé qué hora es, pero está muy oscuro y supongo que será de madrugada. No le pregunto nada a Nadia, no quiero que mire su móvil. No deseo que el mundo exterior interrumpa este momento.

En los silencios de nuestra conversación, intento no pensar en lo que hay fuera de este cuarto. Intento olvidar la devastación que, deliberadamente, he causado. Cuando pienso en el violín de Alan, siento un dolor real y físico en el estómago, se me cierra y el dolor empeora cuando pienso en que todo es mi culpa.

—¿Estás segura de que te encuentras bien? —me pregunta Nadia en mitad de la oscuridad, y mis pensamientos chocan con la promesa que le he hecho de no suicidarme.

—Lo estaré. Lo estaré. —Desearía creerlo.

—Te necesito, Grace —dice ella, y mi corazón roto da un vuelco.

Cuando me aseguro de que Nadia está dormida, me bajo de la cama con cuidado. La cama está apoyada contra la pared del lado donde yo estoy durmiendo, así que debo acercarme al pie de la cama y bajar desde allí para no despertarla. Bajo mis pies descalzos y siento la alfombra suave y gruesa.

Mis piernas están débiles, y mis rodillas tardan un momento en ponerse derechas, así que me sujeto al pie de la cama. Parece que acabo de salir de una gripe, que llevo postrada en la cama días, mimada entre cuidados y atenciones.

Hago un cálculo e intento descifrar qué día de la semana es, cuánto tiempo ha pasado desde que volví de Francia. No tengo ni idea. Podría haber pasado un día o un año, y me pregunto dónde estará mi móvil para ver la fecha en la pantalla, ese será un primer paso de vuelta a la vida.

Me pregunto si tendré algún mensaje de David, solo quiero ver las primeras seis o siete palabras en la pantalla sin abrir el mensaje, quizá me tiente abrirlo, quizá sea un mensaje claro. La idea de que puede que no haya nada habita el mismo agujero negro que la destrucción de mi tienda y de sus bellos instrumentos.

Abro en silencio la puerta del dormitorio. Es evidente que el señor Williams lo ha preparado todo por si me despierto durante la noche: hay una lámpara sobre una mesita en el descansillo de la escalera. La lámpara tiene una base redonda de porcelana, como un jarrón, y una pantalla con borlas cortas alrededor de su parte inferior. No tengo nada parecido en mi casa, pero había objetos así en la casa de mi madre y de mi abuela. Me encantan los recuerdos que evoca.

La puerta del baño está abierta, sin duda para que no me equivoque de habitación. Camino por el pasillo, entro en el baño y cierro la puerta a mi espalda. Tiro del cordel de la luz y el cuarto se inunda de una claridad que me hace pestañear.

El baño está decorado con buen gusto y muy limpio. Los accesorios son completamente blancos, y se suavizan con detalles en color caoba como el asiento del retrete, el cordel de la luz o el cesto para la ropa. El ambiente es muy masculino y sumamente elegante. Junto al baño hay un espejo de cuerpo entero, y sé que voy a ponerme delante de él y a criticarme. No quiero hacerlo porque sé que lo que veré será horrible y patético. Pero se lo debo a mis instrumentos, al señor Williams y, especialmente, a Alan. Tengo que comenzar a encarar verdades desagradables.

Me aseguro de que la puerta esté cerrada con llave, luego me quito la camiseta por la cabeza y la dejo caer al suelo. Los pantalones que llevo puestos son míos, y me doy cuenta de que alguien debió de haberlos cogido de la bolsa que llevé a París. Me doy la vuelta y me miro en el espejo.

Mis brazos todavía parecen saludables. Mis músculos están tensos y redondos, los tendones recorren la parte superior de mis brazos y los codos. Trabajo mucho en la fuerza de la parte superior de mi cuerpo para tocar y hacer mejor mi trabajo. Hago ejercicios específicos en el gimnasio para que mis brazos sean lo más flexibles, fuertes y sensibles posible. Su solidez los ha protegido, en parte, del trauma que ha sufrido el resto de mi cuerpo.

La única manera en que podré empezar a reconstruir mi vida es con honestidad. Aquí es donde empiezo, ante esta visión desnuda de mí. Acepto —por primera vez— que mis hábitos alimenticios son frugales a causa de David. Pero no es justo echarle la culpa, yo soy la única responsable de controlar mi alimentación. El efecto general es que a él le encanta mi cuerpo, siempre elogia su delgadez, mis senos pequeños y mi estómago plano, pero la decisión de hacerlo, de estar tan delgada, es mía. La responsabilidad es mía.

Mi cuerpo es una masa de sombras. La parte inferior de mis costillas resalta como un xilófono de líneas alrededor de mi pecho. Los huesos de mis caderas sobresalen orgullosos de mi abdomen, y sus contornos marcados hacen que mi vientre parezca aún más plano, casi cóncavo. En mis caderas hay pequeños hematomas, las últimas marcas que me ha dejado David. Los mordiscos y los besos no son consecuencia de un castigo, sino de la pasión y de tener tan poca grasa corporal.

Hay huecos oscuros en las entradas de mis omóplatos, y la estupenda salud de mis hombros musculosos queda fuera de proporción.

No he sido amable con este cuerpo. Y no le he dado los recursos necesarios para lidiar con dos o tres días de inanición, o el tiempo que haya pasado. De pronto, siento un hambre feroz.

Hay un albornoz colgado de la parte de atrás de la puerta. Me envuelvo con él. Es blanco y de toalla, y me quedo hundida en su interior. Froto mi cara con el cuello algodonoso. El cinturón me da dos vueltas, y me pregunto a quién habrá pertenecido.

Esta es una casa encantadora. Es victoriana, y se ha puesto mucho cuidado en restaurarla «tal cual era». La barandilla está lustrada y es suave, la elegante alfombra de la escalera ha sido hecha a medida y el roble a cada lado del tapete está inmaculado.

Es fácil encontrar la cocina porque allí también han dejado una luz encendida. Supongo que será una invitación para que me sirva una taza de té. Cerca de la tetera hay una bandeja con cosas ricas. Veo quesos envueltos en papel de horno debajo de una campana de cristal, y una cesta con bollos y galletas envueltos en celofán. Hay dos frascos de encurtidos, uno claro y otro oscuro, con cucharillas apoyadas en las tapas.

Me preparo una taza de té y me la llevo a la mesa sobre la bandeja. En ella hay dos platitos y dos servilletas, supongo que será por si Nadia también tiene hambre. Hay una nota con un precioso dibujo de una cesta. La nota dice: «El pan casero está en la cesta de al lado, el cuchillo del pan está en la encimera. Por favor, come».

El pan parece riquísimo. Corto una rebanada más grande de lo que pretendo y la unto con la mantequilla que hay en un diminuto platito de porcelana que descansa sobre la bandeja. Mis dientes dejan marcas en la mantequilla, ya que la capa es muy gruesa. Está tremendamente delicioso.

Me cuesta creer que alguien pueda ser tan amable después de todo lo que he hecho. El señor Williams confiaba en mí y yo traicioné su confianza. Mi primer trabajo mañana será encontrar el pequeño violín hecho a mano y repararlo. Rezo por no haber hecho nada que no pueda arreglarse.

He reparado instrumentos muy maltrechos en el pasado. He deshecho las reparaciones de otras personas —a veces de cientos de años de antigüedad— que contribuyeron a problemas ya existentes. Puedo arreglar el violín de Alan, pero, según el destrozo que haya causado, puedo tardar años. Tuerzo la cara y hago un esfuerzo por imaginar el taller, recordar qué sucedió, pero me resulta imposible.

Desenvuelvo los quesos del papel. El primero es francés —Époisses, uno de mis quesos preferidos—. Lo corto y lo pruebo antes de poder asociarlo a París o a David. Los otros dos quesos se complementan con el Époisses y también entre ellos mismos. Hay un cheddar color amarillo sólido y un stilton de costra arrugada. Esta comida sencilla ha sido ofrecida, elegida, con una amabilidad increíble. La amabilidad no me hace llorar. La amabilidad me hace fuerte.

—¿Has encontrado tu cena? —El señor Williams cierra la puerta de la cocina tras de sí—. ¿Cómo te sientes?

—Fatal. —Le sonrío, con la boca todavía llena de queso. Trago la comida—. Y culpable, y superficial, y patética. También me siento agradecida. —Él hace una mueca, mueve la cabeza de un lado a otro como diciendo «si tú lo dices». Ambos sonreímos.

—Al final, todo se arreglará —dice—, aparentemente.

—David solía decir: «Al final, todo se arreglará, y si...» —El señor Williams me interrumpe.

—«... y si no está bien, quiere decir que no es el final». —Asiente con la cabeza—. Es un dicho antiguo. Pero preciso.

—Arreglaré el violín de Alan.

—Lo sé. —Se ha preparado una tetera y se sirve una taza. Añade un pequeño chorro de leche; *un nuage*, como dicen los franceses, una nube—. Tienes mucho trabajo por hacer. Volver a poner la tienda en condiciones te llevará meses. ¿Cómo harás con el dinero, qué pasará con tus ingresos?

Sacudo la cabeza. No puedo creerme que todavía esté pensando en mí, que todavía se preocupe por mi causa.

—Estoy bien. Y supongo que podría pedir un pequeño préstamo si me quedo sin dinero. No tengo ninguno. Ese era el plan durante mi baja por maternidad, no la solución para «reconstruir mi vida de las cenizas por un acceso de locura».

—Quizá debas esperar y ver antes de decidir.

Recuerdo que él sabe lo que sucedió allí dentro, mientras que yo solo adivino la mayor parte. Me siento menos optimista.

—Mis clientes no deben enterarse, estaré acabada si alguien se entera. Es decir, más acabada que ahora.

El señor Williams se sirve un trocito de queso azul.

—Me preguntaba si, quizá, tu seguro lo cubriría todo.

—Lo dudo. Y, sabe, prefiero no preguntar. —Me envuelvo aún más en los pliegues de la bata—. ¿Esta bata era de su compañero?

Él asiente.

—Así es. La hizo él mismo. Era *costumier*, fabricaba disfraces, era muy hábil con la máquina de coser.

—Debió de ser un hombre robusto. —Hago un gesto señalando lo largo de la bata y el cinturón que me daba dos vueltas.

—Sospecho que por esa razón se hizo su propia bata: era la única manera de que le sirviese. Medía más de dos metros.

Me pregunto si el señor Williams se sentiría tan seguro en brazos de Leslie como yo me sentía en los de David.

—Entiendo por lo que estás pasando, en serio. Sé lo frustrante que es, lo clandestino, los subterfugios. Necesitas saber que puedes confiar en tu compañero. Necesitas saber que vale la pena.

Echo un vistazo a mi taza humeante y soplo. No quiero mirar al señor Williams cuando está tan cerca de mi alma, cuando intenta entender mi vida.

—Yo estuve con un hombre casado durante cuarenta años —me explica.

16

El señor Williams y yo permanecemos sentados un rato en la cocina. Nuestra relación es diferente ahora; hemos roto una barrera.

—La mujer de Leslie sabía que él era gay cuando se casaron —me cuenta el señor Williams.

Todavía trato de recuperarme después de su revelación. Es importante —creo— que justamente yo no parezca pasmada. Prefiero estar sorprendida y no pasmada y, cuando lo pienso, veo que mi sorpresa se debe simplemente a que creía que él era mejor persona que yo.

Recojo las migajas de queso de la tabla de cortar pan para concentrar mi mirada y asombrarme por mi arrogancia. Por supuesto que el señor Williams es mejor persona que yo, su relación fue en circunstancias completamente diferentes.

—En aquellos días, tanta honestidad era inusual. A Jean le convenía casarse con un homosexual porque ella no tenía interés en... —baja el tono de voz, y recuerdo que él pertenece a otra generación— ... esas cosas. Y en cuanto a Leslie, bueno, por aquel entonces uno no podía irse con otro hombre así como así.

La expresión del señor Williams me hace sonreír. Me siento privilegiada de estar usando el albornoz de Leslie en su ausencia. Siento que formo parte de sus vidas.

—Estuvimos juntos durante mucho tiempo, más que la mayoría de parejas, pero es doloroso vivir bajo esas reglas. Hay que aprender a esperar, conocer tu lugar.

Coloca una mano sobre la mía. La piel del dorso de su mano está estirada, y las arrugas parecen corteza translúcida. Sus nudillos son solo cuatro puntos blancos.

—Y en su funeral, Jean debía ser el centro. Yo fui solo uno más de los invitados, otro amigo querido. Ella y yo nos saludamos educadamente con un beso en la mejilla. Sé que ella también lo amó a su manera. Alan y su esposa me acompañaron, sosteniéndome las manos con fuerza. Y yo debí reprimir las ganas de gritar.

Aprieta mi mano y yo le sonrío.

—Lo siento mucho. Arreglaré el violín de Alan. Haré todo lo necesario, lo prometo.

—Es solo un trozo de madera, mi querida niña. Es bonito, y Alan fue inteligente al fabricarlo, y sí, durante un tiempo tuvo mucho valor. Pero es un trozo de madera, no una persona de carne y hueso.

No me puedo creer que un anciano solitario sea tan compasivo. Quiero arrancarme el corazón y entregárselo. Deseo que todo mejore, retroceder en el tiempo y traerlos a Leslie y a él al presente, para que puedan estar juntos. Sin embargo, ¿qué sucedería con Jean entonces?

Me doy cuenta de que en el amor no hay ganadores, por mejores intenciones que se tengan.

—Lo arreglaré. He hecho algo terrible y lo solucionaré.

Él sacude la cabeza.

—No es importante. Si quieres reconciliarte conmigo, arreglarás el chelo de Cremona. Ese que tiene el enorme agujero delante, el pobrecito. —Me clava la mirada—. Lo arreglarás, y luego lo llevarás a Cremona a tiempo para que gane. Entonces te perdonaré. Solo te perdonaré cuando me demuestres de qué estás hecha.

Es un pensamiento maravilloso, muy dulce, pero no tiene sentido.

—Ya no puede ganar, señor Williams. No lo aceptarían en el concurso. Sabrían que ha sido arreglado, sin importar lo que haga. Me temo que eso ya no es posible.

—Tiene que haber algo que podamos hacer. Lo consultaremos con la almohada.

Echo un vistazo por la ventana de la cocina y veo que el amanecer está comenzando a nacer en el jardín. Una línea anaranjada bordea el seto y se extiende, rosada, hacia el cielo.

—Siento haberle hecho pasar la noche en vela.

—Dos veces —sonríe—. Pero eso no sucede a menudo hoy en día. —Me acaricia la mano.

—¿Señor Williams?

Se ha girado para guardar los quesos y la leche en la nevera. Es un hombre anciano y es hora de que se vaya a dormir, pero necesito preguntarle algo más.

—¿Nadia mencionó un artículo? ¿Sobre David?

Él me mira por encima de su hombro. Parece confundido.

—Está en tu revista. La que trajiste de Francia. —Señala una revista que yace, abierta, sobre el mostrador de la cocina.

Siento que caigo por un abismo. El corazón late con fuerza en mi pecho. Reconozco la revista de inmediato. Recuerdo el artículo, las fotografías, la sonrisa de dientes blancos y el pelo inmaculado de la mujer de David, la foto desvaída de sus hijos, sanos y fuertes, en la distancia, no reconocibles pero retratados con todo su vigor. Los niños caminan hacia la cámara bajo una avenida de tilos. La foto capta la primavera que los rodea, la vitalidad del día, el bullicio de sus charlas. El cielo es azul sobre sus cabezas y no hay nubes.

En la página opuesta de tanto despliegue de frescura y salud está la foto de la escalera mecánica en la estación de Porte de Pantin. La foto es a color y destaca sobre papel brillante, aunque en su mayor parte muestra esos colores opacos de las estaciones de metro: gris metálico, granito, bordes galvanizados de pósteres, los dientes polvorientos de la escalera mecánica...

Al pie de la escalera mecánica estoy yo. Mi falda es del mismo verde que los tilos de la otra foto, vívida y fresca. En la parte superior de la escalera mecánica, inmóvil en sus escalones gigantescos y con una rodilla levantada mientras sube corriendo, está David.

Recuerdo.

Recuerdo haber comprado la revista en la Gare du Nord.

Recuerdo haberme dado cuenta —casi de inmediato— de que no la leería porque este no era un viaje normal. Había dado los pasos que doy siempre cuando vuelvo a casa: un café en el puesto al pie de la escalera, una revista para mujeres para reforzar mi francés mediante la lectura —poquito a poco— de recetas y artículos de moda.

Recuerdo haber puesto la revista en mi bolso, enrollada, con las fotos de la tapa hacia dentro.

Recuerdo haberla abierto en mi tienda. Apoyé la revista en el mostrador. Tenía una copa de vino tinto en la otra mano. Pasé las hojas mecánicamente, sin leer nada.

Recuerdo que me detuve al ver la foto de Dominique-Marie Martin, totalmente reconocible, un rostro marcado por la angustia según mi recuerdo.

Recuerdo haber intentado leer el título: «*La gentillesse commence avec soi-même, selon l'avocat spécialiste des droits de l'homme*» en la página opuesta a mi foto, y darme cuenta de que no sabía suficiente francés para leer un artículo sobre mi persona. Un artículo que la totalidad del mundo francófono podía entender. Recuerdo haberme sentido absolutamente atrapada, y, al mismo tiempo, totalmente desnuda. Entonces, con un puñetazo, recuerdo todo lo que hice a continuación.

No tengas duda de que tus pecados te descubrirán.

—Grace, Grace, querida. Por favor. —El señor Williams se pone de pie de un salto—. Ya has derramado suficientes lágrimas por todo esto. ¡Creía que ya lo habías leído! En el taller.

—No sé leer en francés —respondo, y mis palabras se confunden entre mis sollozos—. Me siento tan estúpida. No puedo creer que ella me humille de esta forma. —Me tapo la boca con las manos. Dominique-Marie, sin duda, tiene todo el derecho a humillarme de la forma que considere más conveniente. Yo la he humillado a ella durante ocho años.

—A mí me pareció increíblemente generosa. —El señor Williams parece muy sorprendido.

Mi instinto es saltar de indignación, gritarle por ponerse de su lado. Recobro el aliento y espero un momento.

—¿A qué se refiere?

—Incluso el título. Y tiene razón.

—Señor Williams —digo. Tengo poca paciencia—. No sé leer en francés.

—Oh, lo siento, querida, lo siento. Lo habías mencionado. El artículo, el título, dice: «Abogada especialista en derechos humanos pide que la amabilidad comience en casa». El artículo trata de ser compasiva, de comprender, de ser amable. Se trata de que las mujeres defiendan a otras mujeres, de que sean amables las unas con las otras.

—¿No habla de mí? ¿De lo que he hecho?

—Ella ni siquiera te nombra. La fotografía es de una agencia de noticias, así se informa al pie de la foto. Ella la utiliza para explicar por qué ha sentido la necesidad repentina de ponerle fin a las aventuras amorosas de su marido.

El plural, «aventuras amorosas», no me pasa desapercibido.

—Estoy exhausto, de lo contrario te leería todo el artículo. ¿Podemos dejarlo para mañana? —Señala el cielo color lila y el nuevo día que comienza.

—Lo siento. En serio, lo siento.

—No hay problema. Todo saldrá bien. —Me besa en la parte superior de la cabeza y sale de la cocina. Sus hombros están redondeados, me doy cuenta de que está muy cansado.

Hojeo la revista algunos minutos más. Voy a tener que ejercitar la disciplina, esperar a que la mañana comience como es debido. No hay nadie que me lo lea, y yo no tengo la habilidad suficiente para hacerlo por mí misma.

Empujo hacia arriba las mangas de la gigantesca bata y barro las últimas migas que quedaron sobre la mesa en mi mano. Las sacudo en el cubo de basura y pliego la servilleta que usé.

Debo volver a la cama.

Nadia se agita cuando regreso junto a ella. Se mueve para que yo pueda acostarme del lado que no está contra la pared.

—¿Estás bien? —me pregunta.

—Ha sido una noche larga.

—Ni que lo digas —responde, y tira del edredón hasta sus ojos. Su largo suspiro indica que volverá a dormirse.

Eso me hace feliz. Esta noche no puedo procesar más información.

Me despierto al mismo tiempo que Nadia. Extiendo mi brazo y doy la vuelta al reloj despertador hacia mí. Todavía no he encontrado mi móvil. Son las diez y media. No recuerdo cuándo fue la última vez que dormí hasta tan tarde. El día es cálido y la luz del sol se filtra hacia el cuarto, todo es inocencia y ánimo.

—Mierda, son las diez y media. —No tengo ni idea de si es día laborable o no. No puedo, por más que lo intente, descifrar qué día es—. ¿Tienes que ir al instituto?

—No.

—¿Estás segura?

—Segurísima. Muy segura.

Hay algo raro en su voz. Suena como un niño que se defiende con insultos, como alguien que intenta engañarse a sí mismo.

—¿Nadia?

—Me tomaré un año sabático.

No sé qué decir. Los pensamientos se agolpan en mi cabeza, las palabras no se deciden a salir de mi boca. Ninguna es correcta. La pausa termina siendo demasiado larga y se convierte en un incómodo silencio.

—¿Por qué? —le pregunto.

—Todo se ha ido a la mierda —responde Nadia en una parodia deliberada de su generación—. Muchas cosas se han ido a la mierda. —Apoya la cara en la almohada y comienza a tararear en voz alta. No reconozco la canción.

Me pregunto si debería usar la información que tengo. ¿Será por las drogas? ¿Es por eso que Nadia no quiere ir al instituto?

—¡Y todo tu trabajo, Nad! ¡Las notas que sacaste en los exámenes de acceso!

—Ya tendré las mismas notas en los exámenes reales. Pero el año que viene. —Su voz se oye apagada pero segura.

—¿Y tus padres? ¿Qué dirán ellos?

Ella levanta la cabeza y esboza una sonrisa enorme.

—No lo dirán, ya lo han dicho. Ya lo saben. —Oh. No creo que la madre impecable de Nadia y el padre distraído se lo hayan tomado bien—. Se han vuelto locos. Mi madre se ha puesto a gritar. En serio, ha gritado. Con todas sus fuerzas. —Se gira y me mira directamente a los ojos—. Y luego empezó a enumerar todas las personas que harán comentarios sobre el tema y conseguirán que se avergüence.

—Tal vez...

—No, espera. La cosa mejora. —Extiende los brazos y da golpes hacia el techo, como si se peleara con un enemigo o con un público invisible—. Luego ha dicho que todo era culpa de ella. Lo ha convertido todo en un asunto donde ella es el centro. Que en qué se había equivocado. En qué había fallado mi maldito padre... Ha estado como media hora hablando de eso. Y luego se ha sumado mi padre, blablablá. Joder, al final me piré y... —Pronuncia «y» con fuerza y hace una pausa dramática. Nadia, lo sé desde hace tiempo, es una actriz consumada—. ... y ni siquiera se han dado cuenta.

—Querida, estoy segura de que se han dado cuenta de que te has ido. —Su fervor me está poniendo incómoda. No estoy segura de lo que se supone que debo decir ni cómo debo apoyarla. Estoy segura de que, si tuviera más experiencia con adolescentes, todo se resolvería sin esfuerzo. Pienso en Dominique-Marie y en los fantasmas desvaídos de sus hijos perfectos en la foto.

—No se han dado cuenta, te lo digo yo. He ido hasta la sala, me he sentado en esos espantosos sofás y he escuchado cada palabra. —Se va por las ramas con la agilidad de un pájaro—. Nuestros sofás son de cuero blanco, mi madre hizo que nos los mandaran desde Italia. Cuando habla de los sofás, parece que ha encontrado la cura para el cáncer escondida entre los almohadones. Es sorprendente.

Esbozo una pequeña sonrisa, trato de ponerme en su lugar.

—¿Y son bonitos?

—Son una mierda, espantosos. Y crujen. —Me devuelve la sonrisa—. Y cuando te sientas en ellos te suda el culo. —Ya ha vuelto a ser la misma Nadia de siempre.

—¿Qué ha dicho tu padre? —Cierro los ojos y me hundo en la almohada cálida. Me gusta esta intimidad. Me gusta escucharla hablar. Exceptuando a David, no he tenido esta intimidad con nadie en años. Nos separa una escasa distancia de ocho o diez centímetros, y la animada charla de Nadia hace que ella cruce ese territorio agitando un brazo o gesticulando con una pierna. Es una sensación agradable.

—Dinero. Ha contado cada maldito centavo que se ha gastado en mí. —Se incorpora sobre sus codos como si necesitara impulso para lo que va a decir, algo que la motive—. Yo no he pedido ir a ese instituto privado de mierda. Tampoco he pedido tocar el violín, si nos ponemos a enumerar. —Vuelve a desplomarse sobre su almohada, ya ha dicho lo que quería decir—. Y la mejor parte es que, que deje el instituto durante un año, o, mejor dicho, que no amortice el dinero que han pagado por este curso, para él es peor que la muerte misma. Están seguros de que, si abandono ahora, todo se habrá terminado. Si me tomo un respiro y trabajo durante un año, no podré volver a tocar el violín jamás en mi vida. Según mi padre, me olvidaré hasta de leer. Los odio con toda mi alma. Y ellos..., ellos también me odian a mí.

Quiero decirle que sus padres no la odian, que simplemente están equivocados. Pero si lo digo, sentirá que la trato con condescendencia, y, además, estoy segura de que yo misma me habría sentido así hace unos días si alguien me hubiese dado un consejo sobre David. Es ese miedo a los consejos el que me ha vuelto tan solitaria, no la situación en sí misma.

—De todos modos, viendo su gusto con los sofás... ¡no quiero conocer a su novio!

—¿Tu madre tiene novio? ¿Estás segura?

—¿Segura de que no quiero conocerlo? ¿O segura de que tiene novio? Sí a las dos preguntas, te lo agradezco, Grace.

Me froto la cara con las manos, mi codo huesudo pasa al lado de Nadia y ella lo empuja.

—Seguramente tendrá un horrible bronceado artificial, un color anaranjado fuerte, y dientes gigantescos. Y apuesto a que querrá ser mi amigo especial.

—Eres un bicho raro —le digo—. ¿No estás disgustada por el divorcio? ¿No te molesta?

—No. No me molesta en absoluto. Me muero por que se separen de una maldita vez. Odio ver cómo fingen todo el tiempo.

Una araña de la suerte se arrastra por mi brazo. Muevo los dedos frente a ella para que pueda trepar a mi mano. No la intimida mi enormidad. Le doy tres vueltas alrededor de mi cabeza, como hacía cuando era pequeña. Con las yemas de mis dedos, le paso la araña a Nadia.

—Gírala alrededor de tu cabeza como he hecho yo.

—¿Para qué? —pregunta.

—Trae buena suerte. Te pasarán cosas bonitas.

—Ojalá fuera así.

Mueve la araña en tres grandes círculos alrededor de su cabeza.

—Ya está. Me vendría bien un poco de maldita suerte.

—¿Por tus padres?

—No, eso me da igual. Ellos seguirán adelante y harán sus cosas. No pueden obligarme a volver al instituto este año y, si trabajo tocando en bodas, en realidad incluso podría irme de mi casa si me veo en la obligación. No, por culpa de todo lo demás.

—¿Con Harriet? ¿Así se llama? ¿La chica que conocí en el supermercado?

—En el pasillo de los vinos. —Nadia se echa a reír—. Un poco. Pero no tanto. Es una estúpida.

Nadia se frota los ojos con las manos y arruga toda la cara. Menea la punta de su nariz con los dedos.

—¿Problemas de chicos? —le pregunto.

Ella se queda callada. Puedo sentir que se debate entre contármelo o no, y sé que lo hará. Yo también puedo esperar. Aquí dentro me siento cómoda y me encanta esta calidez. La idea de salir del refugio del señor Williams me aterroriza, aunque sé que debo hacerlo hoy mismo.

Aprovecho la pausa de Nadia para buscar mi móvil en la habitación. Mi bolso está sobre la alfombra, apoyado al lado de la cama. Lleva ahí todo el rato.

Cojo mi móvil. Mi pasaporte y mi billetera todavía están en el bolso. Las llaves de la tienda también están y al verlas siento un escalofrío.

Mi teléfono está muerto desde hace mucho tiempo. Vuelvo a dejarlo en el bolso, no voy a interrumpir la charla con Nadia para pedirle un cargador.

—Sí, hay un chico. Había un chico. Pero ya no está.

—¿Estábais juntos?

Se encoge de hombros, se da la vuelta y vuelve apoyar la cara en la almohada.

—No era una relación. Solo quedábamos a veces. De vez en cuando.

—¿Y es majo?

—No. Ni un poco. —Se pone visiblemente tensa, extiende su largo cuerpo. Siento que el edredón se mueve bajo las puntas de los dedos de mi pie—. En realidad, era una mierda.

—¿Pero estabas enamorada de él?

—No. —Levanta la cabeza y me mira con desdén—. No, no estaba enamorada de él. Me deslumbró un poco durante un tiempo. Eso es todo.

Es tan controlada, tan comedida. Estoy segura de que, si ha decidido no volver al instituto, debe tener una razón de peso. Además, no soy su madre, yo no soy responsable de pasar por alto sus deseos con mi experiencia. Estoy en la envidiable posición de poder confiar en ella.

—En realidad era un maldito depredador, como la araña y la mosca. Él sabía exactamente lo que hacía y yo no. Tonterías. Pero he aprendido la lección. Él no es la razón por la cual no volveré al intituto todavía. No es tan importante. Ni tampoco Harriet.

De pronto lo entiendo. Es Charlie. Charlie, a quien Nadia odiaba tanto.

—Este chico, ¿era el novio de Harriet?

—Lo es. Es el novio de Harriet. Es su novio desde hace siglos.

—Qué mierda. Lo siento. Pobre de ti.

—A la mierda. Fue hace siglos. Estaba nevando.

Entierra su cara aún más en la almohada. No puedo ver su expresión, pero puedo leer todo lo que necesito por sus hombros enfadados, su espalda rígida.

—No es asunto mío, pero... ¿te acostaste con él?

Ella levanta la cabeza de la almohada y me clava la mirada. Le tiembla el labio, y puedo ver que se pone blanco mientras ella lo tensa y controla.

Asiente, en un largo gesto solemne. Es el mismo gesto que hizo cuando tocó su primer instrumento antiguo. Debía de tener cinco o seis años, y tocó «Ol' Man River». El sonido fue como agua profunda.

Cuando terminó, le pregunté: «¿Te gusta este viejo violín?».

Asintió con ese gesto amplio y lento, y me echó un vistazo con sus enormes ojos negros.

—¿Y Harriet y Charlie han vuelto a estar juntos? ¿Están juntos?

Ella se incorpora, su cuerpo se pone rígido. Un silencio se vuelve denso entre nosotras como la sangre.

—¿Cómo sabes que se llama Charlie?

17

Nadia se ha ido. Esto es horrible.

No encontré la forma de explicarle, ni la manera de justificar lo que había hecho. Quizá yo sabía que esto sucedería desde el primer momento en que abrí su diario y comencé a leerlo.

No lo leí para proteger a Nadia. No lo leí por su propio bien. La he lastimado más de lo que creía posible. El último refugio que ella creyó tener en mitad de una tormenta de horrores adolescentes la ha traicionado.

Todo esto es una grandísima traición.

Antes de marcharse, mientras yo trataba de encontrar las palabras y me vestía para seguirla hasta el descansillo de la escalera, ella se volvió y me gritó con un odio tremendo. Sus palabras me acribillaron como granizo, se clavaron en mi piel y dañaron mi alma, pero fueron sus ojos los que más me hirieron.

Su labio se torció en una mueca grotesca sobre una boca aún abierta de incredulidad. Entrecerró los ojos, fijó la vista y me miró de una forma que me dejó claro que jamás me perdonará, nunca olvidará lo que hice.

Su frase de despedida provocó una onda expansiva de ira, en el aire espeso del pasillo. Se detuvo bajo el marco de la puerta principal, el mundo exterior estaba preparado para recibirla tras el portazo que enfatizase su partida.

—Eres un desastre de cuarenta años que lee el diario de los demás y se acuesta con hombres casados. Creí que podía confiar en ti. Soy una auténtica estúpida.

No fueron las palabras, sino su forma de decirlas, el tono, la fuerza, el ritmo.

Cuando dio un portazo, toda la casa se estremeció. Cuando dejamos de temblar, la casa y yo, se produjo un enorme vacío donde ella había estado, un desgarro en la tela de mi vida.

Nadia se ha ido, se fue, y el señor Williams y yo estamos tomando una taza de té. Es el único plan en el que quiero pensar.

—¿Entonces, el diario estaba allí, debajo del mostrador, y tú le echabas un vistazo de vez en cuando?

—Dos veces.

El señor Williams se encoge de hombros, agita la cabeza levemente.

—Está mal, es cierto, pero... ¿Quieres que te diga la verdad? La gente hace cosas peores todos los días.

—Es un mal momento para ella. Sus padres se están divorciando..., un divorcio muy feo.

—No creo que exista ningún divorcio bonito —opina.

—Y ha tenido algo con el novio de su mejor amiga. Aunque dice que terminó la relación en primavera. Y yo he leído sus secretos. ¡Ay, pobre Nad!

El señor Williams agita el té en la tetera, vuelve a taparla y golpea la cucharilla dos veces sobre su platito.

—¿Y si le envías un mensaje? ¿Y si intentas explicárselo?

—Ay, mi móvil está muerto. Me había olvidado. ¿Tiene un cargador?

El señor Williams se levanta y empieza a revolver los objetos de uno de los cajones de la cocina.

—¿Este te sirve? —pregunta, y me entrega un cargador que no se parece en nada al mío.

Niego con la cabeza.

—Quizá sea algo positivo. Es posible que necesite un tiempo para tranquilizarse. Tal vez yo necesite más tiempo para pensar en lo que le voy a decir.

—¿«Lo siento» de muchas maneras, y luego «lo hecho, hecho está»? —El señor Williams sonríe amablemente—. Ella lo superará. Y tú también. Francamente, peores cosas han pasado en altamar.

—¿Llegará algún día en el que no tenga que justificarme por lo que hago, señor Williams? Debo de parecerle una cretina. Nadia no se ha equivocado en su dictamen.

—Ya soy perro viejo, querida. Y si hay algo que he aprendido en todos estos años es a no sorprenderme nunca, y, pase lo que pase, a no tirar nunca la primera piedra.

No puedo añadir nada más, aparte de mi inmensa gratitud y mi alivio porque él sea como es. El señor Williams hace un gesto para rechazar cualquier elogio que intente prodigarle.

—¿Qué vas a hacer ahora, Grace?

Me estremezco, pensando si la situación podría ser peor, si tengo algo que perder.

—Me refiero a qué vas a hacer para mejorar —dice el señor Williams—, para reparar las cosas, si es que quieres.

—Necesito irme a casa. Cambiarme. Y luego, supongo, empezar a intentar solucionar las cosas una por una. Empezando en la tienda, con Nadia.

—¿Con David no?

—Con David, no —respondo, y lo digo con seguridad—. Pero ¿podría decirme qué pone en el artículo de Dominique-Marie? ¿Le importaría traducirlo para mí?

Él asiente.

—Lo he leído varias veces. Creo que lo he entendido bastante bien. Tengo un poco olvidado mi francés.

—Bueno, el mío, como ya sabrá, no existe —le digo, y sonrío—. Así que cualquier cosa me servirá.

Nos acomodamos en la mesa, con la tetera entre los dos y nuestras tazas humeantes bajo la brisa que sopla a través de la puerta trasera, que está abierta. Está llegando el otoño, el sol ha adoptado un brillo de cosecha, y las plantas junto a la entrada están enmarañadas y secas.

El señor Williams se aclara la garganta y yo sonrío.

No sé qué esperar de esta mujer y de sus contactos con los medios de comunicación. Lo que sí sé es que, si yo fuese la autora de este artículo, estoy segura de que hablaría de venganza y trataría de salvar las apariencias. No evitaría repartir culpas.

—Empieza con el título. Como te dije anoche. —Se corrige—. Esta mañana, esta mañana. «Abogada especialista en derechos humanos pide que la amabilidad empiece en casa.» ¿Quieres que traduzca palabra por palabra? ¿Renglón por renglón? ¿O solo lo fundamental y las partes importantes?

Sé lo que él quiere que responda, me doy cuenta por sus ojos cansados.

—Solo las partes importantes. Se lo agradezco.

Él asiente.

—Bien, gran parte de la sección del medio son estadísticas: la cantidad de divorcios en Francia, el número de personas que tienen amantes, ese tipo de cosas. Esto para nosotros es irrelevante.

Me gusta que diga «nosotros», como si fuera «nuestro» problema.

—Comienza con David. Dice: *El marido británico de Dominique-Marie Martin fue homenajeado en toda Francia por ser el misterioso héroe protagonista del incidente ocurrido en julio en la estación Porte de Pantin. David Hewitt, empresario, dejó de lado su propio bienestar y saltó a las vías del tren para salvar la vida de Mu'minah Yusef y la del hijo que llevaba en su vientre.* Luego hay una breve sección sobre la señora Yusef, cómo está ella ahora, ese tipo de cosas.

Pasea su dedo a lo largo de los párrafos, sus labios se mueven sin hablar mientras elige las palabras, intenta que encajen.

—*Lamentablemente, la preocupación del señor Hewitt por la seguridad de una desconocida no se extendió a su propia familia. Las imágenes grabadas del incidente revelan con claridad que el señor Hewitt iba acompañado por su amante británica en su viaje a París. Esta situación desencadenó una serie de acontecimientos.* Disculpa —dice el señor Williams—, mi traducción es un poco torpe, pero creo que podrás hacerte una idea del significado general.

—Su francés es fantástico. Estoy impresionada.

—Obtuve un título de francés. Cuando estudiaba en Cambridge leía textos de política en francés. Pero de eso hace mucho tiempo. —Sonríe—.

Y me encanta Francia. Leslie y yo íbamos cada vez que podíamos. —Su voz se apaga levemente—. Ya sabes, cuando podíamos irnos juntos.

—Lo sé. —Le doy una palmadita en el brazo.

—*Cuando Dominique-Marie conoció a su marido, supo que a él siempre le costaría echar raíces. Había dejado atrás, en Inglaterra, un primer matrimonio...*

Tengo que interrumpirlo.

—¿Cómo?

—Es lo que dice. Estuvo casado antes de conocer a la señora Martin.

Me tapo la boca con las manos. ¡Vaya secreto! Siento náuseas.

—¿Qué más pone? ¿Qué edad tenía cuando se casó? —Me pongo a hacer cálculos matemáticos con desesperación, intentando deducir qué edad tendría David cuando se casó por primera vez, cuánto tiempo pudo estar casado.

—No dice nada más, solo eso. ¿Es posible que no sea cierto?

Sacudo la cabeza.

—¿Por qué iba a mentir ella? No tiene motivos para hacerlo, y, de todas maneras, la gente se acabaría enterando si lo hiciera. Sus hijos se acabarían enterando.

El señor Williams aprieta mi antebrazo en un gesto de apoyo.

—Solo hacía de abogado del diablo, querida. Lo siento. No creí ni por un segundo que ella mintiera.

David tiene cincuenta y dos años. Su hijo mayor, dieciséis. El hijo mayor del que tenga conocimiento. Si supongo que David, el David que yo creía conocer tan bien, conoció a Dominique-Marie un par de años antes de tener a su primer bebé, entonces él ya habría tenido treinta y cuatro. Aunque se hubiesen conocido cuando tenía treinta años, tuvo años para estar casado antes.

Me quedo sin palabras. En todos nuestros planes, en todas nuestras charlas, jamás se me ocurrió que podría convertirme en la tercera mujer de David. Yo había aceptado un error, un salto al vacío que había terminado mal. Yo debí haber sido la respuesta, la elegida.

—No vuelve a mencionarlo. *Martin no aprendió la lección que le dejó el pasado de su marido, y ni siquiera se inmutó cuando supo que él tenía una aventura. Martin trabajaba mucho y pasaba por su segundo embarazo cuando se dio cuenta de que las indiscreciones de su marido podrían ser un poco más...*, ah, cuál es la palabra, anoche me pasó lo mismo. *Es lo que te hace la vejez, Grace, ...un poco más trascendentales de lo que al principio había supuesto. Como no podía ser de otra manera, Hewitt tenía una relación duradera con su asistente privada, además de relaciones fortuitas en conferencias de negocios y viajes al extranjero.*

El señor Williams baja la revista.

—¿Estás segura de que quieres que continúe?

Asiento con la cabeza. Todavía intento encontrar las palabras.

—*«Lo que espero conseguir», manifiesta Dominique-Marie en su bonita casa de Estrasburgo, «es comprensión entre las mujeres.» Martin explica que su marido sufrió mucho durante su infancia, alega que es un hombre cuyo pasado es una letanía de tristeza de la que él no es responsable. Martin acepta totalmente el aspecto psicológico que esconde la necesidad de su marido de «coleccionar» mujeres. «Lo que me parece espantoso», explica Martin, «es que las mujeres acepten conformarse con este segundo lugar, formar parte, literalmente, de un harén. Hemos luchado mundialmente para liberarnos, para ser iguales a los hombres en el trabajo y en casa. No lo hemos logrado sin solidaridad.» Ahora, Dominique-Marie Martin desea comenzar una campaña en la que las mujeres defiendan a las mujeres. «Si no podemos confiar en que nuestros hombres se queden en casa y lleven a sus familias en su corazón, debemos unirnos y ayudar a nuestras hermanas...»*

—¡Ay, Dios mío! —Siento la necesidad de interrumpirlo—. Además de atentar contra todo lo bueno y sagrado, ahora también soy la culpable de crímenes contra mi género. —Sostengo la cabeza entre mis manos, y tengo el corazón en la garganta—. ¿No podía tener una aventura con alguien cuya mujer me deseara a mí y a todas las demás prostitutas alguna enfermedad mortal? No quiero su compasión.

—Me temo que la tienes, querida. Es horrible, ¿verdad? —Es horrible porque tiene razón.

Los dos permanecemos en silencio.

—¿El resto? —pregunta el señor Williams.

—*Précis.*

No puede resistir el comentario.

—Creí que no hablabas francés.

Pongo los ojos en blanco, pero agradezco la frivolidad. Incluso un artículo de revista sobre mi relación con el marido de otra mujer es preferible que aquello en lo que debería estar pensando, es más grato que la devastación y el trastorno de mi tienda.

—Y sigue, blablablá, estadísticas. Esto, eso y aquello... ¿Estás segura?

Asiento con la cabeza.

—*La situación en el hogar de Martin solo empeoraba. Le pregunto a Dominique-Marie cómo logró seguir con su matrimonio, sabiendo que su marido tenía varias parejas, tanto aquí como en el extranjero. «Mi marido y yo teníamos un pacto. Nada fuera de lo común: permaneceríamos juntos por los niños, pero nuestros asuntos sexuales, serían cosa de cada uno», me informa. Martin y Hewitt decidieron utilizar una política de honestidad sobre la cual pudieran construir una amistad. Martin creyó que eso protegería a sus hijos del trauma del divorcio, mientras ambos podrían tener relaciones fuera del hogar.* No te preocupes, Grace, yo también me siento incómodo —dice el señor Williams.

Asiento para que continúe.

—*Hewitt decidió formar una familia con una de sus amantes. «No fue con una de sus relaciones más antiguas»*, explica Martin, *«sino con un romance relativamente nuevo, con una mujer mucho más joven.» A estas alturas de la entrevista, Martin se anima. Su elegante...*, ay, joder, Grace. Creo que no querrás escuchar cómo un tío francés parlotea sobre lo atractiva que es la maldita mujer de David.

Suspiro. Unos profundos suspiros que mantienen a raya mis lágrimas, suspiros profundos y un horror repentino ante la cruda realidad de mi vida, de mi amante. Tengo la piel húmeda. Mi té ya está frío.

—Ella se anima, ahora, en esta entrevista, y su argumento es... —Vuelve a concentrarse en el texto—. Su argumento es: *«No deberíamos criar a nuestras hijas para que crean que ese es su valor».* Que ella (y su marido) se horrorizarían si este fuera el tipo de relación que su hija de dieciséis años decidiera tener. Fundamentalmente, Grace, el resto habla de que las mujeres deben ser más amables entre sí, y de que la sociedad debe aumentar las expectativas de las mujeres en general. Mayormente, que es una parte inevitable del sistema patriarcal y sus errores, ese tipo de cosas. ¿Suficiente?

—Suficiente. —En serio, es suficiente. Nunca me había sentido tan insignificante—. Pero tiene razón. —Bajo el tono de voz para hacer una confidencia—. Estoy segura de que Nadia se ha sentido reflejada en todo esto. Toda su situación con Charlie es así.

—Me he dado cuenta por lo que has dicho. Pobre chica. —Se pone de pie y guarda su silla con cuidado debajo de la mesa—. Una historia más vieja que Matusalén, me temo. Quizá esta mujer tenga razón, quizá podamos cambiar las cosas. Pero creo que es cuestión de revisar la naturaleza humana. —Su sonrisa es cálida—. Y va a ser difícil modificarla.

Sigo el ejemplo del señor Williams y me levanto. Es hora de que abandone a David y el refugio que me brindó. Estaré por siempre en deuda con él.

—¿Qué vas a hacer ahora? —me pregunta cuando subo las escaleras para recoger mis cosas.

—Primero me iré a casa. A cambiarme y todo eso. La tienda puede esperar.

—Una decisión muy sensata. —La aprobación del señor Williams significa mucho para mí en este momento—. Te llevaré a que recojas tu coche. Está en la esquina de la tienda, no enfrente. Así que no tendrás que entrar.

Se lo agradezco con un movimiento de cabeza.

—¿Y usted? ¿Qué hará después?

—Volveré aquí y disfrutaré de mi soledad de una manera que solo quienes viven solos y han tenido huéspedes pueden apreciar.

El señor Williams me deja junto a mi coche. Sigue siendo el coche de David. Su línea elegante, el tamaño del motor, lo que significa la marca; es el coche de David en su totalidad.

Cuando entro en el coche, el cargador de mi teléfono está en el enchufe del encendedor de cigarrillos. Resisto la tentación de enchufarlo. Tengo suficientes cosas con las que lidiar en este momento, en la vida real, así que puedo dejar el mundo digital a un lado.

Evito echarle un vistazo al escaparate de la tienda. El señor Williams me aseguró que está a salvo de más daños. Tuvo el ánimo suficiente como para bajar las cortinas de delante y de atrás mientras la policía y la ambulancia estaban aquí. Debo ir y arreglar todo en cuanto coja fuerzas, pero al menos por el momento mis clientes no podrán mirar a través del cristal y ver los destrozos.

Cuando me dejó, el señor Williams insistió en venir a la tienda conmigo en cuanto yo decida ir. Quiero verla por primera vez yo sola, pero acepté enviarle un mensaje de texto cuando llegue y haya tenido la oportunidad de evaluar por dónde empezar. Tengo mucho que limpiar en todos los rincones de mi vida.

Mi casa está en calma. Está tal como la dejé cuando me fui a París. Aquí no ha entrado nadie, y nada está fuera de su sitio. Es evidente la presencia de David en las fotos de toda la habitación. El sofá lo eligió él, el atril que está al lado de mi chelo fue un regalo suyo por mi pasado cumpleaños y la enorme planta de la maceta de arcilla vino con él después de una visita a un vivero. Él está en todas partes.

Arriba, su ropa está cuidadosamente apilada en los cajones. Su cepillo de dientes reposa en el recipiente del lavabo del baño. Hay dos tubos de pasta de dientes, ambos a medio usar, que describen nuestras preferencias particulares. Mis dientes son sensibles y siempre creo que necesitan blanquearse, los de David son perfectos.

Mi cama está hecha con mucho cuidado. El lado de David es su santuario particular. Su libro está abierto en la página en la que dejó de leer. Está torcido sobre una guía turística. El lomo de la guía turística apunta hacia mí: «Norte de Italia». Era para nuestro viaje a Cremona.

Junto a los libros y a la lámpara de noche de David hay pistas inocentes sobre él. Hay dos plumas estilográficas, ambas negras y con plumines finos y afilados como los que usan los artistas; hay tijeritas para cortarse las uñas y un estuche de gafas vacío con una tapa de color azul marino. Sus gafas de lectura estarán en algún otro sitio de la casa. Conozco sus hábitos, así que sé que seguramente estarán al lado de la bañera.

Parece un sendero de migas de pan que fue dejando alguien a quien creía conocer. Ahora, por desgracia, sé que existen otros David en otras ciudades y en otros países. No tengo ni idea de cuántos. Sin embargo, estoy segura de que ninguna de sus versiones puede ser tan real como la que pasó su tiempo conmigo.

Mi toalla de baño cuelga de la parte de atrás de la puerta de mi dormitorio. La cojo y me la llevo al baño. Mi ropa está sucia y debo lavarla, así que la dejo en el canasto que está en el rincón.

Las gafas de lectura de David están justo donde yo sabía que estarían, paso junto a ellas y me meto en la ducha. Hay más recordatorios de este David, del David inglés. Tiene su gel de ducha y su champú. Tiene crema para el cuerpo y un limpiador para la cara. Son indicios de que es un hombre vanidoso. Antes yo pensaba que simplemente era detallista y que se cuidaba.

Cierro los ojos bajo el chorro de agua y lo imagino a mi lado. No puedo desconectar lo que siento por él, no importan los hechos, las sospechas, él y yo éramos especiales. Él y yo éramos diferentes.

Me visto con vaqueros y una camiseta. Hará frío en la tienda, así que me pongo un suéter viejo; no me importará demasiado si se ensucia. El clima está cambiando, y busco calcetines para tener los pies calientes después de un verano de sandalias y pies descalzos. Pienso en las próximas Navidades. Siempre estoy sola en Navidad. David, por supuesto, debe pasarlas con sus hijos. Me pregunto si este año el señor Williams querrá acompañarme. Descarto la idea casi de inmediato: se necesita una serie de circunstancias especiales y ser una clase particular de persona para terminar tan sola como yo. El señor Williams es demasiado amable y generoso consigo mismo como para terminar así de solo: seguramente tendrá invitaciones de otros sitios.

En el rincón de mi sala, me encuentro a mí misma. Recuerdo cuánta felicidad he sentido y qué afortunada soy de tener este mundo al que escaparme. He ignorado mi viejo chelo durante casi una semana, y veo que una fina película de polvo quita el brillo de sus hombros.

Me pregunto qué habría sucedido si mi chelo hubiese estado en la tienda. Si hubiese sido mi instrumento el que estaba en la base en el rincón. Este chelo ha sido mi orgullo y mi alegría durante tanto tiempo que ya forma parte de mí. Nuestras comunicaciones nunca son confusas, nunca se malinterpretan. Yo pregunto, y él me recompensa. Necesita muy poco a cambio. Durante toda mi vida tuve dos chelos de tamaño normal, pero solo necesité esos dos. Uno, el que me compraron mis padres; este segundo fue un regalo de David.

Acerco mi silla y pruebo la cuerda de la. Está un poco desafinada. Me encanta la sensación entre mis dedos cuando ajusto el afinador y comienza el diálogo entre mi chelo y yo.

Sé cuál es la partitura que está en el atril. Sé que la dejé abierta en «Libertango», mis marcas a lápiz de cosas que necesito recordar decoran el pentagrama. Aquí un arco extralargo, allí una apoyatura a quinta posición para evitar que mis dedos estén a punto de partirse.

Ajusto mi arco, bajo la barbilla hacia mi pecho y arrastro la crin con fuerza por las cuerdas. El sonido que brota es fuerte y gratificante. Está lleno de posibilidades. Vibra de oportunidades. En estos momentos estoy a kilómetros de distancia, a años de distancia.

No sé cuánto tiempo toco, pero siento que me sana. Sé que la cura es temporal y que tengo mucho trabajo por hacer; pero, por el momento, me produce paz.

Levanto mis dedos y examino los surcos que los recorren allí donde han apretado con mucha fuerza sobre las cuerdas. He pasado años endureciendo las yemas de mis dedos, cultivando capa tras capa de piel para protegerme. Incluso unos pocos días alejada de las cuerdas las suavizan. Las líneas son rosadas en la mitad, y blancas a lo largo de cada lado del valle. Son mis tatuajes, es mi huella característica. Recuerdo cuánto adoro este sentimiento. Unas costras puntiagudas se desprenden de mis huellas dactilares ya que, cuando toco, literalmente, se eliminan las cicatrices de los últimos días.

Tengo mucho trabajo que hacer, daños que reparar. Debo intentar reencauzar mi vida.

Al principio, cuando abandoné la universidad, usé mi chelo para poder controlarme, para encontrar paz. Me quedaba en mi cuarto, sola, y me dedicaba a tocar escalas sin parar. Tocaba hasta que sabía que no había más margen en las notas que tomaba, sin la más mínima variación o error. Tocaba hasta que sabía que las escalas eran perfectas, que Nikolai las habría aprobado.

Se me ocurrió, durante una temporada y con el optimismo de mi juventud, que podría volver a la universidad si le mostraba a Nikolai la dedicación que había logrado. Creí que, tal vez, si me empeñaba en practicar, podrían darme otra oportunidad. La mayoría de las personas que habían continuado en la universidad —a las que Nikolai no había echado— se habían esforzado por estar a mi altura en los ensayos y seminarios. El problema era mi actitud más que mi maestría musical.

Mis padres se preocupaban por la cantidad de tiempo que pasaba sola, por la naturaleza repetitiva de mis prácticas, por mi absoluta pérdida de fe en el mundo. Tenían razón en estar preocupados; yo había caído, con enorme facilidad, en un mundo de rituales y obsesiones. Comencé a creer genuinamente que, si tocaba cada escala a la perfección, todos los días, mi vida volvería a estar equilibrada.

Hacia el final de esa época, había dejado de hacer pausas para comer, dormía cada vez menos, pero, indudablemente, me acercaba a la perfección.

El día que lo logré, después de tocar todas las escalas de la música occidental sin pausa y sin errores, me sentí libre. Me había propuesto una tarea monumental y la había cumplido: poco más de quinientas escalas sin un solo error.

Bajé para contarle a mi madre que me sentía mejor, que podía dejar de preocuparse. Estaba hablando por teléfono.

Mi madre jugueteaba con el cable del teléfono alrededor de los dedos. Fumaba un cigarrillo con la otra mano mientras el cenicero estaba apoyado precariamente sobre sus piernas cruzadas. Me di cuenta por sus chasquidos y suspiros y por la forma en que se inclinaba en el teléfono para hablar, que estaba hablando con su hermana, mi tía Pauline.

Nuestras escaleras tenían balaustres rectos hasta abajo. Podía sentarme en un peldaño, sobre la alfombra color café arremolinada, y escuchar a mi madre sin que ella me viera. Estaba sentada en una silla del comedor que había acercado al pasillo. Era evidente que tenía la intención de hablar un buen rato.

Yo estaba feliz de haberme librado de la obsesión que me había impuesto. Me tomé mi tiempo. En lugar de apurar a mi madre para que cortara la comunicación y hablara conmigo, esperé, escuchando su conversación unilateral con Pauline.

—Es horrible, Paul. Es terrible verla. Está cada vez más delgada y triste.

Entonces comprendí que estaba hablando de mí, pero, para ser sincera, ya lo había supuesto antes de sentarme. Mi madre y mi tía charlaban siempre sobre sus hijos, como si no hubiesen tenido otra vida antes de nosotros, mis primos y yo. Como si no hubiesen existido realmente antes de nuestros nacimientos.

Pauline tenía tres hijos, todos mayores que yo y mucho más expertos en meterse en problemas; ella podía hablar sobre ellos durante horas. Mi madre comentaba, comparaba y farfullaba, esperando una pausa para poder hablar. Se reclinó en su silla, con la cabeza contra la pared fresca, con el marco del papel de flores como un cuadro que aún recuerdo.

—Creo que probablemente también haya un chico —dijo, bajando el tono de voz—. De lo contrario, no veo por qué todo esto es tan grave.
—Hubo un breve silencio, durante el cual me maravillé por la percepción de mi madre. Me pregunté qué pensaría de Shota, qué opinaría de mi novio japonés, tan solo y tan lejos de sus padres. Tan solo, salvo por la compañía de mi amiga Catherine.

—Exacto —le respondió mi madre a Pauline—. Ella debería tener ganas de llamar a sus amigas, o, por lo menos, ponerse en contacto con alguien. Pero lo único que hace es practicar siempre, día y noche. Pobrecita.

Mi madre escuchaba atentamente. Sabía que Pauline le estaría dando a mi madre el beneficio de su experiencia.

—Es todo su mundo. Jamás me he sentido así por nada. Excepto por ella, por supuesto.

Me estaba poniendo nerviosa esta extraña conversación unilateral. En voz baja comencé a recitar mis escalas, moviendo los dedos como si hubiese cuerdas debajo de ellos, mientras pensaba en la secuencia de las notas. Estaba imaginando mis arpegios mayores y menores cuando oí que mi madre sollozaba.

—Lo hemos dejado todo por ella. Podríamos haber hecho lo que tú has hecho, tener muchos hijos y ponerles menos presión a todos. Pero en el momento no eres consciente, ¿sabes? No te imaginas que ese tipo de decisión volverá y te perseguirá. —Se movió torpemente en su silla y se limpió la nariz con un trozo de papel de cocina que se sacó del bolsillo—. Pensábamos, creíamos... que si solo teníamos una hija, una única hija, podríamos brindarle todo. Absolutamente todo. Pero no es suficiente. No puedo evitar que sufra. Si te soy sincera, no entiendo nada sobre su mundo.

Oí el golpeteo apagado de la puerta principal que se abría y cerraba en el otro extremo del pasillo. Mi madre debía ir a preparar el té de mi padre ahora que había llegado a casa.

—Tengo que irme, Paul —dijo mi madre en el teléfono—. Frank ha llegado de trabajar.

Mi tía, evidentemente, la ignoró. Siguió hablando durante un tiempo.

—Pero así era entonces, cuando éramos niñas... —Mi madre se mostró más animada—. ¿Recuerdas cuando nos preparábamos para ir al instituto por la mañana? «La primera que se levante podrá elegir su ropa», nos decían. No había suficiente ropa buena para todos. —Volvió a limpiarse la nariz—. Y yo no quise hacerle pasar por eso. Si hubiésemos tenido otro hijo, no habría habido lecciones de chelo ni dinero. Y yo quise todo lo mejor para ella. Solo para ella. Ahora no sé si he hecho bien.

La decisión de mis padres de tener un solo hijo no era de mi incumbencia ni mi responsabilidad, por aquel entonces yo no lo sabía. Solo cuando fui adulta comprendí que la gente hace lo que quiere, independientemente de que, después, culpe a otra persona. Para entonces mis padres habían fallecido hacía ya mucho tiempo, y nunca pude hablar con ellos de eso. Se habrían puesto muy tristes de haber sabido cómo me sentí ese día, o que escuché esa conversación. No estaba dirigida a mí. A esa edad, a los diecinueve años, solo sentí una culpa terrible.

Volví a mi habitación y a mis escalas. Añadí octavas consecutivas a mi escala mayor, menor melódica y armónica, para quedarme en mi habitación un rato más.

18

Giro la llave en la puerta. La alarma activa sus cuatro largos pitidos, y tecleo el código sobre el panel. Todo está envuelto por una leve penumbra en los sitios en donde el señor Williams bajó la cortina, la luz cae sobre madera fracturada como polvo.

El suelo de la tienda parece un cementerio. Huesos quebradizos de cuellos partidos, hombros despegados y fajas astilladas yacen inmóviles. La habitación está sumida en el silencio, y la atmósfera está erizada de recriminación, de pena, de arrepentimiento.

Algunos de los instrumentos continúan en los soportes, parecen observar el caos que reina en el suelo y aferrarse al más mínimo hilo de equilibrio. Los empujo en las ranuras y mentalmente catalogo cuáles siguen en pie.

Un contrabajo ha caído —derribado— de lado. Yace como un árbol caído y cruzado en un camino.

—Lo siento —susurro.

Cierro la puerta con dos vueltas y dejo la llave por dentro, para que nadie pueda entrar aunque tenga llave. Nadia tiene llave, y recuerdo con angustia que ella no intentará entrar.

Necesito ver el instrumento más importante. Puedo empezar a hacer planes una vez que sepa qué le ha sucedido y con qué gravedad fue destrozado... yo lo he destrozado. Debo empezar a pensar en mi parte de responsabilidad. Sé que este no fue un acto casual, no fue ningún accidente. Yo hice esto. Yo causé todo este terrible desorden. Yo, yo, yo.

El cristal roto del mostrador brilla como escarcha sobre los restos del naufragio.

Levanto el contrabajo por el cuello y lo enderezo. Tiene una raja a través de las fajas en un lado y ha perdido las puntas de los arcos; por lo demás, ha salido bastante ileso, excepto en su orgullo. Puedo arreglarlo.

Escondidos debajo, como si intentara protegerlos, reunirlos bajo sus propias alas asustadas, están los fragmentos de tres violines. Estoy bastante segura de haberle dado una patada al menos a uno de ellos. Los otros dos están menos dañados pero, aun así, son casi irreparables. Yo no tenía derecho a decidir el destino de estos instrumentos, fuese cual fuese mi estado de ánimo. Tengo que hacer lo correcto. Solo si hago lo correcto podré superar el camino hacia el perdón.

Camino hasta el taller. Allí está.

La velocidad con que pueda recuperarme, el viaje de recuperación, comienza con este único instrumento. Para empezar, debo arreglar este. Solo cuando le devuelva su antigua gloria, cuando lo restituya a un estado mejor que el que tenía, podré comenzar a lamentar mis años perdidos, mi propio corazón roto.

Apenas me he permitido pensar en David, examinar el dolor en carne viva, pero sé que pronto tendré que hacerlo. Evito adrede el silencio, no quiero pensar, y me dispongo a encender la radio.

El violín de Alan todavía está sobre mi mesa de trabajo. El cuello sigue unido al cuerpo, pero las fajas están destrozadas. La tapa del violín ya estaba separada antes de lo sucedido, antes de que yo hiciera esto. Yo había estado trabajando en la caja. Camino hasta mi otra mesa, donde la tapa del violín está en una caja. Sigue allí, todavía de una pieza. Había comenzado a rebajar la caja, y las franjas de madera fresca que había cepillado en el interior parecen heridas ahora que todo está tan estropeado.

Las fajas del violín están rotas. Sobresalen como dientes rústicos, llenos de ángulos raros y deficiencias. Lo que debería extenderse como una línea suave alrededor del borde del violín es una montaña rusa demente e irregular de puntas afiladas y peligrosas.

No es imposible. Quizá, si arreglar el violín de Alan no es imposible, podré empezar a subir esta montaña. En la cima habrá un espacio llano, un sitio para pensar.

A mi espalda está el chelo de Cremona en su soporte. Se ha torcido un poco, pero todavía está en pie. Mantiene su posición como un mártir que ha recibido todo tipo de crueldades, todos los actos de maldad o traición, pero que se niega a derrumbarse, a soltar lo que le queda de dignidad. El agujero que atraviesa la tapa es un monumento a los sucesos de la semana pasada, testimonio del tornado que asoló todo mi ser.

Repararé el chelo de Cremona a su debido tiempo. El primero en mi lista de prioridades es el violín de Alan.

Miro cuidadosamente el violín roto que yace sobre la mesa. Busco los trozos de fajas rotas, si hay suficientes podría arreglarlas. Es la manera más difícil de arreglar el violín, pero conservaría la mayor parte de la madera del trabajo de Alan. Al mismo tiempo, debo tener en cuenta que este violín no funcionaba muy bien, no tenía buena voz. Si le quito todas las fajas y hago un conjunto nuevo, el instrumento tendrá muchas más posibilidades de cantar.

Mientras lo decido, comienzo a limpiar. No estoy segura de por dónde empezar, así que enciendo la máquina de café.

Junto a ella está el contestador automático, y la luz roja titila constantemente, como advertencia de que hay mensajes que esperan. Mi corazón da un vuelco frente a la realidad.

Sé de inmediato que daría cualquier cosa por que este mensaje fuera una especie de cámara rápida que me transportara, pataleando y resoplando, a un nuevo mundo. En el mundo que se suponía que me esperaría aquí, en esta fecha, en esta tienda, pero sin las pesadillas que trajeron los últimos días.

Mi dedo titubea sobre el botón de reproducción. Pienso en las opciones de lo que voy a encontrar. Intento desesperadamente agregar consecuencias a todas las posibilidades de mensajes. Sé con certeza que uno de ellos será de David; no es una esperanza ni un deseo, sino una certeza.

No sé qué quiero que diga el mensaje. La máquina de café lanza un pitido y me sobresalto.

Aprieto el botón.

«Tienes cuatro mensajes nuevos.»

Paro el contestador. No estoy preparada para escucharlos. David no dejaría cuatro mensajes, ese no es su estilo. Dejará una sola grabación, clara y perfecta, con voz profunda y resonante. Elegiría muy bien sus palabras; David jamás se deja llevar por el pánico. Habrá sentimiento en su mensaje, pero no sé cuál será ese sentimiento. Sé que me estará echando de menos.

Una vez que empiece a recuperarme, a sentir, sé que yo también lo echaré de menos a él.

Desearía fervientemente ser esa clase de personas que puede borrar los mensajes sin escucharlos, pero sé que nunca podré hacerlo. Un rayo de esperanza sigue en mi interior, una fina luz de entusiasmo que aún no está lista para soltarme. Tal vez, me dice el optimismo, David haya cambiado de opinión, quizá todo lo ocurrido haya sido consecuencia de alguna especie de crisis nerviosa.

Pero eso no cambiaría las cosas: los destrozos son demasiados. Miro los trozos de madera a mi alrededor.

Pulso el botón de reproducir.

El suyo es el primer mensaje.

—Mi amor, he intentado llamarte al móvil. Necesito saber que estás bien. Eso es todo. Envíame un mensaje de texto para decírmelo, aunque no soportes hablar conmigo en este momento. Hablaremos pronto, niña preciosa, resolveremos las cosas. Siento mucho que todo sea tan difícil en este momento.

Eso es todo. Ese es todo su mensaje. Por el timbre de su voz, podría pensarse que olvidó una cita para cenar, o una reserva para la ópera. Echo un vistazo a mi alrededor y me rodean el polvo, la suciedad, el caos del taller: mi elección, mis acciones, no las de él. Quizá este desorden es vital para que yo me convenza de lo que ha sucedido. El mensaje de David es una prueba poco fiable. Los otros tres mensajes no son más convincentes:

vendedores y clientes que hablan como si el mundo siguiera siendo el mismo.

Levanto una caja de cartón que había desmontado y plegado para reciclar. Vuelvo a montarla y pego las uniones con cinta adhesiva. Llevo la caja a la parte delantera de la tienda y comienzo a recoger los trozos de los instrumentos heridos.

Me lleva mucho tiempo reunir todos los trozos rotos. En uno o dos de los instrumentos me sorprende que, vistos desde otro ángulo, se revelan sus secretos. Hay un chelo Mirecourt con los arcos rajados, ahora puedo ver que la falla estaba en la ubicación de los hombros y del cuello, nada que ver con el puente, como he creído durante meses. Me preguntaba por qué no se vendía, por qué nadie terminaba de creer en su sonido.

Me sorprendo cuando empiezo a tararear. No reconozco la melodía de inmediato, pero, a medida que avanzo, me doy cuenta de que es la sinfonía de Nadia. Tarareo más alto.

Una viola del instituto de Berlín ha revelado vestigios de carcoma en el cuello, una fila de puntos reveladores que significan que los insectos podrían o no seguir estando en la madera. Sujeto los dos trozos de la viola —el cuello se ha despegado de los hombros— y lo pongo derecho en una bolsa de basura. Sostengo la punta de la bolsa y vacío un bote casi entero de insecticida en el interior y sobre la viola. Ato con fuerza la bolsa y la llevo al sótano. Un brote de carcoma sería catastrófico. La ironía de esta última palabra me avergüenza y siento que se me encienden las mejillas.

El teléfono suena en la parte de arriba. Subo los peldaños de dos en dos y llego antes de que se active el contestador automático.

—¿Grace? Habla Maurice Williams.

Estoy sin aliento.

—Has dicho que me enviarías un mensaje en cuanto llegaras. ¿Te encuentras bien, querida?

—¡Ay, Dios, lo siento! Todavía no he puesto a cargar mi móvil.

Chasquea la lengua a modo de aprobación por que no haya intentado saber si tenía o no mensajes de David. No le diré que había uno aquí y, la verdad sea dicha, hasta el momento simplemente me había olvidado por completo de cargar mi móvil.

—¿Estás avanzando?

Echo un vistazo a mi alrededor. No está tan mal como parecía. Guardé todos los fragmentos de cada instrumento y estaba a punto de ponerme a barrer algunos rincones del taller. No quise abrir todas mis garrafas y frascos con barnices y pigmentos. No tengo ni idea de por qué, pero me siento muy agradecida. La cola, los polvos y las sustancias químicas habrían hecho que esta fuera una tarea imposible. Habrían causado un daño mucho peor.

—Sí, estoy avanzando. —No le devolví la llamada a David. Pienso en eso ahora que estoy hablando con otro ser humano. Es un avance—. Lo llevo bastante bien.

—¿Has comido?

—He bebido café. —Sonrío cuando lo digo, y sé que él también se está riendo al otro lado del teléfono.

—¿Te molestaría que fuera? ¿Y llevara algo para comer?

—No me molesta en absoluto —respondo—. Puedo arreglar el violín de Alan, señor Williams. Puedo repararlo y tendrá un sonido maravilloso.

—Ya hablaremos de eso.

Promete pasarse dentro de un rato con un almuerzo tardío. Me vendrá muy bien.

Me concentro en devolverle a la tienda lo más cercano a un semblante de normalidad que pueda. Quiero que el señor Williams se quede impresionado por lo que he logrado y, más que nada, no quiero que se preocupe por el violín de Alan.

Sujeto la punta del tubo de la aspiradora y me agacho sobre mis manos y rodillas para sacar de la alfombra los trozos de cristal más pequeños. Un par de fragmentos minúsculos se entierran debajo de mi piel, y, por muy fuerte que frote, no se mueven; un tatuaje temporal como castigo por todos mis pecados.

Llamo por teléfono a un comerciante de antigüedades y le pregunto si conoce a alguien que pueda reparar el mostrador. Debo reemplazar la tapa de cristal y el cuero, el precioso cuero lleno de marcas y con infinidad de anécdotas e historias, está roto donde las astillas de cristal lo atravesaron. Se le ocurren algunas buenas ideas y, tres llamadas telefónicas después, consigo que alguien venga mañana a echarle un vistazo.

Llega el señor Williams con una cesta. No es un cesto de pícnic, pero sí algo parecido. Ha envuelto todo en un paño de cocina blanco.

—¿Dónde podemos comer, querida? —pregunta, como si no hubiese nada fuera de lo normal, como si las cortinas estuvieran abiertas, los instrumentos ordenados y colocados en sus perchas.

—Tendrá que ser en mi mesa de trabajo, creo. —Muevo algunas cosas para hacer espacio, y el señor Williams extiende el mantel lo mejor que puede. Sostengo el violín de Alan para enseñárselo.

—Voy a fabricarle fajas nuevas. Puedo comenzar mañana mismo. Estará listo en poco tiempo.

El señor Williams está sacando recipientes de plástico de la cesta. Es obvio que ha estado trabajando y que tenía la intención de venir desde el principio. Hay ensaladas y pequeños paquetes con tartaletas, carnes frías y tarros pequeños con encurtidos caseros.

—¡Vaya, esto es espectacular! No hacía falta.

—Debes comer bien.

Me miro a mí misma y verifico que no se equivoca. Los últimos días se han cobrado su precio. Los vaqueros me quedan flojos y mi camiseta es vieja y está arrugada. Me he vestido sin importarme quién pudiera verme o qué pudiera estar haciendo.

—Parezco una vagabunda, ¿verdad?

Él asiente lentamente con la cabeza.

—Te he visto en mejores condiciones. Pero, ¿qué esperabas? Si no comes.

—Ahora estoy comiendo. —Es cierto. Cocina fantásticamente. He llenado mi plato y me como sus creaciones con deleite. Unos copos de pasta con queso se caen en mi plato y los agarro con un dedo—. ¿Esta masa la ha hecho usted?

—Así es. No tengo mucho que hacer en todo el día, y es un tremendo placer tener a alguien para quien cocinar. Me encanta hacerlo. —Su voz se pone nostálgica y me doy cuenta de que está rememorando.

—¿Ha hablado con Nadia? —le pregunto.

—He intercambiado algunos mensajes de texto con ella. Pero nada sobre el tema del diario.

Me contengo para no preguntarle qué podrá estar pensando Nadia. No es problema suyo. Sin embargo, es un buen motivo para cargar mi móvil, así que lo saco de mi bolso. Hay un cargador ya enchufado en la pared.

Apenas cobra vida, comienza a sonar sin parar porque están llegando un montón de mensajes. Extiendo una mano y miro la pantalla de inicio para ver quiénes los envían. Ninguno es de Nadia. Sinceramente, no tenía muchas esperanzas de que así fuera, pero, aun así, es una desilusión.

Hay un mensaje de texto de David, solo una pregunta del mismo tipo que la de su mensaje del contestador.

También hay mensajes en el buzón de voz, pero repaso los números y ninguno es de Nadia. Uno de ellos es de David, pero estoy segura de que oiré la misma voz despreocupada del contestador automático de la tienda.

—La llamaré más tarde. —Espero que me conteste—. Y le mandaré unos cuantos mensajes de texto si no quiere hablar conmigo. Lo único que puedo hacer es pedirle disculpas. No puedo deshacer lo que ya hecho. —Ojalá pudiera.

—He descubierto que el arrepentimiento mueve montañas. —El señor Williams sonríe con empatía.

—Y tengo un precioso trozo de arce para las fajas de su violín. —Me extiendo hacia el estante que está junto a la mesa de trabajo. El fino trozo de madera es de color dorado; su veta brilla con un tono anaranjado todo a lo largo, como la piel de un pez—. Es precioso, ¿verdad? Iba a usarlo para un violín que...

—Grace —me interrumpe el señor Williams—. No quiero que repares el violín de Alan. Todavía no.

—Pero debo hacerlo, lo siento. No hay discusión. Es lo menos que puedo hacer.

Alza su mano como en un gesto desafiante.

—No. Hablo en serio. No es lo que yo quiero. —Su mano está perpendicular a su brazo. La palma es de color rosado suave y limpio, y está arrugada. Las líneas que la recorren son surcos profundos; las líneas del amor y de la vida son muy definidas—. Como te he dicho —continúa—, el arrepentimiento puede mover montañas. Y estás arrepentida, cualquiera puede ver eso. El violín de Alan puede esperar. Soy un hombre viejo y —me guiña un ojo—, seamos sinceros, no voy a mejorar como músico.

—No lo sé. —Me sumo a su broma—. Podría mejorar con el instrumento adecuado. Y este lo será cuando termine con él.

Él sacude la cabeza.

—No es eso lo que deseo.

Me encojo de hombros. Por lo menos tendré que escucharlo. Me concentro en la última parte de mi ensalada y mojo las finas rodajas de tomate que están alrededor de mi plato en la vinagreta.

—Quiero que repares el chelo de Cremona.

Los dos nos damos la vuelta y observamos el chelo. No me he animado a enderezarlo, y nos mira como si tuviera la cabeza torcida y estuviera escuchando con atención.

—Me temo que es demasiado tarde. —Hablo con voz amable. La idea de repararlo es un pensamiento muy dulce—. Podría repararlo hasta que quedara casi perfecto, pero ya no ganaría. Este chelo, aunque pasara meses trabajando en él, nunca podrá ocultar que alguien ha intentado romper su tapa y que después la ha arreglado. La única manera de resolverlo sería fabricar una tapa nueva. Y eso me llevaría meses. Literalmente.

El señor Williams no baja su mirada.

—Cuando murió Leslie, solo los proyectos de este tipo me mantenían vivo. Las cosas con un principio y un final, cosas que podía medir. Reparar el chelo de Cremona es terapia.

—¿Terapia para mí?

—Sí. Todavía tienes reservada la habitación del hotel y todo lo demás, ¿verdad?

Asiento con la cabeza.

—Sí, pero el chelo no puede participar. Sería una enorme pérdida de tiempo y de dinero, incluso aunque pudiera arreglarlo. No tiene posibilidades de ganar. —Y empiezo a despejar la mesa.

—Querida, no se trata siempre de ganar. Es un ejercicio de recuperación, de participación. Quiero saber que eres capaz de hacerlo, quiero ver que mejoras. —Se pone de pie y me mira directamente a los ojos—. Además, es mi decisión. Ha sido mi violín el que está destrozado.

—¿Me está chantajeando? —Estoy sorprendida, y también conmovida.

—Querida, sabes exactamente lo que te estoy pidiendo. —Parece feliz de que lo haya descubierto—. Te perdonaré y me olvidaré de todo (hago muy bien las dos cosas), si me prometes tener ese chelo reparado para el concurso. Hazlo lo mejor que puedas.

—¿Aunque no pueda participar en el concurso?

—Sí. —Es categórico, y estoy en deuda con él.

—Pero ¿por qué? El violín de Alan es igual de importante. Esa podría ser mi terapia. —Es mi último intento desesperado por disuadirlo.

—No —insiste—. Tiene que ser el chelo, porque deseo viajar a Cremona contigo. Hace años que no viajo a Italia. —Y vuelve a tapar uno de los recipientes de plástico con un ruido fuerte y seco.

19

Cuando el señor Williams y yo comenzamos a planificar la logística, me doy cuenta de que ya ha vencido el plazo para enviar el chelo a Cremona vía servicio de mensajería. El plan ni siquiera funciona antes incluso de ponerlo en marcha.

—Tenían que habérselo llevado esta semana. —Echo un vistazo al calendario colgado en la pared de la tienda. Es un calendario de violines, y el fabricante de este mes es Guarneri—. Hace dos días.

—¿Y si llamamos a otro mensajero? Puede que sea un poco más caro pero...

—Ya he pagado un ojo de la cara por este envío —digo—. Solo aceptan paquetes de este servicio de mensajería. De lo contrario, las entregas deben realizarse en persona, hasta pocos días antes de la exhibición.

—Yo lo entregaré. —Parece satisfecho consigo mismo.

—¡Es muy amable! Pero creo que hay un límite, tenemos que darnos por vencidos. Simplemente no puede ser. —No me imagino una irresponsabilidad mayor que permitir que un hombre de más de ochenta años viaje solo por toda Europa con un chelo de una tonelada a cuestas. El estuche ultrarresistente que compré para este chelo es sumamente pesado. Creo que es una verdadera lástima que el chelo no hubiese estado guardado en el estuche cuando lo pateé. El señor Williams revuelve en el bolso de cuero caoba que siempre lleva al hombro. La próxima vez que lo miro, está concentrado en un iPad, y sus dedos se mueven por la pantalla a una velocidad sorprendente.

—¿Podrías darme la contraseña de tu wifi? —pregunta—. Buscaré vuelos y hoteles. —Nada lo detiene.

—Se necesita otro asiento para el chelo. —Sé cuándo debo darme por vencida—. Costará una fortuna.

El señor Williams hace un gesto con la mano para restarle importancia al asunto. Parece animado, lo está disfrutando.

Se lo debo.

—De acuerdo. —Voy a darme por vencida—. Pero con dos condiciones: la primera, pago yo. Su billete y el del chelo. Yo me encargaré de todo. Y nada de discusiones.

Él menea la cabeza a un lado y otro, con una sonrisa en los labios. Es un anciano apuesto, y estos planes le aportan un entusiasmo que hace que reviva. Un mechón engrasado de pelo blanco se cae de su flequillo, y lo vuelve a acomodar con la palma de su mano.

—La segunda —digo, con voz que simula ser severa—, tiene que prometerme que entiende de verdad que todo esto es inútil. Aunque fabricara una nueva tapa, si es que fuera técnicamente posible hacerlo en el poco tiempo que me queda, competiré contra gente que ha pasado años barnizando y trabajando en los filetes. Que ha estado puliendo el instrumento durante semanas. Como lo habría hecho yo si las cosas hubiesen sido diferentes —agrego con tristeza—. ¿Entendido?

—Por supuesto, querida. —Está regocijándose—. De todos modos, la victoria no es lo importante para mí —dice—, sino todo eso del Chianti, los espaguetis y los negronis. *Divertiamoci!* —Aplaude y se echa a reír—. En italiano significa *Laissez les bons temps rouler* —dice.

Conozco esa frase. Es una de las favoritas de David. Me pregunto con quién estará él «pasando buenos momentos» ahora. Pienso en él y en Marie-Thérèse viviendo la vida que yo tanto quería: haciendo compras en la exquisita panadería de la Avenue Victor Hugo, comprando fruta en el puesto callejero de la esquina de Rue Copernic y llevando todo al apartamento para hacer un pícnic sobre la cama.

Imagino las cortinas blancas y la brisa del balcón, las largas tablas enceradas del suelo y la sencilla elegancia del ambiente. Ya la siento como la vida de otra persona.

El señor Williams está murmurando en voz baja mientras busca vuelos en su iPad. Puedo percibir la excitación que lo enciende. Se lo ha ganado. Es bueno que haya una manera de compensarlo.

Alcanzo mi móvil y lo miro por décima vez en una hora. Todavía no hay noticias de Nadia. Hice lo que el señor Williams me sugirió y pedí perdón. No le ofrecí una disculpa falsa, como «Siento si te he hecho daño», sino que le prodigué muchas disculpas serviles y ruegos sentidos: sé que ella se los merece. Pero nada la ha conmovido.

Por fin he tenido la oportunidad de evaluar el daño que le infligí a mi chelo. El destrozo es grande, provocado por un acto de estupidez por mi parte. Este instrumento es el mejor que he fabricado jamás y con él tenía una oportunidad real de ganar, o, como mínimo, de atraer admiradores de algunos de los mercados que a mí me interesaban. Empujo los trozos sueltos de la tapa rajada. Una astilla de abeto se rompe entre mis dedos, y la aprieto contra mi piel hasta que me duelen las yemas de los dedos.

No queda otra opción que la de fabricar una tapa nueva. Abajo, en el sótano, tengo un trozo de madera de chelo. Le dará un aspecto de instrumento entero y completo, aunque de no muy buena calidad. Una reparación habría suscitado preguntas entre los jueces acerca de qué le había sucedido. Yo no querría responderlas. La madera está en el sótano. Dejo al señor Williams con sus pesquisas en Internet y voy a buscarla. Sé que solo hay un trozo de madera para chelo, un pedazo de madera selecta. Está inclinada en un estante al lado de, por lo menos, media docena de tapas para viola y unas cuantas más para violín. En cuanto saco la madera, veo el nudo. Está en una esquina de la madera, en un sitio donde, una vez la haya cortado y ensamblado, quedará justo debajo del puente.

Si he de continuar, debo usar esta pieza defectuosa. Me pregunto cuáles serán las reglas del concurso. Es posible que ni siquiera lo admitan. Podría hacer muchas cosas para tapar un nudo en la tapa superior de un chelo, trucos con masilla, barniz y pulido, pero nada de eso engañaría la mirada experta de los jueces del concurso, y todo ese trabajo me llevaría un tiempo del que no dispongo.

Una tapa de madera es una plancha de madera de corte rústico. El lado más largo de la plancha es la longitud de la tapa inferior del chelo, y tiene exactamente la mitad del ancho de su tapa superior. Cortaré el trozo de madera, de lado, con la sierra de cinta, por la mitad, para producir dos piezas idénticas, de la mitad del grosor que el original. Esta práctica intrincada garantiza que, cuando las dos piezas se ensamblan, las líneas paralelas que las recorren serán las mismas a ambos lados de la tapa superior del chelo. Esta madera tiene buenas vetas, que la surcan y que muestran todos los inviernos que el árbol soportó y todos los veranos que la vieron crecer.

Antes de encender la sierra de cinta, vuelvo a mirar el móvil. Nada. Le advierto al señor Willliams que haré ruido, antes de empujar la madera chirriante a través de la sierra. La madera de abeto para chelo es dura, y la hoja se resiste a medida que la empujo. El humo que genera no es tan agradable como el de leña quemada porque se chamusca más que se enciende. Desprende un olor raro, pero a mí me gusta, un vapor acre de resistencia.

Las dos piezas deben unirse a lo largo de lo que será la línea central del chelo. Los bordes deben prepararse de manera impecable, no puede haber muescas ni huecos entre las dos superficies, pues, de lo contrario, la junta se separaría.

El señor Williams me observa muy quieto. Me doy cuenta de que quiere ser testigo imparcial de la magia, observar cómo la tapa del nuevo chelo emprende su viaje. Es muy reconfortante. Sujeto una garlopa del número cinco, lo suficientemente afilada como para cortar la piel si la pasara por mi brazo o pierna. La paso por la parte ancha de la madera. Es demasiado angosta por medio centímetro que sobra. Limpio la viruta y vuelvo a guardarla en su lugar exacto, en el orden correcto. Busco una del número cinco y medio y encaja a la perfección. Empiezo a sacar el excedente de madera para que ambas superficies planas sean idénticas. Es una tarea rítmica e hipnótica. Me pierdo en ella en cuestión de segundos.

—Tienes un mensaje. —El señor Williams levanta mi móvil. No lo había escuchado. Debe de haber entrado mientras usaba la sierra de cinta.

Es de Nadia. Elevo una pequeña plegaria.

Voy a ir a buscar mi diario. ¿Estás en la tienda?

No envía ni un beso, no tengo esperanzas de que vaya a perdonarme. Cómo no se me había ocurrido que ella querría pasarse por la tienda para recuperar el cuaderno. Mientras tanto, el señor Williams limpiaba el cristal de la repisa dentro del mostrador por petición mía y yo despejaba mi mesa de trabajo.

Ven cuando quieras. Te espero.

Contengo el aliento.

Tengo clase de conducir a las 3. Le pediré a alguien que me lleve a la tienda después.

El señor Williams me mira haciéndome una pregunta no verbal. Yo asiento, aliviada.

Pongo la cola animal sobre el hornillo para que empiece a derretirse. El olor de la cola no es tan terrible como podría serlo debido a sus ingredientes. Cuando está lo suficientemente caliente, la unto en los dos bordes limpios de la tabla partida y junto las dos partes. La tabla se abre como una mariposa.

—Esto se llama «ensamble» —le explico al señor Williams—. Es una ensambladura.

Comienzo el proceso de colocar abrazaderas a lo largo de la junta para sostener la madera hasta que la cola se seque. Es una tarea mecánica y mientras la realizo pienso en Nadia. Soy como masilla entre sus manos y haré lo que sea para recuperar nuestra amistad. Soy la única culpable.

Paso mis dedos sobre el pequeño nudo en el centro de la madera. No es tan terrible, y si este chelo fuera para la venta o para algún cliente, ese tipo de marca probablemente otorgaría al instrumento un rasgo singular, de individualidad. Sin embargo, el concurso requiere anonimato, uniformidad y convención. La huella arremolinada en la madera no es tan grande como para que el chelo quede descalificado del concurso. Aun así, podrá participar en la exhibición de instrumentos de Cremona, pero el nudo es motivo de que no pueda ganar.

—¿Quieres que me vaya...? Me refiero a cuando venga Nadia —pregunta el señor Williams.

—No sé. Supongo que sí. —Me dará pena que se marche.

—Es mejor así. Debéis hablar con toda libertad.

Estoy de acuerdo con él. Limpia los últimos restos de los cristales que ha barrido, los envuelve en papel de periódico y los deposita en el cubo.

—He reservado un vuelo dentro de cinco días. —Me mira, desafiante—. Y un asiento para el chelo.

Ambos miramos el trozo de madera sujeto y secándose en la mesa de trabajo.

—¡Maldición! —digo.

—Volaré a Turín y cogeré un tren hasta Cremona. Pasaré la noche allí, y, a la mañana siguiente, llevaré el chelo. Luego dispondré de una semana hasta que llegues.

—¿Va a quedarse allí solo una semana? Es una ciudad pequeña.

Él sacude la cabeza.

—Tengo amigos en Venecia. Un amigo. Paulo ha muerto, pero Laurence sigue allí. Leslie y yo íbamos a su casa cada vez que podíamos. Será agradable ponernos al día. —Sonríe—. Laurence ya me ha dicho que estará allí y que le encantaría recibirme. Eso hacemos los ancianos, ¿me entiendes? Nos pasamos el día pendientes del correo electrónico, esperando que alguien escriba.

—¿Y sabrá coger el tren sin problema?

—Así es como nos trasladábamos —responde, y se encoge de hombros.

Supongo que debo confiar en que él, a su edad, sabe de sobra cómo se viaja en tren, aunque sea en otro país.

—Iré a visitar a Laurence y luego me reuniré contigo, si me lo permites. ¿Soportarás que me vean contigo?

—Por supuesto que sí. También tenía dos entradas para el concierto final: una para mí y otra para David. Iremos juntos, ¿qué le parece?

Al señor Williams le encanta la idea. Luego vuelve a sacar su iPad para echarle un vistazo al programa, y, mientras charlamos sobre los méritos de escuchar a compositores italianos comparados con los alemanes, nos dan casi las cuatro de la tarde.

Él me desea buena suerte y me sopla un beso amplio cuando se retira.

Nadia está delgada y cansada. Su enfado se ha disipado y está apagada.

Busco debajo del mostrador roto y saco el cuaderno de bocetos. Se lo entrego sin hablar. No tengo nada más que decirle.

—Gracias —dice, pero su voz no revela nada.

—¿Qué tal la clase de conducir? —Mis palabras torpes caen al vacío y merecen el silencio que tienen como respuesta.

Y luego ella se echa a reír. Un risa fuerte pero real. El lado soleado de Nadia se asoma, la nube ha desaparecido.

—*¿Qué tal en la maldita clase de conducir?*

—No sé qué otra cosa decir. Supongo que estarás cansada de escuchar «lo siento» y «qué otra cosa puedo hacer».

—Nunca me cansaré de eso de «*qué otra cosa puedo hacer*». —Entrecierra los ojos—. Pero, en serio, ¿cuánto leíste? ¿Todo?

—Muy poco, como te he dicho. Algo sobre cocaína. Que Harriet es una imbécil. Y luego lo he dejado.

—Apuesto a que habrías leído más si hubieses tenido tiempo.

No respondo. No sé si tiene razón o no.

—¿El señor Williams sigue aquí?

Sacudo la cabeza.

—Acaba de irse, hace cinco minutos.

—Está bien, entonces, te diré la verdad. Lo de la cocaína fue algo pasajero. Todo el mundo consume en mi instituto. Todos. —La última palabra es una advertencia para que no la contradiga, para que no haga comentarios—. Y yo dejé de consumir hace siglos. No porque no me guste, sino porque de lo contrario estaría enganchada todo el tiempo, y no podría hacer nada más, ¿me entiendes? Además, tengo cosas que hacer. Cosas más importantes que estar colgada.

—Tu sinfonía —digo, pero ella se encoge de hombros.

—Además de otras cosas.

—Todo el mundo se pelea con sus amigos todo el tiempo, Nad, es parte de la vida.

—¿Te refieres a ti y a mí?

—No. —Ahora me siento estúpida—. Me refiero a ti y a Harriet, pero a nosotras también, si quieres. Pero lo que ocurre con Harriet no es motivo para dejar de ir al instituto.

—¿Quién dijo que lo sea? —Me mira y enarca las cejas, alza las palmas de las manos como para indicar que, si quiero, piense en una respuesta... pero que no me moleste en compartirla—. Tomarme un año sabático no tiene nada que ver con Harriet. En serio. ¡Ella no es tan importante, joder!

—Lo siento, solo intentaba ayudar.

Cuando menos me lo espero, ella se ablanda.

—He cometido una estupidez. Pero ya está hecha y es hora de seguir adelante.

Abro la boca para hablar, para preguntar a qué se refiere con «una estupidez», pero me siento abrumada por todas las cosas que he hecho y a las que Nadia podría llamar «una estupidez», por los años que pasé acumulando error trar error.

—Pues hagámoslo. Sigamos adelante. —Le sonrío. Me encantaría abrazarla, pero ella no es ese tipo de chica. Sus espinas son invisibles, pero son reales y afiladas.

—Fantástico. Es justo lo que necesito. Y también necesito mi trabajo. —Por fin avanza hacia el mostrador y su ruta de escape queda atrás—. En realidad, también te necesito un poco a ti. —Y me abraza, fijándome los brazos a los lados de mi cuerpo.

Saco las sobras del pícnic del señor Williams y Nadia se las come como si no hubiese probado bocado desde que se fue de la casa de él.

—¿Cómo van las cosas en tu casa? —le pregunto.

—Igual que siempre —responde—. La mayor parte del tiempo no hay nadie, y, cuando están, se encierran en sus habitaciones y hablan por el móvil. Me importa una mierda. Yo solo toco mi violín, trabajo en mi música.

Pienso en mí, en cuando me fui de la universidad, yo también me encerraba en mi habitación y practicaba siempre lo mismo.

—¿Todavía vas a clases de violín?

—¿Clases de violín? —pregunta, con la boca llena de salchicha rebozada—. Por supuesto. ¡Claro que sí! Así sé que mis padres todavía están vivos porque alguien le sigue pagando a mi profesor. Me tomaré un año sabático del resto de mierda, pero no del violín.

Me alivia oír eso.

Nuestra conversación se hace más fácil, más que antes. Hablamos de igual a igual. Y hay algo que, extrañamente, es mejor.

Le muestro el chelo y el destrozo terrible que yo misma le hice. Lo apoyo sobre la mesa de trabajo y abro la cola animal que sostiene la tabla rota hasta las fajas. Cuando haya logrado quitar la tapa superior y limpiar todos los fragmentos de cola y madera, colocaré mi nueva tapa superior y usaré las fajas como modelo para fabricarlas. Es sencillo, salvo que, por el momento, mi tapa superior nueva es un trozo grueso de madera sostenido con abrazaderas.

—¡Vaya trabajazo! —dice Nadia, y debo coincidir con ella—. ¿El señor Williams lo llevará a Italia? ¿Al concurso?

—Si es humanamente posible terminarlo, sí.

—¿En qué puedo ayudarte? ¿Puedo hacer el pulido o algo?

—No se trata de pulir..., eso es lo que se le hace a una mesa, a un armario o a un cajón. A objetos que soporten un trato brusco. Me temo que debo hacerlo yo.

—¿Podrás hacerlo?

—Si no duermo, sí.

—Bien. —Parece que esto del chelo es muy importante también para ella. Quizá sea la distracción que todos necesitamos.

—¿Te acuerdas de que me dijiste que querías compensarme y toda esa mierda?

Asiento con la cabeza. Estoy tocando un rizo de cola, observando atentamente el chelo de Cremona.

—Pues yo también quiero ir a Italia.

20

En Italia por fin puedo respirar. Aspiro el aire tibio de la noche y me siento viva. Exhalarlo es tan liberador que casi me pongo a llorar.

Voy a estar sola en el hotel. Se suponía que este iba a ser un viaje con David, lo llevábamos planeando durante meses. El hotel es justo el que él reservaría: elegante y, claro está, caro. Lucho por contener el dolor furioso que desencadena su ausencia. Aprieta mi cabeza como una corona de espinas.

Es una habitación preciosa, pero todo lo que perdí aparece en los rincones. Mi tristeza sale como un chorro cuando abro los grifos del baño, está en todas partes. Me miro en el espejo y el hecho de estar sola en el marco se agrava por la extensión de ropa de cama blanca perfectamente planchada a mi espalda, como si en esta habitación nada hubiese salido mal.

La mujer en el espejo es otra persona, una más vacía. Debo empezar una parte nueva de mi vida, pero parece que no encuentro las instrucciones para hacerlo. Dentro de esta muñeca rusa está la bala que debo tragar; envuelto entre las capas de las dos últimas semanas, está el corazón de piedra al que David traicionó.

Debíamos estar aquí juntos, riéndonos del mal humor del recepcionista anciano y gracioso, quejándonos entre nosotros porque el ascensor no funciona y por tener que subir arrastrando las pesadas maletas por las viejas escaleras de piedra, maravillándonos de esta habitación con su diminuto balcón y el exquisito baño con azulejos de mosaicos verdes desde el techo hasta el suelo.

En cambio, tiré mi maleta sobre la cama, me aseguré de tener la llave de la habitación y me marché lo más rápido que pude.

Este sitio es espectacular. En el paquete de bienvenida del concurso había un mapa de la ciudad, y durante el viaje en avión me concentré en él. Todo en Cremona es mágico; es la ciudad de mis sueños. La casa de Stradivari, el lugar en que nació, su lápida, todos esos sitios están marcados en el mapa como si fuera completamente normal ser el epicentro de tanta creatividad e invención. La ciudad valora realmente su historia. Hace algunos años, los ancianos de la ciudad reunieron todos los fondos que pudieron y compraron el Vesubio, uno de los mejores violines de Stradivari, y lo donaron al municipio para siempre. Me imagino el escándalo que se armaría si mi pequeña ciudad de Kent decidiera gastar sus limitados recursos en algo parecido, en lugar de gastarlo en papeleras para las necesidades de los perros, alumbrado público o más dobles líneas amarillas.

Busco la lápida de Stradivari. Se encuentra en un diminuto parque junto a la plaza de la ciudad, claramente marcada en el mapa. Cremona no parece una ciudad, y, si no fuera por el elevado capitel del *duomo*, visible desde todas las estrechas calles, pensaría que es una aldea pintoresca. Se respira paz a raudales, algo raro en una ciudad.

Me siento en un banco del parque. Está a punto de anochecer, y la tarde solo se ilumina con las luces de las tiendas y casas a mi espalda. Disfruto de la tranquilidad. Es la primera vez que hago una pausa después de semanas de actividad, los primeros minutos de tranquilidad real. Me concentro en mi respiración y en los suaves sonidos que flotan alrededor de este oasis.

Hay una calle concurrida detrás de mí, y puedo oír a la gente que charla al pasar por el parque. La ciudad se llenará de fabricantes de violines y de músicos. Hay una enorme feria comercial aquí, que está programada para coincidir con el concurso y que atrae a gente de todo el mundo. Durante la semana me cruzaré con numerosos viejos amigos y conocidos; es inevitable. Me pregunto qué les diré sobre mí. Eso dependerá de quién soy y de quién terminaré siendo una vez que la polvareda se asiente.

Las dos últimas semanas fueron de actividad frenética. Fabriqué la tapa superior del chelo en cinco días, tal como me lo había propuesto. Dejé el nudo en la madera casi desprovisto de barniz, esa simple tara se ha vuelto preciosa para mí. No quise ocultarla.

Nadia y el señor Williams hicieron todo lo posible por ayudarme. Nadia me preparaba café a cada rato y el señor Williams cocinaba comida casera para ambas. Por mucho que quisieran, no podían hacer mucho para ayudarme con el instrumento en sí. Pasé algunas noches en vela con ellos en el taller; a veces con uno, a veces con el otro. Intentaban no dejarme sola, y les estoy agradecida por ello. Necesitaba compañía en esas horas.

Nadia estuvo muy pensativa en los días previos a Italia.

—¿No tienes que ir a tu casa? ¿En algún momento del día, por lo menos? —le pregunté cuando, por cuarta noche consecutiva, se quedó a mirarme mientras trabajaba.

—Hace años que no voy. ¿Tú pasabas las tardes en tu casa cuando tenías mi edad?

—Se lo preguntas a la persona equivocada, Nad. En realidad, sí.

—Qué patética.

Sujeté mi calibrador y probé el grosor de la tapa superior del chelo. Estaba empezando a adoptar forma de cuenco, levantándose en los lados para, literalmente, atrapar el sonido en él. Entrecerré los ojos para verificar la lectura del indicador.

—¿En serio? ¿Todo va bien? —La marca de bronce del indicador hizo «tic, tic, tic», al conectarse con la madera.

—Es la misma historia de siempre. —Nadia estuvo preparando la parte delantera de la tienda para que pudiésemos darles a las paredes una mano de pintura. Su pelo negro estaba salpicado de motas diminutas por haber barrido el trabajo de carpintería. Tenía la nariz blanca por el polvo—. Ahora dicen que se van a mudar. Creo que están peleándose por quién se queda libre y a quién le toca quedarse conmigo. ¡Cabrones!

—Estoy segura de que no es así. —Era difícil adivinar si bromeaba, pero cuando levanté la mirada de la curva del chelo, me di cuenta de que no lo hacía—. Los dos te quieren mucho.

Me apuntó con su rasqueta de pintor e hizo una mueca.

—No tengo cinco años. Soy adulta.

«No eres adulta», pensé, pero no me atreví a decirlo. «Eres una niña herida que quiere que en su casa todo esté como siempre.» El espectro de los hijos sin nombre de David pasó por mi cabeza como una nube de tormenta, pero logré disiparla rápidamente.

—Créeme, si tuviera adónde ir ahora mismo...

La experiencia me aconsejó callarme. Sabía que Nadia debía capear el temporal por sí misma, arreglárselas sola en mitad del divorcio de sus padres lo mejor que pudiera.

—¿Por qué no vuelves al instituto y terminas bachillerato? Si vas a la universidad podrías irte de tu casa mucho antes.

—¿Y mi sinfonía? —Me miró con tanta convicción, tanta confianza, que tuve que dar marcha atrás.

—Lo siento, sí. Solo me preguntaba si podrías hacer ambas cosas.

—No.

Se dio la vuelta y volvió a la tienda con su rasqueta de pintor. Finas nubes de polvo siguieron su paso.

Nadia se quedaba hasta tarde todas las noches y volvía a primera hora de la mañana. Al principio, cuando nos sentábamos a charlar, tuvo una idea genial como plan de rescate de la tienda. Ella, el señor Williams y yo nos sentamos a la mesa de mi cocina frente a tazas de café y galletas, y urdimos un plan. Nadia insistió en aprovechar la oportunidad para pintar las paredes de la tienda. De esta forma, los clientes que se preguntaban por qué había cerrado, por qué las cortinas habían estado bajadas durante tanto tiempo, podrían tener una explicación racional y plausible. Era una buena idea.

El señor Williams llevaba un horario menos estricto; sin embargo, debía pasar mucho tiempo en su casa, cocinando. La tapa del chelo comenzó a tomar forma. La veta no tenía la misma definición que la original, y el diseño adoptó la forma de las líneas de contorno que tocaban el nudo. Lo raspé y raspé hasta que adquirió un brillante acabado plateado. El corazón del nudo era negro azabache, y las líneas gruesas que lo rodeaban tenían un profundo color caoba. No tenía sentido tapar la imperfección, así que no lo intenté. Habría sido peor.

Dejé que el señor Williams pusiera la capa base de tintura en la tapa. Mientras daba pinceladas, oscurecía la madera en franjas. Aquí y allí la tintura se concentraba demasiado, pero yo me mordí el labio y lo dejé hacerlo a su modo. Le señalé, con la mayor dulzura posible, las áreas que necesitaban un poco más o un poco menos de tintura.

—Esto me recuerda a cuando era niño y hacía mapas del tesoro —dijo el señor Williams—. Los pintábamos con té y luego les prendíamos fuego en las puntas para que parecieran más auténticos.

—No me sorprende que se le pase por la cabeza ese recuerdo —comenté—. Eso es té. La mezcla que usaban los lutieres. Un truco de los antiguos fabricantes de violines.

Él olfateó el té en el tarro.

—A veces es más romántico no echar un vistazo detrás del telón, Grace. Seguiré pensando equivocadamente que estoy pintando con alguna poción de raíces de árbol y armonía.

El té negro se filtró en la madera más o menos como yo quería. Vigilé con disimulo el progreso del señor Williams mientras yo preparaba la cola. La cola es el siguiente paso: una solución poco espesa de pegamento, agua y alumbre que evita que el barniz se filtre en la madera.

Abrí mi armario, lleno de jarras y botellas, y elegí una caja pequeña de alumbre. Espolvoreé los cristales blancos en el bol con pegamento y agua.

—¿Es azúcar? —preguntó el señor Williams.

—No, es alumbre.

—Parece sal de Epsom. —Se acercó a tocar el polvo.

—Yo no lo tocaría si fuese usted —le advertí—. No le hará ningún bien.

—¿Qué hace? —preguntó.

—Es lo que utilizaban los antiguos fabricantes cremoneses. Nada de lo que los artesanos del Renacimiento tenían a su alcance era en absoluto de primera calidad.

Continué explicando. Me sentí resuelta y poderosa. Hacía mucho tiempo que no tenía esa sensación.

—El pegamento y el alumbre poco espesos, la cola, crean una barrera, que, técnicamente, es una barrera aislante. De manera que, si el barniz alguna vez se gasta, la madera queda protegida. El encolado es la fase más importante del barnizado.

—¿La cola es importante? —pregunta el señor Williams con voz tímida.

Lo fulmino con la mirada a modo de respuesta.

—¿Quiere aplicar la cola? ¿O no?

Se alegró muchísimo, y se puso a tararear mientras realizaba la tarea.

—Sabes, Grace, jamás habría imaginado que participaría en un proceso como este. Es fantástico. Siento que lo he fabricado yo mismo.

Pensé en todo el camino que ha recorrido hasta esta humilde tarea de pasar la cola por mi chelo. Es una historia que empieza con la muerte de su mejor amigo y termina con la destrucción de un objeto personal y valioso. Sin embargo, aquí estaba. Se siente agradecido. Intenté poner este pensamiento en palabras. Me hice un embrollo, pero él entendió lo que quise decir.

—¿Acaso no es esa la belleza de la vida, Grace? ¿Esos momentos inesperados donde un giro incómodo y nefasto se acaba convirtiendo en una oportunidad como esta? He llevado una vida llena de sorpresas, querida, y de contrastes. No la cambiaría por nada del mundo.

No quise señalar que él y Leslie vivieron separados por las circunstancias durante su relación, ni que su compañero murió en la casa equivocada y junto a la persona equivocada debido a lo que la vida les deparó.

El señor Williams parece tener el don de leerme la mente, de adivinar mis pensamientos.

—Y, si bien todo habría sido más fácil, más sincero, para Leslie y para mí, en el caso de haber estado juntos en la actualidad, muchas otras cosas habrían salido mal. Hemos formado parte de un gran movimiento, una ola de cambio para el futuro. —Levantó la mirada, con su frente amplia y suave, y su pelo blanco peinado hacia atrás y aún acomodado—. Hemos luchado, en silencio, para reformar la ley y la sociedad. Solo lo hemos hecho porque estábamos en una posición comprometida, porque éramos perseguidos, pero ha sido algo útil, porque hemos formado parte de cambios duraderos.

Me sentí insignificante. Apoyé una mano en su brazo.

—Poco a poco me iré recuperando, se lo prometo.

—Creo que lo estás haciendo muy bien. —Sonrió y volvió a su tarea.

La radio estaba encendida, con una pieza de Shostakovich que nos hizo trabajar con más entusiasmo para seguirle el ritmo. Recordé un cuento que me encantaba cuando era niña: «El zapatero y los duendes». Los duendes llegaban todas las noches y trabajaban en el taller del zapatero, hacían todo su trabajo y se aseguraban de que fuera el zapatero del rey. En mi caso era todavía mejor: mis duendes estaban aquí presentes, en esta habitación, a mi lado. No aparecían en la oscuridad ni me ayudaban entre bastidores. Estaban junto a mí, preparados para sostenerme en cualquier momento, literalmente, si fuera necesario.

Aproveché hasta el último momento para hacer los ajustes al alma en la nueva configuración. La noche en la que encolamos el chelo, y no hubo otra cosa que hacer más que esperar y rogar que las abrazaderas hicieran su trabajo, dormí bien por primera vez en semanas. No tuve tiempo para echar de menos a David. No soñé. Estaba tan cansada que mi sueño fue como un ensayo de la muerte.

Para quitar las abrazaderas nos reunimos los tres: Nadia, el señor Williams y yo. Dejé tres en su sitio y cada uno sujetó el tornillo de una abrazadera.

—¿Listos?

—¿Y si saco la mía y la tapa se sale? —dijo Nadia—. Estoy nerviosa.

—No te lo pediría si no estuviera segura. —Mi sonrisa fue genuina. Yo estaba orgullosa de mi logro, de nuestro logro—. He quitado las que hacían presión. Estas no influyen mucho por sí solas. Pero ten cuidado con los dedos, el barniz todavía está pegajoso. No queremos que se llene de huellas dactilares.

Tres giros de tornillo y las abrazaderas se soltaron limpiamente de la tabla. El chelo estaba entero de nuevo. No era un trabajo ganador, hasta alguien inexperto se daba cuenta de eso, pero ya sabíamos que así sería. Como símbolo de integridad, tal y como nos habíamos propuesto, cumplía todas las expectativas. En aquel momento me di cuenta —si es que no lo había hecho antes—, que el señor Williams era un hombre muy sabio.

Después del montaje más rápido jamás realizado, guardé el chelo en su estuche, aún pegajoso de barniz, y llevé al señor Williams al aeropuerto. Si él hubiese ido solo en su coche y hubiese estado unos minutos aparcándolo, seguramente habría perdido el avión. Llegamos con el tiempo justo.

Nadia no pudo viajar en mi vuelo porque estaba completo. Llegará mañana, poco después de que el señor Williams coja el tren desde Venecia. Tengo esta noche para recuperarme, para inflar y desinflar mis pulmones y dejar que las cosas fluyan mientras mi aliento se mezcla con el aire nocturno.

En casa me esperan meses de trabajo, pero los estantes han vuelto a poblarse. Los violines ya cuelgan encima de los contrabajos, en sus soportes, como si nada hubiese sucedido. La tienda está fresca y blanca, todos los rincones limpios y libres, todas las sombras y fantasmas exorcizados. Dos o tres de los instrumentos no sobrevivieron, literalmente eran madera muerta. Eran los que guardaba desde hacía años, material que no se vendía y que no tenía la calidad suficiente como para ser reparado.

Hay espacios vacíos por todas partes. Estos espacios vacíos son físicos: huecos en mis estantes donde faltan instrumentos temporalmente y también el silencio del móvil que David y yo usábamos para comunicarnos. Lo mantengo cargado y lo consulto a menudo. No quiero hacerlo y sé que eso me convierte en una tonta, pero no puedo evitarlo. Los demás espacios vacíos son mis secretos, sentimientos que les oculto al señor Williams y a Nadia; la profunda e incomprensible pérdida de David, de mi equilibrio. Empiezo cada día, cada minuto, cada palabra que pronuncio, con un miedo tembloroso. Perdí mi noción del mundo y de cuál es el sitio que ocupo, mi interpretación era incorrecta y eso me ha destruido. El inteligente plan del señor Williams y la compañía efervescente de Nadia impidieron que eso se convierta en un grito largo y fuerte, pero todos los sentimientos siguen allí.

Por debajo de la superficie, mi existencia guarda una amarga sutura: el deseo de aferrarme a los agujeros abiertos de la realidad, de arañar y pelear hasta volver a lo que yo creía que era mi vida. Daría lo que fuese por volver a mi tranquila ignorancia. Es información que no podría compartir nunca con las personas que se han esforzado tanto por ayudarme. Cada parte, cada aspecto de mí, está roto, y cada segundo, cada latido, se siente como si pudiese ser el último.

Aquí la tarde se está convirtiendo en noche, la luz ha cambiado y los pájaros han dejado de picotear en los bancos. Me levanto y busco la lápida de Stradivari.

Este parque no es el más prometedor de los cementerios. Cuando camino hacia la parte de atrás veo que está bastante maltrecho. Los rincones oscuros son poco acogedores, y hay demasiados arbustos y árboles para que las luces de la calle los atraviesen. En el borde del área oscura hay una placa sobre el césped. En ella se explica, primero en italiano y después en inglés, que Stradivari descansa en la catedral. En este lugar estaba la iglesia original donde fue enterrado.

Al perder la primera parada del sendero turístico, me libero y pliego el mapa, lo meto en el bolsillo de mis vaqueros y empiezo a caminar por las calles sinuosas. Me detengo y miro los escaparates. Las tiendas situadas justo detrás del parque son elegantes y parecen muy caras. Bolsos y zapatos, cinturones y chaquetas están dispuestos con estilo en todas las tonalidades de cuero habidas y por haber. Los precios son astronómicos.

Cuando echo un vistazo a mi alrededor veo que los italianos van vestidos con suma elegancia, y las mujeres lucen impecables, me doy cuenta de que estas tiendas tienen sus clientes y que venden mucho.

A mí me interesan más los colmados que hay un poco más adelante. Cremona es famosa por su turrón —*torrone*—, que viene en enormes tabletas planas. Los distintos turrones están apilados uno encima de otro en el escaparate. Veo uno de color verde pistacho junto a otro suave y cremoso de almendras, en contraste con otro turrón oscuro de chocolate. Parecen deliciosos.

Al lado de la de dulces, hay una tienda que solo vende jamones y quesos. Unos jamones de color rosa oscuro se secan colgados en la ventana. La letra negra salpicada de puntos, escrita sobre su piel iridiscente, es la misma en los cilindros de parmesano que están debajo. Se han cortado trozos de parmesano como si fuera el dibujo de un pastel hecho por un niño, y veo los cristales de sal en el interior del queso. Siento hambre.

Camino por las calles y busco un bar adecuado. Quiero algún sitio lo suficientemente concurrido como para que sea anónimo, pero no moderno ni estridente. Quiero observar a otras personas e intentar vivir fuera de mí misma durante un rato.

La plaza que está frente al *duomo* es perfecta. Hay mesas y sillas dispuestas en filas a lo largo de la calle, y todavía hace bastante calor como para sentarse al aire libre. La catedral misma es maravillosa; cada uno de sus lados parece mostrar una arquitectura distinta, escritas en piedras diferentes. Debajo de un pórtico que recorre el lado opuesto a la plaza de la catedral, dos músicos de mandolina tocan para la multitud vespertina. No reconozco la melodía, pero es bonita. Me siento lo suficientemente cerca como para escucharlos, y pido *prosecco* cuando el camarero se acerca a mi mesa.

La bebida viene con dos cuadrados de *focaccia*, uno cubierto de aceitunas negras y el otro con una rodaja de *mozzarella*, que suelta gotas lechosas sobre el plato. Cuando termino de comer, todavía me queda un cuarto de la bebida. Necesito comer algo más, y cuando viene el camarero le pido un menú.

La gente pasea en parejas y en grupos. Nunca había visto tantos estuches de violín juntos, ni siquiera en el conservatorio. Todos aquellos que pertenecen al mundo de los instrumentos de cuerda están presentes, todas las grandes figuras del mundo del violín. Algunas personas de rostro familiar pasan caminando, gente a la que conocí en exposiciones o exhibiciones. Todavía no estoy preparada para atraer su atención hacia mí, y preferiría no tener que ponerme a charlar con nadie. Sin embargo, me pregunto qué dirán cuando vean mi chelo en el salón de exposiciones. En la semana que transcurrió desde que el señor Williams dejó el chelo, no tuve noticias de los organizadores, así que supongo que no está descalificado.

La afluencia de personas significa que Nadia tendrá que compartir conmigo mi habitación del hotel mañana, cuando llegue. No me molesta. Además, eso me dará la oportunidad de hablar con ella, de intentar averiguar un poco más sobre su romance fallido y sobre por qué se niega a terminar sus estudios en el instituto. Sé que ella es frágil debajo de esa fuerte coraza, y elegiré con sabiduría el momento de hablar.

Para empezar, todos necesitamos vacaciones. Debemos relajarnos.

Disfrutaré de su compañía. El señor Williams consiguió alquilarle una habitación a un amigo de un amigo. Estará lejos del centro de la ciudad, pero solo a un viaje de distancia en taxi o autobús.

Lo escuché hablando por teléfono, limando los últimos detalles sobre su estancia. Resulta que el italiano también forma parte de sus habilidades. Yo casi no hablo ese idioma, que, para mí, se reduce al mundo del violín o a fines turísticos, pero el del señor Williams sonaba muy bien.

El camarero trae mi pizza. Es perfecta: fina y crujiente, con pocos ingredientes. Puedo ver la masa a través del queso, y sé que no ahogará el sabor de los tomates madurados al sol. Pido otra bebida y me dispongo a disfrutar de mi propia compañía.

Los músicos de mandolina continúan su camino desde el pórtico, y yo, después de comer, camino lentamente de vuelta al hotel. Las calles son bonitas, las aceras son pequeñas y estrechas, los edificios son altos y se inclinan hacia la calle. No veo un solo supermercado entre la plaza y mi hotel, aunque numerosos edificios tienen las cortinas bajadas por ser de noche; quizá el mundo moderno está escondido detrás de ellas.

Las tiendas que todavía están abiertas son deslumbrantes. Una de ellas vende solo pastas, desde pequeñas bolas que parecen cuentas hasta almohadillas suaves y planas de color anaranjado que son del tamaño de mi mano. La gente entra y sale por la puerta para comprar su cena, envuelta en algo que parecen cajas de pastelería. La siguiente tienda rebosa de frutas en conserva, jarras con aceites de especias donde todos los colores del otoño se reflejan en el cristal. La panadería ha cerrado, y sus bandejas planas están vacías, salvo por la harina de todas las tonalidades de marrón, que se deposita en el fondo como arena suave.

Al final del camino veo el hotel. Me recuerda nuevamente que estoy aquí sin David. Ya me acostumbré a la idea de que no estoy sola, por lo menos no por mucho tiempo, y no lamento en absoluto caminar por estas calles en esta noche preciosa. Sin embargo, lo echo de menos. Es inevitable.

Hay un bar a mi derecha. En el exterior, hay seis o siete mesas, y se oye el murmullo de las risas de la gente, que flotan hacia los techos rojos. La última mesa está vacía. Me siento y saco mi libro del bolso. El camarero anota mi pedido y yo abro la página que había dejado marcada.

Comienza a llover, una lluvia suave y silenciosa. Una bruma fina y refrescante oscurece el color de las aceras de piedra, y se seca casi al tocar el suelo.

Un hombre apuesto y canoso que está en el grupo de la mesa de al lado me mira y pregunta:

—¿Grace?

21

Shota está casi como lo recordaba. Casi todo su pelo tiene canas, pero el rostro es exactamente el mismo desde la última vez que lo vi, saliendo del dormitorio de Catherine en el fondo del pasillo del conservatorio.

Esta vez su sonrisa es genuina, y su sorpresa, aunque evidente, es positiva. En su cara asoma la nostalgia y después irradia calidez.

No sé cómo sentirme al verlo.

—Grace —repite, y me doy cuenta de que no me he movido ni hablado—. ¡No me lo puedo creer!

—Shota. —Sonrío, y la mueca de mi cara me coge desprevenida.

—¿Has presentado un instrumento al concurso? ¿No vives aquí? —Recuerdo de inmediato que ese mismo entusiasmo había hecho que me enamorase de él a los diecinueve años.

—Aquí soy una turista más —respondo—. Vivo en Kent. —Y después, al recordar la naturaleza nómada del exitoso músico, añado—. En Reino Unido. —La última vez que había buscado a Shota en Google era el violinista principal de la Orquesta Sinfónica de Islandia, en Reikiavik, y antes, en la Sinfónica de Sídney.

Shota asiente con la cabeza y me sonríe.

—Me acuerdo, me acuerdo, y he visto uno de tus chelos. Un instrumento precioso. He mirado la etiqueta y rezaba: «Hecho en Kent, Inglaterra». Un chelo increíble.

Mi yo profesional debió haberle preguntado a quién pertenecía el instrumento, a quién conoce que toque un chelo Grace Atherton. Por el contrario, me limito a observarlo en mitad de un silencio confuso.

—Grace, perdóname. Qué descortés soy. —Me presenta a sus amigos; escucho un aluvión de nombres en muchos idiomas y veo a personas de distintas culturas—. Y ella es mi esposa, Marion.

Marion se extiende hacia delante para estrechar mi mano.

—Es un placer conocerte. He oído hablar mucho de ti a lo largo de los años. —Su sonrisa me dice que sabe quién soy, que está al tanto de lo sucedido entre su marido y yo. Quizá sea fruto de mi imaginación, pero creo que su sonrisa sugiere un poco que siente mucho lo sucedido, que el primer amor es difícil. No es mi imaginación, es cierto que hay bondad en su mirada.

Cuando estrecho su mano, veo la barriga redonda que la separa de la mesa; una presencia inminente.

—¿De cuánto estás? —Es lo único que se me ocurre decir. Espero no haberme tomado demasiadas confianzas. Espero que no me juzgue por mi conversación aburrida, mi falta de brillo.

—A partir de hoy faltan seis semanas. Así que esperamos que él o ella se quede quieto como debe y que sea un bebé alemán, tal y como planeamos. —Le da una palmadita a su barriga—. Y no un espontáneo bebé italiano.

Marion es preciosa. Su cabellera pelirroja cae en rizos y bucles alrededor de su cara. Todo en ella parece natural y fluido. Su rostro es alegre y su piel brilla, tiene las mejillas rosadas y redondas cuando sonríe. Es sumamente agradable y muy simpática.

Observo la mandíbula cuadrada y los pómulos salientes de su marido. Estoy segura de que tendrán un bebé bellísimo.

—¡Felicidades! —exclamo. Y lo digo en serio.

Shota se pone de pie.

—Grace, por favor, acompáñanos. —Es una instrucción, no una pregunta—. Pediré más bebidas. —Llama al camarero en perfecto italiano, sin ningún acento que delate que no es nativo—. Rob, échame una mano.

El hombre que está más cerca de mí se levanta de su silla. Es enorme, ese es el primer pensamiento que se me viene a la cabeza, mi primera comparación es que es aún más alto que David.

—Rob Bouvier —se presenta, con acento norteamericano—. Saxofón y trompeta, Filarmónica de Hamburgo. —Instantáneamente envidio su presentación en código de músico profesional. Soy la única artesana de este club, nunca alcancé ese sagrado círculo.

—Grace Atherton. Presento un chelo en el concurso.

—Perfecto —dice Shota—. Eso esperaba. Estoy deseando verlo.

Me muerdo el labio. Ninguna explicación tendría lugar en este momento. No puedo decir que sufrió un accidente o un incidente. Solo debo hacer creer al mundo que la tapa superior de mi chelo es un trozo de madera peculiar y nudoso, con un tipo raro de barniz. Debo asumir las consecuencias.

Rob y Shota levantan mi mesa y la acercan a la de ellos. Muevo mi silla y sus amigos hacen espacio para incluirme. Estoy sentada junto a Marion, y Shota se encuentra delante de mí, enfrente de las dos.

Fui ingenua al pensar que no me cruzaría con Shota. Él es un concertista de viola de fama internacional, así que era más que probable que me lo encontrara aquí. No había pensado en esa posibilidad, pues se suponía que yo estaría con David. Él habría sido mi coraza contra mi pasado, contra todo aquello a lo que yo no quería enfrentarme.

—¿Estás buscando algún instrumento nuevo? —le pregunto a Shota. Esa es la razón por la cual la mayoría de los músicos se congrega aquí. El trabajo de los mejores fabricantes del mundo se exhibirá en Cremona a partir de mañana.

—No —responde, y su pelo canoso se mueve alrededor de sus orejas cuando sacude la cabeza. Bebe un trago de cerveza—. He venido por trabajo. Soy integrante del panel de sonido de las violas, y después estaré en el cuarteto con los instrumentos ganadores.

No me lo puedo creer. No me puedo creer que no hubiese buscado quiénes eran los jueces del resto de los instrumentos. Había buscado cuál era el juez de los chelos hace unos meses, cuando Nadia y David me inscribieron en el concurso. Elegí el cuerpo del chelo, la línea y el modelo original según el instrumento que el juez tocara. Tuve cuidado de pensar en el tipo de sonido que le gustaría al juez, si prefería las notas agudas y dulces o los bajos sonoros. En ese momento, cuando estaba tan ansiosa por ganar, había pensado en todas las ventajas posibles. Fui una verdadera estúpida. Desaproveché demasiadas oportunidades.

—Y después he organizado mi agenda para poder ver los demás instrumentos. —Shota sigue hablando. Pienso en todo lo que ha dicho. Él y Marion aprovechan el viaje como última oportunidad antes del nacimiento de su primer bebé, y se reúnen con antiguos colegas de otras orquestas europeas en las que han tocado—. Vivimos en Hamburgo.

—¿Tú también eres música? —le pregunto a Marion, aunque ya sé que la respuesta será afirmativa. Esta es una sociedad íntima y cerrada. Es difícil para un músico profesional vivir con alguien que no trabaje en esa industria. Los horarios y los constantes viajes y mudanzas son difíciles para cualquier persona, y siempre ayuda tener una pareja que entienda los vaivenes de la profesión.

—Soy trompetista —responde, aunque su aspecto hace creer que sería más adecuada para tocar el arpa o la flauta. Tiene acento norteamericano o canadiense. No me decido por cuál—. He pasado de la Filarmónica de Ontario a la Orquesta de Islandia. Allí conocí a Shota. —Supongo que eso responde la pregunta sobre su acento—. Y ahora vivimos en Hamburgo. Supongo que me gusta el frío.

El resto de la mesa habla sobre una concertista que perdió su violín. Al parecer, la noticia salió en los canales de todos los países. Rememoro las últimas dos semanas. No me sorprende que no me haya enterado. Un par de amigos de Shota conocen a la mujer, es la violinista principal en una orquesta muy importante. Resulta que estaba en una estación de tren haciendo cola para ir al baño, cuando una absoluta desconocida se ofreció para sostener su estuche de violín mientras ella hacía sus necesidades. La mujer aceptó. Cuando volvió a salir, la desconocida había desaparecido con su violín Guarneri valorado en un milón de libras esterlinas. Seguramente recibí un correo electrónico de la compañía de seguros, todas las tiendas de violines lo habrán recibido. Estuve tan ensimismada en mis problemas que no presté atención a otra cosa.

La alegre conversación continúa. El tema principal, además de la estupidez de la mujer, es quién es el dueño del violín. Estos instrumentos, generalmente, vienen comprados por un fondo de inversión o por una empresa. Ellos tienen exenciones impositivas, y la orquesta o el músico recibe en préstamo un instrumento digno de su talento. Pienso en Nadia. Me pregunto si ella habría sido tan despistada como para cometer el mismo error. Pienso en si terminará sus estudios en el instituto y empezará una carrera como la que ha convertido a todas estas personas en seres tan interesantes, cosmopolitas y versátiles.

—¿Has venido sola? —me pregunta Marion.

—No, bueno, sí. Ahora estoy sola. —Le doy vueltas a las últimas gotas del *prosecco* en mi copa y doy un profundo suspiro—. Iba a venir con mi pareja, pero... nos separamos.

Siento como si me quitara una chaqueta. Era una frase a la que le tenía un miedo aterrador, como una verdad mordaz y atroz. Sin embargo, aquí, entre estas personas alegres en mitad de la noche italiana, es simplemente eso, un comentario. Es simplemente algo que pasó.

Lo expresé en voz alta ante una desconocida, y no ha pasado absolutamente nada. Ningún trueno partió el cielo nocturno en dos, ningún abismo se abrió bajo mis pies. Todo sigue su curso, excepto yo.

La charla continúa. Shota me pregunta si me quedaré toda la semana, le explico que sí, y que mis amigos llegarán mañana.

—Ellos son... —Y me dispongo a explicarlo. Comienzo a decir que son una pareja peculiar, o un dúo algo raro. En cambio, termino la oración diciendo—: Son encantadores. Os van a gustar mucho.

Y así, sin más, estoy hablando sobre el futuro. Supongo que volveré a ver a Shota y a Marion, y a Rob y sus amigos. Que todos nos reuniremos cuando lleguen el señor Williams y Nadia.

He evitado esta confrontación durante décadas. No he buscado jamás a Shota ni a ningún otro compañero de mis días universitarios. Creía que, si lo hacía, mi humillación sería peor y ahondaría en mi fracaso. Ahora me doy cuenta de que simplemente me habría puesto nostálgica. Somos dos adultos con un breve episodio de pasado compartido; él no es ningún monstruo, y yo no soy ninguna fracasada. El pasado, en su mayor parte, es inofensivo.

Cada poco pasa una persona con un instrumento en un estuche. La acera es amplia, pero está casi toda ocupada por las mesas y sillas del bar. Los peatones se ven obligados a caminar por la calle adoquinada, pero a nadie parece molestarle. Casi cada vez que alguien pasa, alguna de las personas que está en nuestra mesa le conoce. El grupo se agranda y disminuye como si tuviera vida propia. Todo aquel que llega es aceptado de inmediato.

Al otro lado de la calle, en un bar, se escucha música pop, que flota hasta nosotros, pero que queda ahogada entre las risas y los gritos. Un chico pasa en bicicleta, y su novia hace equilibrios sentada en la barra, con las piernas cruzadas cuidadosamente, como si fuera natural para ella viajar de esa manera. Pasan junto a un grupo de jóvenes y gritan saludos y silbidos en mitad de la calidez de la noche. Nadie grita desde las casas que bordean la calle ni nos piden a nosotros o a los jóvenes que guardemos silencio; parece como si toda la ciudad participara del aire festivo que trajo el concurso.

—Volveré al hotel —dice Marion directamente a Shota. Vuelve la cabeza levemente hacia mí—. Vosotros pasadlo bien. No me decepcionéis, volver a cualquier hora antes de que haya amanecido por completo es de cobardes.

—¿Te acompaño? —le pregunta Shota.

—Claro —responde ella, y asiente—. Y después vuelve y habla con Grace, ¿sí?

Shota asiente.

—Te quedas, ¿verdad? —me pregunta él.

Consulto la hora. Son las diez y media. No me imaginaba que a esas horas todavía estaría sentada fuera de un bar, bebiendo y riendo.

—Sí. —Escucho una larga anécdota que el músico norteamericano de saxofón les está contando a dos mujeres de nuestra mesa. Es bueno contando anécdotas.

—Shota lleva deseando hablar contigo desde hace mucho tiempo —asegura Marion, y estoy segura de que conoce toda nuestra historia.

¿Por qué no habría de conocerla? Ella confía en este hombre lo suficiente como para casarse con él y tener un hijo. Por supuesto que conocerá los detalles de una relación pasajera de su adolescencia. Estoy segura de que sabe todo acerca de él—. Seguro que nos vemos mañana. Ha sido un placer conocerte.

Nos besamos en las mejillas y nos abrazamos. Tengo muchas ganas de volver a verla. La exposición abrirá mañana, y todos los músicos visitantes estarán allí, examinando los instrumentos. Ya se habrá avisado a los ganadores, aunque, en esa etapa, tendrán que guardar silencio acerca de su éxito. El gran concierto es mañana por la tarde. Los ganadores recibirán sus premios y el cuarteto de Shota tocará con los instrumentos premiados. Cuando intenté conseguir una entrada para Nadia, solo quedaba un palco. Lo reservé para ella, para el señor Williams y para mí; espero que a los dos les guste.

Cuando Rob termina su narración, todos estallamos en carcajadas. A raíz de la anécdota, entablo una charla con las dos mujeres que están a mi izquierda. Una de ellas es chelista y la otra, flautista. Ambas han trabajado con Shota y Marion en el pasado. Hablamos sobre la política del negocio de la música y sobre cómo eligen los músicos sus instrumentos. Ambas conocen a alguna persona que tiene uno de mis violines, y charlamos sobre esa persona antes de pasar a otros temas.

Shota regresa a los pocos minutos.

—¿Alguien quiere algo de beber? —pregunta, y un mar de manos se levanta—. Mal momento para preguntar —bromea, y llama al camarero.

Shota se sienta en el mismo sitio que ocupaba unos minutos antes y esperamos a que lleguen las bebidas. Cuando llegan, vienen acompañadas de una fuente enorme de jamón de Parma y palitos de pan. Las mujeres con las que estuve charlando me enseñan a envolver el jamón alrededor del palito de pan. Es un apetitoso refrigerio después de la cantidad de *prosecco* que hemos bebido.

—Tu esposa es adorable —le digo a Shota.

Él asiente.

—Grace. —Echa un vistazo a su alrededor para ver si los demás están ocupados en sus propias conversaciones—. Necesito decirte que lo siento.

—Fue hace décadas. Hace toda una vida. Éramos unos niños. —He pensado mucho en eso con el paso de los años. Con frecuencia.

Desearía no haber pensado sobre lo ocurrido, no haberme sumergido en el pasado y permitido que unos cortos meses de mi juventud crecieran espinosos e infelices hasta mi presente. Ver la versión adulta del chico del que estaba enamorada pone todo en perspectiva. Nadie podría acusar a este hombre de ser cruel o insensible.

—Ya lo he superado. —No puedo contarle nada acerca de los meses que pasé en la casa de mis padres, encerrada y practicando hasta que me sangraban los dedos en un régimen de castigo y autodestrucción, y que, realmente, no fue su culpa; simplemente fue inoportuno.

—Me porté muy mal y no hay excusas para lo que hice...

—No es necesario que hagas esto. —Supongo que está a punto de enumerar las excusas, y me preocupa que los demás puedan oírlo. Miro y veo que no están escuchando. Al otro lado de la mesa están haciendo una especie de truco con cartas, y todos tratan de descifrar cómo se hace. Rob grita en mitad del tumulto. Nadie nos mira a Shota y a mí.

—Cuando estaba en Japón —dice— era un chico puritano y raro que tocaba la viola. Nadie creía que fuera listo. Todos los chicos pensaban que era aburrido, y las chicas ni siquiera sabían que existía. Cuando llegué al conservatorio, todo cambió.

Recuerdo ese sentimiento. Tuve una sensación de alivio cuando conocí a otras personas a las que el mundo exterior consideraba raras, a otros chicos a los que les gustaba quedarse en casa y practicar. Estoy segura de que no mucha gente era tan ingenua como yo, pero, sin duda, a muy poca se le consideraba inteligente.

—Todas creíamos que eras guapísimo. —Sonrío, y no me molesta decírselo ahora. La historia está envuelta en un manto de nostalgia que le ha quitado todo su poder.

Shota mira hacia abajo, veo que le cuesta aceptar un elogio.

—De todos modos —prosigue—, confiabas en mí. Yo me porté mal contigo y lo siento de verdad. Fui un imbécil.

Me encojo de hombros y me tapo la cara con mi bebida. Tengo las mejillas rojas por una combinación de alcohol y vergüenza.

—Está bien, fuiste un imbécil. Es cierto.

Ambos sonreímos.

—Pero ese día tenía cosas peores de las que preocuparme. —Recuerdo el dolor que sentí al vaciar mi cuarto, meter los libros de música en bolsas de basura para poder irme lo más rápido posible, partir antes de que nadie pudiera verme.

—¿Has hecho algo al respecto? ¿Quiero decir, sobre Nikolai Dernov? —Shota se inclina hacia delante. Apoya una mano sobre la mía—. Lo siento mucho. Lo que te pasó fue horrible.

Me detengo en seco. No tengo ni idea de a qué se refiere. Esta noche todo ha sido tan fácil, tan fluido..., pero esto me resulta muy difícil.

—Me expulsaron. He tratado de olvidarlo para poder seguir adelante.

—¿No estás terriblemente enfadada? ¿Quiero decir, ahora que eres adulta? —Su rostro está rígido, su boca es una línea recta cuando deja de hablar.

Me encojo de hombros y bebo otro sorbo.

—Ha sido difícil, pero, ya sabes, es algo que... No era lo suficientemente buena. Tenía que marcharme.

Shota apoya su bebida. Hace una pausa para buscar las palabras adecuadas, para reacomodar sus pensamientos.

—No tienes ni idea, ¿verdad?

Se produce un silencio. Las décadas se suceden como en una película. No respondo.

—Nikolai ha sido acusado de abusos. Dos mujeres del conservatorio, ambas exalumnas han testificado contra él. Una de ellas era de nuestra promoción. Hay muchas más, como todos saben, pero no quieren, o no pueden, dar la cara.

No puedo hablar. Aprieto con fuerza el pie de mi copa. Siento frío. Los pensamientos empiezan a invadirme, pero no tienen sentido. Yo quería a Nikolai, pasaba horas con él a solas como mi tutor. Pienso en las horas de su propio tiempo, el tiempo que él me ofreció, sus brazos alrededor de mi espalda moviendo mi arco, sus dedos apretando las puntas de los míos a través de las cuerdas.

—Él otorgaba notas y papeles principales a cambio de, ya me entiendes... Todo el mundo sabía lo que ocurría, pero nadie sabía cómo impedirlo. Es decir, en esa época. —La voz de Shota se apaga, se siente incómodo con estas palabras, con estos recuerdos.

Sacudo la cabeza.

—No. —Levanto la mirada hacia Shota, miro directamente a sus ojos oscuros—. No lo entiendo. Él nunca me hizo nada. No.

—Todo el mundo hablaba de ti en la universidad. Eras la chica que le había dicho que no. La única que había preferido irse antes que permitir que Nikolai abusara de su posición a cambio de notas y promoción profesional. La única que lo perdió todo, en ese momento, al rechazarlo. —Shota sacude la cabeza—. Claro que, como adultos, sabemos que ha sido peor para quienes no han podido, o no han querido, dar la cara.

Dos pensamientos me envuelven como una red. El primero que me invade, y sacude mi recuerdo y mi entendimiento, es mi última conversación con Nikolai. Recuerdo las últimas palabras que me dirigió, las recuerdo como si me las acabase de decir, como si ambos estuviésemos aquí sentados. Cuando me increpó por mi mala técnica y me destrozó el corazón. Repito las palabras a Shota en un murmullo.

—Él me dijo: «Si realmente no puedes entender lo que necesitas hacer por mí, tendrás que irte. No me sirves, ni a mí ni a nadie más». Y me pidió que recogiese mis cosas y me marchara. —Shota cierra los ojos y sacude la cabeza de un lado a otro.

No distingo si su emoción abrumadora es tristeza o ira, pero sé que está a mi lado. Se inclina hacia delante y me abraza.

Mientras apoyo mi cabeza sobre el hombro de Shota y acepto su amistad, su apoyo, el segundo pensamiento se presenta como una nube. Me envuelve y me sorprende, me hace vacilar y me levanta. Fueron mis padres. Fue mi alocada niñez envuelta en algodones, la forma intensa e increíble con la que mis padres me adoraron, lo que me salvo de Nikolai. Ellos me permitieron ser solo una niña durante tanto tiempo que no entendí las amenazas veladas de mi profesor. No supe leer entre líneas sus indirectas. El palacio de niñez que mis padres construyeron a mi alrededor y el pedestal en el que viví bajo sus atentas miradas fue un santuario.

Desearía que estuviesen vivos para poder contarles este descubrimiento. Desearía poder decirles que todas sus decisiones fueron correctas.

—Yo creía que era un desastre como intérprete —dije en voz baja en el aire nocturno—. Creía que me había expulsado por no ser lo suficientemente buena tocando.

—Grace —dice Shota—, eras la mejor chelista de nuestra promoción. Probablemente de todo el conservatorio. Nunca he conocido a nadie con más talento que tú.

22

Ayer la noche fue larga, y hoy me he levantado con un fuerte dolor de cabeza, pero, por suerte, una sensación de tranquilidad inmensa me invade. Shota y yo charlamos hasta el amanecer. Durante los tramos de charlas en las que todo el mundo reía y nadie en particular escuchaba lo que decíamos, me puso al tanto de más detalles sobre Nikolai. Creí que Marion se preocuparía porque Shota llegara tan tarde, pero él me explicó con amabilidad que ella ya sabía todo lo que yo desconocía, y que entendía que debíamos hablar largo y tendido.

No escuché la alarma —no tengo ni idea de cómo sucedió— y Nadia está a punto de llegar a la estación de autobuses, estará aquí en menos de veinte minutos. Ni siquiera sé dónde está la estación de autobuses. Ella y yo discutimos sobre su capacidad para llegar a Italia sola, para ir desde el aeropuerto a Cremona. Ella, petulante, insistió en que podía arreglárselas sola y, menos mal, porque yo no habría llegado al aeropuerto a tiempo. Nadia tenía toda la razón.

—¿Te lo estás pasando bien, entonces? —pregunta en cuanto me ve.

—Creo que sí. Mejor dicho, sí, definitivamente. ¿Por qué?

—Porque estás hecha una mierda. —Me sonríe—. Pero en el buen sentido.

—¿Es un piropo? —pregunto.

—Sí, claro —responde, y saca su bolso del maletero del autobús. Me dispongo a ayudarla, pero el bolso pesa una tonelada.

—¿Qué se supone que traes aquí dentro?

—Ropa. Y un poco de maquillaje. —Se encoge de hombros y su cara se empaña—. Son mis putas vacaciones.

Le doy un apretón.

—Claro que sí. ¡Estamos de vacaciones! Vamos a divertirnos. He hecho muchos amigos nuevos, te encantarán. Son todos músicos.

Vuelve a animarse con la misma rapidez con la que se había enfadado. Me encanta que pueda hacer eso. Me gustaría poder eliminar este dolor de cabeza con la misma rapidez.

—Qué te parece si comemos —propongo— y después te cuento todo lo que he hecho hasta el momento. —Aunque, si debo ser sincera, lo único que he hecho ha sido emborracharme.

Es tarde para desayunar, y, en la mayor parte de los restaurantes, los camareros van y vienen con los pedidos. Encontramos un restaurante cerca de la catedral y nos sentamos, respirando la atmósfera y el sol italiano.

He pedido una *frittata*, con huevo y trozos de jamón frito. Nadia pidió un panecillo largo, repleto de *mozzarella* y tomates frescos. Hasta el zumo de naranja que hemos pedido parece más brillante, más real. Me pregunto si he estado viviendo un sueño.

—¿Así que ese viejo pervertido... —Nadia habla con la boca llena—. ¿Ese viejo pervertido ha estado chantajeando a las chicas de la universidad durante años?

—Décadas.

Ella asiente.

—Oí rumores sobre él, y sobre otros viejos asquerosos, cuando estaba en la Orquesta Nacional Juvenil. Nos dejaron claro a quiénes debíamos evitar. ¿Cómo es posible que tú no te dieses cuenta ni te enteraras nunca?

—Porque no me he vuelto a poner en contacto con nadie de la universidad. Si aún fuera amiga de Catherine, o de alguno de ellos, lo habría sabido. Pero no, y he tenido cuidado de no hablar jamás sobre el episodio de mi expulsión con mis clientes, así que nunca escuché ningún rumor.

—¿Por qué no has seguido en contacto con Catherine? Creí que era tu mejor amiga. —Nadia ya casi ha terminado de comer su pan. Con la mano libre sostiene el menú y busca los postres mientras habla.

—Porque se acostó con mi..., ya me entiendes. —Recuerdo, mientras hablo, que los adolescentes cometen errores garrafales, que no piensan en las cosas que dicen.

—¡Ay, Dios, siempre la misma historia! —exclama Nadia, y apoya la cabeza entre sus manos. No está enfadada, sino que parece más divertida que otra cosa.

Cambio de tema rápidamente.

—Tenemos que darnos prisa. El señor Williams ya habrá llegado a Cremona. Va a enviarme un mensaje después de tomarse un descanso. Se mantiene muy bien para tener ochenta años, ¿verdad?

—No tiene ochenta años —anuncia Nadia.

—¿En serio?

—Hemos estado revisando nuestros pasaportes antes de que él viajara a Venecia. Tiene ochenta y seis.

—¡No me lo puedo creer! —Estoy verdaderamente sorprendida.

—Le he preguntado por qué dice que tiene ochenta, y me ha respondido que es un vanidoso sin remedio. —Se encoge de hombros como para enfatizar que eso es evidente.

—¡Pobrecito!

A nuestro alrededor, Italia continúa ocupándose de lo suyo. La ciudad está llena de turistas y el mercado rebosa de actividad. Durante el rato en que hemos estado aquí sentadas, casi todas las mesas cercanas han sido ocupadas: mujeres refinadas saborean *prosecco* y sus acicalados maridos beben vino y toman un tentempié. Como en todas partes, las personas con tiempo para disfrutar del paso de las horas son mayores, pero aquí, a diferencia de la mayoría de los sitios que conozco, no significa que se abandonen en absoluto. Vistas de espaldas, estas mujeres parecen tener veinte años. En más de una ocasión señalo a un anciano arrugado, bien conservado, pero, sin duda viejo, sentado con una mujer llamativamente joven. Cuando nos acercamos y vemos el rostro de la mujer de impecable pelo rubio, nos damos cuenta de que, sin duda, las mujeres son sus esposas, y lo son desde hace mucho tiempo.

Cuando el señor Williams me envía un mensaje, ya hemos vuelto al hotel para dejar las cosas de Nadia. Ella compartirá mi cuarto durante las próximas noches, y, aunque no me lo puedo creer, no ha puesto ni una sola objeción. Quizá el calor del sol la esté moderando.

Quedamos en encontrarnos con el señor Williams en la cálida tarde, cerca de la exposición de instrumentos. Seremos las primeras personas en llegar al vestíbulo, siempre y cuando no haya cola.

Casi no lo reconozco cuando se acerca al bar donde lo estamos esperando. Cinco días en Venecia parecen haberlo tonificado. Su piel está bronceada y brillante, el pelo es más blanco que nunca.

—Está fabuloso. —Lo beso en ambas mejillas.

—Gracias, querida, me siento así. Será por la dieta mediterránea, ¿no? Y el sol.

—No estoy segura —respondo—, pero yo quiero un poco para mí, sea lo que sea. Espero que mi aspecto no sea tan deplorable como el de esta mañana.

La exposición de instrumentos es extraordinaria. Los tres contenemos la respiración al entrar por las ornamentadas puertas dobles. Como por arte de magia, un viejo y polvoriento salón ha sido transformado en un dédalo de instrumentos de cuerda, un laberinto de maderas y barnices satinados. Cientos de instrumentos cuelgan, flotan en el aire, sostenidos por finos hilos de nailon, invisibles para la imaginación del espectador.

Parece un salón de espejos extraído de un sueño.

—¡Cielo santo! —exclama el señor Williams—. ¡Jamás he visto algo igual!

Estoy muy feliz de que los tres compartamos todo esto, de que los tres amemos los violines, las violas y los chelos con la misma pasión. Involuntariamente, los sujeto a ambos de la mano.

—Es una pasada —opina Nadia.

Admiramos un bosque de madera brillante con versiones grandes y pequeñas del mismo instrumento. Parece magia.

Las legiones de violines están primero, todos de frente, orientados hacia la puerta, pero con espacio suficiente para que los visitantes caminen a su alrededor y admiren las tapas inferiores, el nivel de carpintería y las delicadas capas de barniz. Junto a cada instrumento hay una pequeña etiqueta blanca, colgada de su propio hilo, donde se indica el nombre del fabricante y el país al que pertenece. Detrás de los violines cuelgan las violas, y, más atrás, están los chelos. Los contrabajos están apoyados sobre un pedestal amplio, ya que, por su gran peso, no pueden suspenderse del techo.

La idea de que mi pequeño chelo esté en este salón, de que forme parte de este hechizo, es indescriptible. Me siento tan orgullosa... Miro detrás de los violines y las violas y lo busco, pero hay muchos instrumentos que no puedo ver con claridad.

En el extremo opuesto del salón hay cinco instrumentos: un violín, una viola, dos chelos y un contrabajo. La forma en que están separados significa, sin lugar a dudas, que son los ganadores, y estoy deseando verlos en todo su esplendor. El mero hecho de tener esta compañía es suficiente honor para mí, porque el nivel de artesanía es increíble.

La mayoría de las personas en este salón son como nosotros. Son músicos o fabricantes. Estoy segura de que el público general disfrutará del aroma de esta exposición extraordinaria durante los próximos días, pero por ahora, los participantes y los que buscan una ganancia económica —una oportunidad— conforman la mayor parte de las personas que están en este salón. Son individuos que advierten las marcas minúsculas del cuchillo alrededor de las efes, observan los rastros diminutos de las herramientas en los hombros de los instrumentos, conocen la forma de la bóveda sin tener que abrir el instrumento para chequearla. Este es el epicentro de mi mundo profesional, y las personas aquí presentes son líderes e innovadores.

Paseo alrededor de la selva de violines, cada voluta está a la altura de mi barbilla, cada cuello se tuerce como el mío cuando me inclino para leer los detalles de la etiqueta. Reconozco muchos de los nombres. Algunas son personas con las que me he formado, otras han sido profesores en el instituto de lutería al que asistí. Aquí hay instrumentos de todo el mundo.

Los tres nos hemos separado un poco, estamos cada uno en un lado y nos detenemos en distintos sitios, o nos paramos a ver cosas diferentes. Más tarde volveré a mirar estos instrumentos, a inspeccionarlos con más detalle. Hay mucho que aprender de otros fabricantes modernos, tanto como de los viejos maestros. La etiqueta del concurso significa que debo encontrar al fabricante y pedirle permiso para tocar su instrumento. Ellos me observarán como cuando comienza un ritual. Nosotros, los fabricantes de violines, sabemos cómo sostener los instrumentos, cómo darles la vuelta en nuestras manos y ver todas sus aristas, todos sus ángulos. Buscamos diferentes cosas que los músicos, y llamamos la atención en una multitud, somos bastante obvios. Todo eso será mañana.

He hecho una nota mental sobre tres instrumentos de los que quiero saber más. Hay un bellísimo violín modelo Amati que quiero inspeccionar de cerca, y dos violas que parecen cremonesas, aunque no llego a atribuir la forma y el estilo a un solo fabricante.

Si este es el nivel de los participantes, estoy más entusiasmada que nunca de haber sido incluida. Me hace feliz saber que esto sucede en todo el mundo, que las personas abren, dan forma y aplican barniz a mano; todavía no hay una manera mejor de hacerlo.

—Increíble. —Nadia está a mi lado—. Me alegro de haber visto todo esto. Parece que estoy perdida en un mar de violines.

—Es precioso, ¿verdad? Menuda cantidad de instrumentos.

—Me entran ganas de componer para todos ellos, para todos al unísono, como una orquesta gigante. —Nadia está hechizada y su voz es un murmullo.

Paseamos hasta las violas. Aquí el olor a barniz de alcohol es más fuerte, y me hace sonreír el hecho de saber que no fui la única persona en poner un instrumento en su estuche cuando aún no estaba seco del todo. Toda esta madera tiene que estirarse y despertarse. Cada uno de estos instrumentos mejorará durante los próximos años y, con solo pensarlo, me siento insignificante. Algunos de ellos se seguirán tocando al cabo de varios siglos. Me siento parte de algo asombroso.

Los chelos son perfectos. En este momento son demasiado perfectos, piezas que prueban la habilidad de los lutieres. La belleza del instrumento aparecerá con cada muesca y marca que la historia deje sobre la suave tapa superior y los diminutos rasguños de suciedad que llegarán hasta la tapa inferior. El tiempo es el ingrediente que falta en estas obras maestras de piel líquida.

Hay fabricantes de Estados Unidos, Corea y Finlandia, desde China y Japón hasta Italia. Cuando miro con más detalle a las personas cuyo trabajo no conozco, sobre las que nunca he oído, veo errores simples que yo misma cometía un tiempo atrás. Son los mejores de una nueva generación de lutieres, en una profesión que solo puede enseñarse a través de prueba y error, y es maravilloso que puedan exponer aquí sus instrumentos junto a los líderes en este campo.

—No encuentro el chelo, Grace. Tu chelo. —El señor Williams está preocupado. Sus gafas están encaramadas en la punta de su nariz, y mira a su alrededor como si mi chelo fuese a saltar sobre él en cualquier momento—. Creí que lo reconocería en cualquier sitio.

Mientras él habla, observo los cinco instrumentos que posan solitarios sobre el pedestal, al otro lado del salón. Uno de los chelos, el que está en el borde, un poco separado de los demás, tiene una marca justo en la parte derecha del puente. No me atrevo a soñar.

Camino hacia el otro lado del salón como si mis pies pisaran melaza. Este es el final del cuento de hadas, la deliciosa secuencia de sueños, no puede ser la vida real. Camino más lento. Es mi chelo. Conozco esos hombros, esa cintura, esos arcos redondos y gruesos, esa tapa superior y toda su historia.

Cuanto más me acerco, y ahora estoy solo a pocos metros, se hace más evidente que el chelo está solo, que los instrumentos ganadores están en un grupo. La niña aterrorizada en mi interior, de pronto, se inmoviliza de terror por miedo a que sea el premio al peor instrumento.

Nadia se acerca aún más. Ella está animada y es atrevida, no teme averiguar cuál es la leyenda que anuncia a mi chelo. No está ni remotamente preocupada acerca de qué dice la tarjeta impresa.

—¡Mierda! —dice, y las palabras resuenan en el espacio sagrado.

Me inclino y miro. Allí está: la verdad.

Palabras que jamás podré fingir no haber leído:

«Grace Atherton. Reino Unido. Premio de tono».

—¿Qué diablos es el «premio de tono»? —pregunta Nadia, sacándome las palabras de la boca.

—¡Ay, Grace, ay, querida! —El señor Williams no encuentra las palabras. La tapa superior del chelo brilla bajo las luces, no pide disculpas, no tiene la más mínima vergüenza de su nudo. Es sólido, lustroso y vigoroso.

Nuestro pequeño trío, formado por un anciano, una fabricante atónita y una adolescente malhablada, atrae la atención de los presentes. Un funcionario se acerca a nosotros, su tarjeta de identificación cuelga de un cordón de su cuello.

—¿En qué puedo ayudarles? —pregunta. Es calvo y moreno. El pelo que lució en el pasado debió de ser oscuro como su traje reluciente. Necesitaría un bigote rizado para completar su atuendo.

—Soy Grace Atherton. Este es mi chelo.

—Encantado de conocerla, señorita Atherton. —Se inclina con tanta gracia como se lo permite el traje—. Muchas felicidades.

Abro y cierro la boca, pero no tengo ni idea de qué decir.

—¿Es este el instrumento con el mejor tono del concurso? —pregunta el señor Williams—. ¿Por eso es el premio?

—Sí, por supuesto. —El hombre se encoge de hombros como si no pudiese ser por otra cosa.

—Creía que los ganadores ya habían sido notificados. —Mientras hablo, chequeo mi móvil, que está en mi bolso—. Creía que les informaban antes de la exposición.

—Le hemos dejado mensajes en su teléfono y en su hotel, señorita Atherton. Durante todo el día.

El círculo rojo en mi móvil tiene dentro un número seis. Seis llamadas perdidas, seis mensajes.

—He estado fuera —digo, como si todos lo supieran.

Puse mi móvil en silencio poco después de recibir el mensaje de texto del señor Williams. No quería que nada interrumpiera mi tiempo con Nadia, y no esperaba que nadie me llamara. He pasado ocho años con mi móvil a cuestas, preparada para abandonar cualquier situación y hablar con David. Ahora parece un alivio apagarlo.

—Seis llamadas perdidas —informo a Nadia, al señor Williams y al hombre—. Seis llamadas perdidas.

—Seis como mínimo —añade el hombre, un tanto ofendido—. Pero ahora ya está aquí y ya está enterada. Tenemos que rellenar unos papeles, sacar unas fotografías y demás. —Su acento es marcado, aunque no estoy segura de que sea italiano.

—¿Y el nudo no importa? —pregunto—. ¿La tapa superior rara? —Miro mi chelo como si estuviera vivo. Lo que le hice fue imperdonable, y, sin embargo, ha renacido de sus cenizas, y ahora es más fuerte y audaz que nunca. Me gustaría decirle que estoy orgullosa de él.

El hombre chasquea la lengua.

—Usted es la ganadora del premio de tono. Nuestros jueces fueron muy insistentes. —El hombre estrecha mi mano con fuerza, hacia arriba y hacia abajo—. Ahora este chelo vale mucho dinero. La ciudad de Cremona lo comprará por el monto del premio. Su instrumento está valorado ahora en treinta mil euros.

Una certeza surge desde mi interior. No la vi llegar y no tenía ni idea de que la albergaba. Se apodera de mi cara, de mi boca y de mi corazón.

—Lo siento mucho —digo—. Este chelo no está en venta.

De pronto se acerca una muchedumbre, oigo felicitaciones y preguntas, siento apretones de manos y palmadas en la espalda. El señor Williams y Nadia deciden ir a sentarse a la cafetería que está en el fresco patio del edificio municipal. Me pregunto si todo esto será demasiado para ellos. Deben de estar cansados.

No puedo pensar con claridad. Estoy en las nubes.

Me pellizco la piel del dorso de la mano, aparece una marca blanca que enseguida se disipa. Estoy despierta. Este sueño está en la vida real.

Casi me pongo a llorar, creo que lo haré, y luego, con el siguiente aliento, me recupero. Me doy cuenta de que, si pudiera elegir, saldría y gritaría con todas mis fuerzas. Gritaría de alegría, por mi recién encontrada libertad, con franqueza y sinceridad y con mi nueva voz. El grito permanece en mi interior, pero la sonrisa se congela en mi rostro. No me lo puedo creer.

El funcionario, que resulta llamarse Renato y es italiano como Guarneri y tan cremonés como Stradivari, me muestra el edificio y me presenta a distintas personas a las que de pronto debo conocer.

Hay una mujer mayor que me explica que reservará mi asiento para el concierto de esta noche, que ya no estaré en el palco con Nadia y el señor Williams, sino en la primera fila junto al resto de los ganadores. Me presenta a la alcaldesa de la ciudad, quien me besa en ambas mejillas y parlotea en un italiano incomprensible. Yo le sonrío, ya convencida de que todo lo que me dice es bonito. Hay un hombre del canal de televisión local.

Renato me explica que el hombre del canal no cabe en sí de emoción porque un fabricante que también es músico haya ganado un premio.

—En su currículum figura que asistió al Conservatorio del Norte en la misma época que Shota Kinoshita —explica, farfullando—. Y que estudió violonchelo.

La señora del concierto me interrumpe para decirme que el hombre del canal de televisión también cree que soy perfecta para el programa y muy guapa para ser fabricante de violines. Le agradezco lo que doy por sentado es un halago, y, al mismo tiempo, trato desesperadamente de decirles que están equivocados. Que no puedo hacerlo.

En un abrir y cerrar de ojos se acerca una maquilladora, que comienza a hacer su trabajo. Aparece de la nada, con laca para el pelo y base de maquillaje, y empieza a darle toquecitos a mi cara. Estamos en la oficina de Renato, cerca de la puerta principal, y echo un vistazo a mi alrededor, desesperada, buscando a Nadia. Estoy segura de que ella podrá convencerlos, de que ella podría tocar en mi lugar.

—Entonces, ¿va a tocar? ¿Qué pieza elegirá?

Lentamente, caigo en la cuenta de que, en algún momento, acepté tocar mi chelo en vivo para la televisión italiana. Siento que desfallezco. El ardor sudoroso de las palmas de mis manos me es tan familiar como un tatuaje. Mantengo la boca cerrada para que mi corazón no salga despedido.

Salimos del edificio y vamos a la plaza. La parte delantera del salón es un pórtico de columnas con unos peldaños amplios que conducen hacia él. Los peldaños son anchos, lo suficiente para que quepan una silla, un chelista y su instrumento. El equipo de rodaje trajina con luces y varas, me miden la cara y la tapa manchada del chelo.

Nadia y el señor Williams se acercan a mí en la plaza.

Los dos creen que es perfecto que toque, ahora, en este momento. Yo no estoy tan segura.

—¿Qué puedes perder? —dice Nadia—. No dejarán que te escapes sin que lo hagas. Quedarás mucho peor si te largas ahora. —Hace un gesto al cámara y al hombre que sugirió la idea.

—Te agradezo tu apoyo —digo, y la maquilladora se interpone entre nosotras y tuerce la cabeza como un gorrión. Limpia una mota de algo que tengo debajo del ojo izquierdo.

—Y estás muy guapa. —Nadia cambia de táctica.

—Estás maravillosa —asegura el señor Williams—. Absolutamente radiante.

—¿Qué vas a tocar? —pregunta Nadia, y me doy cuenta, horrorizada, de que, en mitad del pánico, ni siquiera lo pensé.

«La Follia» es mi pieza favorita en todo el mundo, la versión de Corelli, la que David y yo vimos esa noche terrible en París. Parece que ha pasado toda una vida; sin embargo, conozco los acordes y los silencios, los descensos y las transiciones tan bien como mis propias manos.

El cámara me pide que me mueva, tres o cuatro movimientos después de que me siente, para que el ángulo de la luz sea el correcto. Miro mis piernas. Llevo vaqueros y bailarinas de gamuza para mi debut televisivo. Tengo los pies polvorientos de la calle y el mercado.

La plaza que rodea el edificio es típica en esta ciudad. Hay casas en dos lados y en otro, frente al salón mismo, hay un portalón con un puente en arco lo suficientemente ancho como para que pase un coche. El edificio de encima del portalón está abandonado, y unas palomas observan desde las ventanas rotas.

En el centro de la plaza hay una parcela verde y arbolado con un banco entre los arbustos; veo un anciano sentado en él, con una gorra plana que protege su cabeza del sol, y la camisa desabotonada casi hasta la cintura. Él no presta atención en absoluto al jaleo que se está armando frente al salón de exposiciones. Una senda estrecha recorre los cuatro lados del pequeño jardín.

He tenido que pedir prestado un arco a alguien en la exposición. Lo golpeo contra las cuerdas unas cuantas veces, para asegurarme de entender su peso y acostumbrarme a la sensación de la empuñadura sobre mis dedos.

Ya hay una multitud considerable alrededor de los escalones, y echo un vistazo a mi alrededor buscando una salida, una vía de escape. Nadia se pone de pie en el único espacio por donde podría salir, como para recordarme que debo quedarme.

—Nadia, ¿tienes un poco de agua? —Mis labios están secos y siento la lengua gruesa entre los dientes.

Me pasa su botella y doy un sorbo, tratando de no estropearme el pintalabios que la maquilladora me ha puesto con tanta dedicación.

—Tú puedes hacerlo, Grace —susurra Nadia.

Alguien me saluda al borde de la multitud. Es Marion, que sonríe de oreja a oreja. Junto a ella, Shota levanta los dos brazos y me saluda con los dos pulgares hacia arriba. Aún parece un adolescente.

—¿Está lista? —pregunta Renato, y yo asiento. Literalmente, es ahora o nunca.

Entrecierro los ojos mirando hacia el sol y pienso, durante ese segundo, que Nikolai Dernov podría estar viendo esta transmisión. Nikolai podría verme y saber que no me ha derrotado. Tocaré por las otras chicas, las que no han tenido tanta suerte como yo.

Apoyo el arco sobre las cuerdas, pongo mis dedos en posición para tocar el primer do de «La Follia».

Pero siento que algo va mal. Esta ya no es mi canción. No es la melodía que el chelo se merece. Toda esta locura es cosa del pasado.

Me inclino y toco las primeras notas frenéticas de «Libertango». Nadia da un chillido cuando se da cuenta de lo que estoy tocando y mira la cara del señor Williams, llena de alegría. Esta es nuestra melodía, nuestra canción de equipo.

Cierro los ojos y toco como nunca he tocado antes. Cuando llego a la parte final del diapasón y mis dedos laten con la presión de permanecer en las cuerdas, la fricción de la nota de apoyatura vibra en mi brazo y levanto la mirada fijándome en el público. Me olvido de las cámaras, de la presión.

He nacido para esto.

Echo un vistazo a los rostros que me escuchan, para ver cuántas personas disfrutan de la música. Mi corazón vuela.

Miro a un lado y al otro, hasta el jardín diminuto.

Y veo que allí mismo, parado debajo del arco, al otro lado de la plaza, inconfundible y apuesto como siempre, está David.

23

Mi arco disminuye la velocidad en las cuerdas de manera gradual e involuntaria.

Me esfuerzo, en mitad de una niebla que llena mi cabeza, por recordar el siguiente acorde. David lleva puesto un traje de color crema. No encuentro la fuerza para aplicar la presión suficiente en las cuerdas. Su pelo está alborotado y le sienta bien. Puedo oír la música que suena. Su cara es suave, veo pena en él. Casi me salto una nota. En cambio, suena débil y a un cuarto de velocidad. Él me sonríe, una sonrisa a medias, tentativa. Sostengo el arco en posición, perpendicular a las cuerdas, pero no brota ningún sonido. Tiene las manos abiertas, los brazos extendidos levemente hacia mí. Dejo de tocar. Una paloma sale volando de una de las ventanas sobre el arco, y David levanta la mirada. El aleteo de la paloma es el único sonido que se escucha en la plaza.

Mi boca forma una palabra en silencio. Dice su nombre. Siento que el corazón me late en los oídos.

Tardo un segundo en darme cuenta de que hay otro sonido, que la música flota en el aire a mi lado. Veo que David aparta los ojos de mí y mira a mi izquierda. Giro la cabeza para seguir su mirada.

Nadia está de pie a mi lado, como una guerrera. En su mano izquierda está su violín, su barbilla se posa, desafiante, sobre el instrumento. En su brazo derecho, como una espada, está su arco. Está tocando «Libertango» sola, sin mí, por encima de mí, en mi lugar.

Toca para mí.

Respiro profundamente, vuelvo a apretar el arco sobre las cuerdas. Mientras vuelvo a acomodarme, a identificar el estribillo que Nadia está tocando y en qué lugar de la pieza está, ella y yo nos miramos a los ojos. Cuando toco la nota, la desgarro como papel con mi arco, nos convertimos en una.

Nadia ha comenzado donde yo lo dejé —cerca del final del tango—, y empezamos juntas de nuevo.

Levanto la mirada hacia David. Sus brazos ahora están flácidos. Se ha puesto las gafas de sol y es difícil leer su expresión. Una parte de mí desea gritar: «¡Por favor, no te marches!». Si lo hiciera, no podría volver a encarar a Nadia, pero no sé si eso me lo impedirá.

Otra línea melódica se suma a Nadia. El señor Williams, encorvado como el anciano que es, se las ha ingeniado para encontrar un violín. Está tocando la línea rítmica constante que había tocado en mi sala, en otro mundo. No sé de dónde sacó el violín, pero le sonrío y él levanta la cabeza para asentir.

Los tres estamos mirando a David.

Delante de mí, Shota abre el estuche de su viola. A su lado, Marion hace señas a otras personas. En silencio, todos ajustan sus afinadores y tensan sus arcos.

El sonido es maravilloso. Hay alrededor de quince personas de pie, a pocos metros de nuestro escenario, en los escalones, tocando música bajo la tarde cálida.

—Otra vez —me grita Nadia cuando nos acercamos al acorde final.

Sonrío y asiento vigorosamente.

Volvemos a tocar, pero más rápido.

La gente chilla y grita, da palmas y patadas en el suelo.

Para esto fue escrita «Libertango».

Para ser un acto de rebeldía.

Para el aire cálido, para el sol brillante.

Para los amantes perdidos que vuelven a encontrarse.

El equipo de televisión está absolutamente encantado con lo que hemos hecho. Nuestro grupo de música improvisado incluyó a algunos de los mejores músicos de instrumentos de cuerda, personas que tocan habitualmente en el Carnegie Hall o en la Musikverein de Viena. El señor Williams no cabe en sí por haber tocado junto a Shota Kinoshita, uno de sus músicos de viola favoritos de todos los tiempos.

Tardo unos minutos en orientarme, en salir de la multitud que está felicitándome. Cuando miro hacia el otro lado de la plaza, David se ha marchado. Durante un momento, incluso la idea de verle se desvanece en la ciudad. Otros fabricantes desean enseñarme sus instrumentos. La gente quiere saber por qué elegí una tapa superior con un nudo tan grande para el chelo. Hay preguntas, presentaciones y reuniones.

—Volveré a mi habitación para recuperarme, Grace —dice el señor Williams. Sus ojos brillan, pero parece cansado—. Me echaré una siesta y volveré para el concierto.

Había olvidado el concierto. Pero lo más importante, había olvidado que estaré sentada en la tribuna de ganadores, que recibiré mi premio y —a menos que haga algo al respecto— lo haré en vaqueros y bailarinas sucias de gamuza.

—Nadia. —Tiro de su manga—. Tengo una hora para encontrar un vestido para esta noche.

—Y zapatos —añade ella, mirando mis pies y enarcando las cejas.

—¿Me ayudas?

—Por supuesto. Soy la indicada.

Nos despedimos de la gente y explicamos que iremos al concierto esta noche, que nos quedaremos después de la fiesta para charlar.

Shota está apoyado en el estuche de su viola, con su otro brazo rodea los hombros de Marion.

—Me encantan tus amigos —dice—. Sois un trío excelente. Supongo que ya habíais tocado esa melodía antes.

—Así es —respondo—. Nadia, te presento a Shota Kinoshita y a su esposa, Marion.

Nadia se ruboriza porque ha visto a Shota en concierto y es muy fan de él.

—Eres una música excelente —dice Shota a Nadia—. Tienes talento. —Le entrega una tarjeta—. Escríbeme. Me gustaría estar en contacto contigo.

Le doy un codazo a Nadia y le sonrío.

—Me recuerda a ti a su edad —dice Shota. Me señala—. Así de buena es.

Más tarde, Nadia me dice que estuvo a punto de aclarar: «Soy mucho mejor que ella», pero que creyó que la situación merecía seriedad.

—¡Es una gran oportunidad! —digo, mientras buscamos entre percheros de ropa, toda increíblemente pequeña, incluso para mí. Me pregunto si David me habrá visto diferente. No he cuidado mi alimentación desde la última vez que lo vi. He disfrutado cada bocado.

No tengo ningún mensaje de él. Revisé el móvil varias veces. No me inquieta porque él sabe dónde estoy. Sabe en qué hotel me quedo y sabe que el concierto —y la ceremonia de entrega de premios— es esta noche. Me pregunto si sabrá también que he ganado.

—De todos modos —opina Nadia, mientras saca del perchero un vestido largo color azul y lo sostiene en el aire—, no puedo dedicarme a la música hasta que no finalice mi sinfonía.

—O hasta que vuelvas al instituto.

—¿Y si no vuelvo al instituto? ¿Y si me pongo a trabajar? ¿Y si aprendo a base de experiencia? —Me extiende el vestido.

—Eso pregúntaselo a Shota. Lo veremos más tarde. Aprovecha al máximo su experiencia y sus consejos. —Toco la tela del vestido. Es de un azul pálido, delicado pero fuerte—. ¿Te gusta? Es un poco pálido.

—Es perfecto —replica Nadia—. Se lo preguntaré, pero tendrá que entender que estoy comprometida con la sinfonía.

Lo dice con tranquilidad y determinación. Cuando habla sobre su proyecto, no me cabe duda de que lo llevará a cabo. Me pregunto cuál habrá sido el motivo, qué fue lo que provocó que interrumpiera su frenética vida adolescente, la razón que se apoderó de ella de esta forma. Me pregunto si ella lo sabrá.

En el probador, levanto la cremallera lateral del vestido. Jamás habría elegido este color, ni, probablemente, nada de este estilo. Me gusta más la ropa corta y atrevida. Este vestido es largo, sobrio, absolutamente perfecto. No tengo necesidad de hacerle modificaciones ni de acortar los tirantes para evitar que se caigan de mis hombros. Tiene un corte exquisito. Cuando me miro al espejo, veo a mi madre. Tengo la misma edad que tenía ella cuando yo nací, y, con este vestido, me parezco mucho a ella. Después me doy cuenta de por qué: esta es la versión moderna y sofisticada del vestido que compró mi madre para verme tocar en el concierto de Nikolai, el vestido que no llegó a usar nunca. Es exactamente del mismo tono de azul. Es como un mensaje de mi madre y sé que lo compraré, cueste lo que cueste.

—¿Qué opinas? —Abro la cortina y le muestro a Nadia cómo me queda el vestido.

Ella da un grito ahogado.

—Pareces una actriz de Hollywood. Que se caguen los fabricantes de violines, joder, podrías ir a los Oscar así vestida.

—Shhh —la regaño, y le digo que deje de decir tonterías.

—Aquí nadie habla inglés, ese idioma de mierda. ¿O no te habías dado cuenta? —Enarca las cejas maquilladas, me presiona para que continúe—. Date prisa y cómpratelo. Todavía nos faltan los zapatos, y me muero de hambre.

Ni siquiera había pensado en comer. En el probador, me siento en el pequeño taburete, vuelvo a ponerme los vaqueros y saco el móvil para avisar al señor Williams de que vamos a comer. Debemos comer antes del concierto.

Hay un mensaje: es de David.

Estuviste fantástica.

Bloqueo el telefóno y vuelvo a guardarlo en mi bolso. No borro el mensaje y siento que estoy traicionando a mis amigos.

—Vamos, todavía necesito los zapatos —digo, pero no es lo que estoy pensando y me siento una mentirosa.

Los zapatos son tan fáciles de encontrar como el vestido, como si me asistieran los dioses de la fortuna y el destino.

Se ha hecho tarde para comer, así que quedamos en encontrarnos con el señor Williams en el pequeño bar que está cerca de nuestro hotel. Sirven pizzas y pasta, y podremos comer algo más después del concierto.

Cuando llegamos, él ya está sentado en la terraza del restaurante. Está recostado con total tranquilidad en su silla, con las piernas cruzadas y el traje de color beis apenas arrugado. Está fantástico; el sombrero de paja color crema deja fuera las patillas de pelo blanco. Se quita el sombrero en cuanto nos ve, y se pone de pie de un salto. Tengo una caja con mi vestido dentro, rodeada por una cinta, solo por la caja merece la pena cada centavo que me he gastado en el vestido. La dejo al lado de mi silla, junto a la caja de zapatos.

—¡Qué día! —exclama—. He dormido como un bebé. Demasiadas emociones. —Me guiña un ojo—. Ha sido maravilloso.

—Si ese vuelve a aparecer, no va a dormir en mi cama. —Nadia no levanta la mirada del menú mientras habla. Sabemos exactamente a quién se refiere.

—Puede compartirla conmigo —repone el señor Williams, y sonríe.

—«Tu cama», como tú la llamas —digo a Nadia—, en realidad es mi cama. —Dejamos la charla un momento para pedir las bebidas y la comida.

Los tacones de mis zapatos nuevos son bajos, pero, aun así, evito beber alcohol por si me tropiezo en el escenario más tarde.

—Conozco a la bestia, y, en realidad, estoy casi segura de que ya se habrá ido.

—¿En serio? —pregunta el señor Williams—. ¿Venir desde París hasta el norte de Italia, solo para verte de lejos?

Asiento y me encojo de hombros.

—No me sorprendería viniendo de él. Además, no habrá podido conseguir habitación en ningún hotel cercano.

—Es cierto. Lo más cerca que podría conseguir es en Milán —asegura el señor Williams.

—Así que, no nos preocupemos por eso —digo, con una indiferencia que no siento.

—Especialmente cuando podríamos preocuparnos por el papelón que harás esta noche cuando tropieces con el dobladillo de tu vestido. —Nadia da un sorbo enorme al zumo de naranja que el camarero le ha traído, y parece muy satisfecha de sí misma—. Es broma. Nunca había visto a nadie tan espectacular.

—Estoy deseando verlo —dice el señor Williams—. ¡Estoy muy orgulloso de ti!

—Os agradezco mucho que me hayáis obligado a hacerlo —digo, y casi me pongo a llorar, pero logro contenerme. Estoy segura de que esta noche me costará mucho más.

Cuando me visto, no me reconozco. En el espejo, veo una mujer sofisticada y poderosa. Con este vestido parezco alguien con una silueta y una cuenta bancaria que yo misma envidiaría. No parezco yo, pero sí que me asemejo a la mujer que me gustaría ser ser cuando me ponga frente a toda esa gente dentro de una hora. Sin duda, parezco la persona que quiero que aparezca en la revista *The Strad* y en todas las fotos promocionales que colgaré en mi web para sacarle todo el provecho posible a este galardón.

Grito a través de la puerta cerrada del baño:

—¿Nad?

—¿Qué? —responde ella desde el dormitorio.

—¿Ya estás lista?

—*Sip*.

—Entonces, ¿puedes bajar al vestíbulo y esperar con el señor W?

Escucho que se pasea por la habitación.

—¿Vas a hacer tu entrada triunfal? `

—Exactamente. Y no quiero que me veas antes.

—¡Ya me voy! —avisa, y escucho el portazo de la puerta de la habitación. Cuando salgo, me siento un momento en silencio sobre la cama. Esta habitación es preciosa, con sus ventanas del suelo al techo, que miran hacia una terraza con baldosas y la luz del sol, que entra a raudales.

Atesoro el silencio.

Es maravilloso estar tranquila.

Echo un vistazo a mi teléfono por última vez antes de dejarlo sobre la mesilla de noche. No hay ningún otro mensaje de David, aunque los correos electrónicos de los comerciantes se acumulan; todos me piden una reunión antes de que me marche de Cremona.

Necesito evitar a los comerciantes hasta más tarde, aunque ellos rondarán por la ciudad. A juzgar por los correos electrónicos, ya sé que el valor de las existencias en mi tienda se ha elevado, aunque de manera arbitraria, de la noche a la mañana. Con ese extra pagaré el vestido.

Fuera de la habitación, a lo largo del pasillo, practico para ser capaz de caminar como alguien acostumbrada a usar este tipo de vestido. Veo mis rodillas a través de la tela, e intento concentrarme en hacer que mi paso sea un poco menos entusiasta.

Bajo por las escaleras en lugar de usar el ascensor, creo que será una buena práctica a la hora de subir al escenario. La escalera da a la recepción y los ascensores están al otro lado, junto al bar, cerca de Nadia y el señor Williams.

—Ah, señora Atherton —me llama la recepcionista—. Un caballero ha dejado esto para usted.

Mis labios esbozan una tenue sonrisa involuntaria. El estilo de David es tan clásico. Sé, sin tener que preguntar, que el paquete es suyo. Cuando veo mi nombre escrito con pluma y tinta negra, en letras inclinadas en cursiva, no me sorprendo. La caja es del tamaño de un libro de bolsillo. Conozco perfectamente la marca. Sé que es el logo de un joyero de París al que David y yo conocemos desde hace muchos años. David me ha regalado pendientes, collares y todo tipo de regalos en esta misma clase de caja, de color negro azulado y con una cinta dorada. En la parte de arriba pone: «Grace Atherton, lutier».

—No tengo tiempo de abrirlo en este momento —le digo a la recepcionista—. ¿Podrían dejarlo en la caja fuerte hasta que regrese esta noche? —Conozco los precios astronómicos de este joyero—. ¿Podría recogerlo entonces?

La recepcionista responde que no hay problema, y llama a alguien para que se lleve la caja.

Camino hacia el bar. No sé cuál de nosotros tres está mejor. Nadia se ha rizado el pelo y se ha recogido la mayor parte, el resto cae en mechones alrededor de su rostro y su cuello largo y delgado. Lleva puesta una blusa negra y una falda circular *vintage*; está adorable. Ha lavado y fregado mis bailarinas de gamuza y, con su atuendo y sus largas piernas, le van perfectas.

El señor Williams parece el caballero que es en realidad. Algunas personas nacen para usar esmoquin, pueden llevarlo con despreocupación, como si tuvieran puesta una bata. El señor Williams es una de esas personas.

—Señoras —dice, y hace una reverencia antes de ofrecernos un brazo a cada una—, ¿me permiten escoltarlas a nuestro carruaje?

Bajamos del taxi fuera del Teatro Ponchielli y corroboramos que no hemos exagerado con nuestra vestimenta. Damos vueltas entre los demás asistentes al concierto. Hay personas de todo tipo: estudiantes de música vestidos con esmoquin nuevo y toga, estudiantes de lutería en vaqueros y camiseta, personas vestidas para ir al teatro, personas de traje y corbata para hacer negocios. Hay italianos, británicos, coreanos y neozelandeses. El teatro bulle de redes de contactos.

Marion y el saxofonista robusto están en el vestíbulo.

—Estás maravillosa —dice, admirada, y me besa en las mejillas—. Los tres lo estáis. —Saluda a Nadia y al señor Williams de la misma manera.

—¿Sería inapropiado que dijera lo mismo? —dice el hombre robusto, y recuerdo que se llama Rob.

Le doy las gracias, murmurando.

—¿Dónde os vais a sentar? —les pregunto.

—No estamos seguros —dice Marion—. Creíamos que podríamos quedarnos por atrás, pero hasta ahora nadie nos ha dicho nada.

—He visto vestíbulos más tranquilos —opina el señor Williams. No se equivoca. Hay gente por todas partes. Señoras con pieles sobre los brazos se dirigen a hombres a los que han enviado a hacer la cola en la taquilla o que están en el bar. Gentío y bullicio.

—Tenemos asientos en el palco —digo—, y yo no voy a sentarme allí. Así que tenemos un asiento libre. Quizá podamos acercar otra silla.

—¿O la persona que se ha olvidado de comprar entradas para el concierto de su mejor amigo podría quedarse de pie durante toda la función? —dice Marion, mirando a Rob y enarcando las cejas.

—No hay problema —responde Rob, y sonríe.

La puerta del palco está cubierta por una pesada cortina de terciopelo, el dobladillo está raído y sus pliegues llenos de polvo. La puerta estrecha detrás de la cortina parece estar hecha de cartón y alfombra vieja.

—Bueno, no es lo que me había imaginado —comenta Nadia en voz alta.

Abro la puerta y Nadia mira hacia delante.

—¡La hostia! —exclama Nadia, y todos estiramos el cuello para echar un vistazo.

El interior del teatro parece una ilustración sacada de un libro de cuentos infantiles. En todo el espacio cavernoso se repiten el rojo y el dorado. Hojas doradas adornan las columnas talladas, y estandartes rojos cuelgan como guirnaldas navideñas a lo largo de cientos de palcos. Los palcos parecen las celdas de una colmena con un borde pegado al otro en tres de los cuatro lados del teatro, y están apilados en cuatro hileras, una encima de la otra.

La parte exterior de este teatro se parece a cualquier otro cine de pueblo o teatro de variedades local, pero el interior es un despliegue de opulencia neoclásica.

—Es imposible no adorar a los italianos —dice Marion.

En un extremo del teatro, justo enfrente del escenario, el palco real divide el arreglo simétrico. Una vasta cortina color escarlata cuelga sobre él desde un arco clásico, del doble de altura que el resto de los palcos, y con molduras doradas que apuntan hacia el techo.

Hay dos sillas y, detrás de ellas, dos taburetes altos.

Nadia se asoma por el borde del palco.

—¿Cuántos palcos habrá? —pregunta—. Es jodidamente increíble.

—Hay trece a cada lado, creo —responde el señor Williams—. Aunque solo es un cálculo aproximado.

—Y cuatro en los extremos —añade Rob—. ¿Dónde estamos, en la tercera hilera?

—Así que, mirando desde aquí, hay más de cien palcos individuales y todos tienen capacidad para cuatro personas —prosigue Nadia. Señala hacia abajo—. Y a eso hay que sumarle todas las personas que están sentadas en los asientos de abajo.

—La platea —digo—. Se llama la platea.

—No importa —dice Nadia, y esboza una enorme sonrisa—. En realidad todos te estarán mirando a ti.

—¡Viva Grace! —exclama Marion con su acento transatlántico, y el señor Williams aplaude suavemente, cada aplauso al ritmo de su cautela británica.

Las luces del teatro, lámparas brillantes que sobresalen como cuernos en cada columna entre los palcos, se disponen a apagarse, y los jueces comienzan a sentarse detrás de una larga mesa justo debajo del borde del escenario.

—Mierda, debo irme. —Salgo del palco, y dejo atrás los deseos de buena suerte. Encuentro mi asiento en la primera fila justo cuando las luces se apagan y miles de bombillas diminutas, como un cielo nocturno, se encienden sobre mí. Me doy la vuelta y me presento a los demás ganadores. No reconozco a ninguno de ellos.

Somos cinco. Todos fabricantes: violín, viola y contrabajo; y dos de chelo: el premio de tono y el premio general. Hay medallistas de plata y bronce a nuestro alrededor, pero nosotros permanecemos juntos; solo cinco.

Se pronuncian varios discursos en italiano y después traducidos con un acento tan marcado que bien podrían haber sido en italiano. Los otros cuatro ganadores y yo nos sonreímos entre nosotros. El ganador de viola es italiano, se inclina hacia mí y murmura: «De todos modos, el discurso es un aburrimiento».

Nos levantamos, uno por uno, y recibimos nuestras medallas. Jamás he sentido tantos nervios en toda mi vida. En lo alto de los palcos, juro que puedo oír cuatro voces felices gritando, sin duda son chillidos.

Consigo subir al escenario, entrecerrando los ojos por las luces, estrecho manos y doy las gracias entre murmullos, y vuelvo a bajar; todo eso sin tropezar ni desfallecer. ¡Siento verdadero alivio al volver a sentarme!

Después de la presentación empieza el concierto. El cuarteto tocará los instrumentos de los ganadores. Uno por uno, suben al escenario. Hay dos violinistas, un chelista y, por supuesto, Shota, en la viola. Los acompaña una música de contrabajo, que se queda de pie un poco alejada de ellos.

El líder del cuarteto explica que el segundo violín que se tocará pertenece al medallista de plata. Parece que el premio de tono siempre se ha adjudicado a un violín, y, tradicionalmente, ese ha sido el instrumento que se toca como segundo violín en el cuarteto.

Este es el primer año en que el ganador ha sido un violonchelo, por lo cual el programa se ha modificado un poco. Añade que, al final, tocarán una pieza especial, que no está enumerada, para enseñar las aptitudes del violonchelo ganador. Me ruborizo como un tomate cuando los gritos de mi grupo resuenan en el edificio.

Escondo mi vergüenza mirando el programa que está sobre mi falda. El cuarteto tocará Ravel, Mozart, Brahms y Bartók; piezas elegidas especialmente para realzar cada instrumento y luego para enseñar sus características en conjunto.

Shota se ha convertido en el músico de viola que yo siempre supe que sería. Lo he visto tocar en televisión, pero no lo veía en vivo desde que estábamos en la universidad. Es maravilloso. El cuarteto toca ante un teatro en silencio, y dos mil personas están pendientes de cada nota.

Por fin es el momento de que mi pequeño chelo manchado ocupe el centro del escenario. Conozco al chelista: Mathieu Scharf. Admiro su trabajo desde hace mucho tiempo; la última vez que lo vi tocar fue cuando David me llevó a Salzburgo para uno de sus conciertos. No puedo creer que Scharf esté sosteniendo mi chelo entre sus manos, explicándole al público las razones por las cuales fue elegido, las cualidades que lo convirtieron en ganador. Apenas puedo levantar la mirada.

Se sienta y comienza a tocar. El «Adagio en sol menor», de Bach, de la «Sonata para viola da Gamba» se escucha en todo el salón. Yo no podría haber seleccionado una melodía más perfecta si me hubiesen pedido que eligiera una. Las notas danzan en mi cabeza y caen como nieve sobre todos nosotros. Los silencios entre las notas tiemblan en mitad del público. Nunca he oído algo tan profundo en toda mi vida.

Finalmente, me permito llorar. Son lágrimas tibias de felicidad.

El fin de fiesta es todo un éxito. Si estuviera dispuesta a vender mi chelo, podría haber pedido hasta treinta veces su precio. Parece que tengo las tarjetas de todos los comerciantes de violines de Europa y de buena parte de Asia y América.

Han acordonado el bar del teatro, y todos estamos detrás de las cuerdas con los grandes y famosos. Parece un sueño.

El señor Williams está flaqueando. Está sentado en una silla de cuero rojo y tiene la cabeza inclinada hacia delante. Unas gotas de sudor perlan su frente, y se abanica con una servilleta de papel.

—¿Se encuentra bien? —le pregunto, sentándome en la silla de al lado. De pronto siento el peso del día como un plomo en mis piernas.

—Mi querida Grace, estoy sumamente emocionado. ¡Qué momento tan maravilloso!

—Estoy exhausta. No puedo imaginar cómo se sentirá usted.

Cierra los ojos y se recuesta en la silla.

—Creo que es suficiente para mí por hoy. Me iré a la cama. Dicen que una retirada a tiempo es una victoria.

Shota y Marion están enfrascados en una conversación con Nadia. Intento llamar la atención de Nadia para que se acerque. Ella confunde mi gesto y los tres vienen hacia nosotros.

—Volveremos todos a nuestro hotel para ver la filmación de esta tarde. —Nadia está exultante, pero no me doy cuenta de si se debe al alcohol o a la emoción.

—¿La filmación? —No tengo ni idea de qué habla.

Nadia pone los ojos en blanco como si fuera una música profesional desde hace años, en lugar de haber estado hablando con dos de ellos durante media hora.

—La cinta de vídeo. La película de esta tarde en la que salimos los tres. ¿Quieres verla?

—Sí. —Me encanta la idea—. El señor Williams y yo nos iremos primero, en el primer taxi que haya libre. Nos vemos en el bar del hotel, ¿vale?

Esta vez es el señor Williams quien me agarra del brazo. Su edad se manifiesta al estar a tantos kilómetros de su casa y después de un día tan agitado.

Llamamos al primer taxi que vemos y este se acerca. El señor Williams me abre la puerta, y yo le doy al conductor el nombre de la localidad donde se hospeda el señor Williams.

Él se pone el cinturón de seguridad y se apoya en el reposacabezas. Da un profundo suspiro.

—¿Se encuentra bien? ¿En serio?

—Estoy bien —dice—. En serio. —Apoya su mano sobre mi brazo—. Pero hay algo que debo decirte. Cuando vuelvas a Inglaterra, ya no estaré contigo.

24

No puedo respirar. No puedo pedirle que se explique, porque, en realidad, no quiero escuchar lo que tiene que decirme. No estoy preparada para dejarlo ir: el vacío que dejaría en mi corazón sería una pena inconsolable.

Y después pienso en Nadia, pienso en que para ella sería aún peor. Está pasando por el peor año de su vida, un año donde su mundo se cae a su alrededor y toda su estabilidad, todo su terreno firme, se desmorona.

Los latidos en mis oídos son tan fuertes que no puedo escuchar lo que él dice. Lo bloqueo.

—¿Grace? —Me está haciendo una pregunta—. ¿Qué me dices, querida?

La expresión de su cara no está acorde con la situación, no está asustado ni triste. Tampoco preocupado.

—¿Tengo tu bendición?

—Señor Williams, lo siento. —Mis palabras suenan estúpidas—. No le estaba escuchando.

—Ha sido una larga noche, querida —responde, y se vuelve para observar los edificios que pasan junto a nosotros al otro lado de las ventanas del taxi.

—No, necesito oírlo ahora. Dígamelo. —Me doy cuenta de que estoy apretándole con fuerza y quito mi mano de su brazo—. Lo siento.

Hay árboles por la calle que recorremos, y personas en el exterior de cada cafetería y restaurante. El verano continúa.

—Laurence y yo. Vamos a intentarlo.

—¿Laurence?

—Mi amigo, el de Venecia. Llevo quedándome en su casa toda la semana.

El señor Williams tiene novio. Echo un vistazo al taxista, que no se inmuta. Si hablara inglés, podría haberse dado la vuelta y haber mencionado la edad avanzada del señor Williams, o incluso felicitarlo.

—Tuvimos una relación hace mucho tiempo. —Sostiene su cinturón de seguridad con una mano, manteniéndolo lejos de su pecho—. Antes de Leslie, antes de él con su Paulo. Fuimos compañeros en el ejército. —Una sonrisa juguetea entre sus labios—. Pero en aquel momento las cosas eran diferentes. Yo volví a casa y conocí a Leslie. Laurence se quedó en el ejército, y, finalmente, se jubiló en Italia, con Paulo. Los cuatro éramos buenos amigos. —Se aclara la garganta.

No sé si debo hacer algún comentario, no puedo ordenar mis pensamientos.

—El ejército no era lo mío y me fui en cuanto pude. Laurence, en cambio, lo adoraba, y, francamente, el ejército lo adoraba a él. Se retiró siendo comandante.

Consigo dar la respuesta clásica, pero todavía lo estoy procesando.

—Me alegro por ambos, en serio. —No parece suficiente después de toda su amabilidad.

—Así que me volveré a Venecia desde aquí. Probablemente mañana, me temo.

—¿No es un poco pronto..., digo, para mudarse juntos? —Lo digo antes de poder evitarlo—. Qué estupidez —añado—. Es un hombre adulto.

—Querida, tengo ochenta años.

No hago ningún comentario.

—Quién sabe cuánto tiempo me queda. De lo único que estoy seguro es de que no me queda demasiado.

Me encojo de hombros. Sé que tiene razón.

—Tienes que ser tú quien dirija tu vida, Grace —dice—, y no la sueltes, a menos que te veas obligada.

Ya estamos en la carretera. Hay iglesias solitarias en mitad de campos de trigo, ningún pueblo se discierne alrededor de ellas. Hay fábricas al borde de la carretera, que se entremezclan con casas de labranza. La arquitectura no parece tener orden, y, sin embargo, es muy agradable. Nada parece estar fuera de lugar.

—¿Qué hará con su casa si permanece en Venecia?

—Ah, lo he estado pensando, y ya me dirás si es una tontería. Me preguntaba si Nadia querría ocuparla durante un tiempo. ¿Es inapropiado? —Se da la vuelta para mirarme—. Sé que es muy infeliz en su casa, y creo que eso podría ayudarla. A mí me vendría bien y no quiero nada a cambio.

—No lo sé —admito—. No sé nada sobre adolescentes. A veces creo que no sé nada sobre ella en particular.

—Ella te adora. Te venera.

—Yo también la adoro. —Y me doy cuenta de cuánto. Soy consciente de lo valioso que ha sido para mí verla crecer y madurar. Reconozco que estoy muy orgullosa de ella por haber sorteado todos los problemas que se le presentaron este año—. Tendría, tendríamos, que pasar por encima de sus padres. Y eso suponiendo que ella quisiera. Francamente, no creo que vayan a decir que no, con todos los problemas que tienen.

—Me parece que ni siquiera se darán cuenta de que ella no está en su casa —opina el señor Williams, y luego nos callamos. Se nos pasa por la cabeza que ninguno de los dos tenemos hijos y que no podemos estar seguros, si estuviésemos en el sitio de los padres, de que no haríamos lo mismo—. Allí tiene el piano, puede escribir y no hay vecinos molestos. Quizá el espacio les venga bien a todos.

Ambos permanecemos en silencio mientras reflexionamos en nuestros planes.

—Además, no pienso morirme pronto. —Me mira y me sonríe—. Ni tampoco volver de Venecia para algo más que pasar unos días de vez en cuando. —¡Enhorabuena!

Ya hemos llegado a la ciudad en la que se está quedando el señor Williams. Me promete que cogerá el autobús a primera hora de la mañana, para que podamos hablar de sus planes con Nadia.

—Intentaré no llegar demasiado temprano, querida —dice, y después me besa en la mejilla—. Te agradezco todo esto.

—No —respondo, y le doy un abrazo—. Yo se lo agradezco a usted.

Cuando vuelvo, la fiesta está en su máximo apogeo. Hay músicos por todas partes, y está a punto de producirse algo parecido a una danza tradicional escocesa.

—¿Dónde has estado? —pregunta Nadia—. Me muero por ver la película. Shota y Marion han dicho que debíamos esperarte.

Una enorme pantalla de televisión ha aparecido en una punta del bar, estoy segura de que no estaba allí antes. Estos músicos parecen personas que saben manejarse en un hotel y que están acostumbradas a conseguir lo que quieren.

—Está bien, está bien —grita Rob por encima del barullo—, ya ha llegado Grace. Que comience el espectáculo.

La pantalla está en el sitio adecuado, y todos se acomodan en banquetas y taburetes de bar para mirar. Shota me pasa una enorme copa de vino tinto, y me la bebo demasiado rápido.

Tengo miedo de lo que estoy a punto de ver. No quiero ver mi cara cuando me doy cuenta de que David está presente. En serio, no quiero escuchar mi ejecución mediocre en el momento en que lo veo.

Sin embargo, no está tan mal. Nadie pregunta qué estoy mirando. En el vídeo, que quizá ha sido grabado y editado con inteligencia, Nadia entra solo un par de segundos después de que yo me detenga. Al observar la secuencia, casi parece que lo hemos hecho adrede, como si lo hubiéramos planeado todo.

Miro a Nadia en la pantalla, su bello rostro rebelde, su naturaleza guerrera. Hay algo en la forma en que se mueve, en su manera de permanecer de pie. La niña asustada y enfadada ha desaparecido. He tenido el privilegio de observar toda su evolución, de niña a mujer; ha ocurrido delante de mis narices y me he perdido la mayor parte.

Su espíritu brilla en el vídeo, y su música es increíble. Durante la mayor parte del resto del vídeo, el cámara está hechizado con esta joven de pelo oscuro y con la forma en que hace sonar su violín, con su manera de bailar mientras toca, la manera en que sus ojos se encienden. Se centra casi exclusivamente en Nadia, y en algún que otro barrido entre la multitud que nos escucha.

—¡Ay, Dios, qué vergüenza! —dice ella en voz baja—. Ya sabía yo que era un pervertido.

—Estás increíble, simplemente maravillosa —le respondo—. Parece que estás poseída por la música.

Más tarde, en nuestro dormitorio, una vez apagadas las luces, en mitad del silencio, puedo pensar. Algo me lleva molestando desde que he visto el vídeo. Algo diferente, algo que ha cambiado. La certeza llega con tranquilidad, con suavidad. Es una mezcla de instinto y observación a partes iguales. Por fin puedo encontrar la relación entre la chica furiosa que me encontré en el diario de Nadia y la mujer atrevida y valiente que vi hoy. En mitad del valioso anonimato que nos depara la oscuridad, me vuelvo hacia ella.

—Estás embarazada, ¿verdad, Nadia?

Es una charla que no podemos continuar en la oscuridad. Ella responde, en un murmullo y, sencillamente, dice «sí». Después, tengo infinidad de preguntas, demasiados planes y promesas que hacer. Necesito encender luz para espantar el miedo. Enciendo la lamparita de noche con mi pulgar.

Las preguntas se agolpan en mi cabeza. No estoy segura de cuál debería ser la primera. Empiezo por la más evidente:

—¿De cuánto estás? ¿Cuántas semanas?

Ella se limita a encogerse de hombros. Está sentada en la cama, vestida con un pijama de pantalón corto de tela escocesa y una camiseta rosa con corazones. No parece la viva imagen del embarazo, pero hay cierto engrosamiento, una parte convexa a la altura de su estómago.

Aunque todavía podría subirse la cremallera de unos vaqueros muy pequeños.

Preparo té para las dos, intentando hacer equilibrios con la tetera y las tazas sobre la pesada bandeja que el hotel ofrece para mantener los objetos alejados de la madera pulida.

—¿De cuánto crees? —No quiero tener que decirlo con todas las palabras, no quiero hacerle preguntas gráficas sobre cuándo y con quién.

—Estaba nevando. Yo estaba en una fiesta y fui allí caminando con botas para no mojarme los pies. —No me mira; en cambio, balancea sus largas piernas sobre el edredón y se acuesta de cara al techo.

Agito el té, fingiendo estar ocupada. Instintivamente, sé que no quiere que nos miremos a los ojos en esta conversación.

—Nad, no nieva desde... ¿Cuándo? ¿Marzo?

Me doy la vuelta y la miro. Pone la que yo antes creía que era su «cara de enfado». Ahora sé que es su cara de dolor, la máscara que utiliza para tapar su vulnerabilidad. Una única lágrima rueda por su mejilla hasta su pelo.

—Sí, nevó en marzo —dice, y se tapa la cara con los dedos—. El 14 de marzo.

Intento hacer cuentas. Estamos a finales de septiembre. Mañana empieza octubre. Me siento con fuerza en la punta de la cama.

—¿Estás segura?

—Fue en la fiesta de mi amiga Laura. —Se da la vuelta, con la cara en la almohada—. Lo recuerdo perfectamente.

—¿Has ido al médico?

—No. —Su voz se apaga al apretar la cara contra la almohada—. Intento no pensar en eso. Hasta ahora ha dado resultado.

Extiendo la mano detrás de mí y encierro mis dedos suavemente alrededor de su tobillo. Es pequeño y huesudo, la pierna de una niña.

—Creo que todavía te faltan dos meses.

No responde.

—Después, habrá una persona completamente distinta en el planeta. Un nuevo ser humano. —No sé si la estoy ayudando, pero es lo que pienso—. Qué maravilla.

—Creía que te enfadarías.

—¿Por qué?

—Creía que todos os enfadaríais.

Estoy sorprendida, escandalizada. Un poco temerosa por ella. Me asusto cuando pienso en llevarla de vuelta a casa. Entonces recuerdo que ella llegó hasta aquí sola, y en ese entonces estaba tan embarazada como ahora.

—¿Alguien más lo sabe? —Vuelve a sentarse.

—No.

—¿Ni siquiera Harriet?

—Por supuesto que Harriet no lo sabe —responde, y entonces recuerdo el diario, a Charlie. Ahora no es momento de sacar el tema.

—¿Y el instituto?

—Ya no voy al instituto, ¿recuerdas?

Quizá Nadia esté más preparada de lo que creo.

—¿Y tu sinfonía?

—Esta es mi sinfonía —responde. Y le creo.

Son las tres de la mañana cuando bajo a la recepción. Pregunto si el bar sigue abierto, y el hombre detrás del escritorio dice que sí, por supuesto, que puede abrirlo para mí. Se lo agradezco y pido una copa de vino tinto.

Me hundo en un sillón gigantesco en el bar. La piel de mi frente está tensa, y mi cabeza está llena de pensamientos. Me pregunto, en síntesis, si toda la vida es así y yo, simplemente, no la he visto a través del filtro de David. No puede ser. Quizá David y el hecho de estar con él me protegieron de esta actividad frenética. Quizá, cuando dejas entrar a otras personas en tu vida, este es el caos que se produce.

He venido aquí para abrir el regalo que me ha dejado. El bar está en silencio. El recepcionista ha ido a buscármelo a la caja fuerte sin hacer preguntas. Seguramente lidiará todo el rato con clientes que le piden locuras.

Cuando vuelve con la caja, ya me he bebido más de la mitad del vino y me he comido todas las galletas con forma de pez que venían con él. Le pido otra copa y él va a buscarla sin hacer comentarios.

El paquete está sobre la mesa delante de mí. La cuidada caja azul trae consigo muchos recuerdos. Evoca vacaciones y celebraciones, secretos y sorpresas. Una o dos veces, en medio de ideas que se entrecruzan por mi cabeza como olas en un mar invernal, evoca navidades a solas con mi móvil con la pantalla hacia arriba encima de la mesa, esperando que titile y anuncie una llamada de él.

Tiro de una esquina de la cinta. El camarero llega con mi vino y un plato pequeño de *bruschetta*. Agradezco el pan; tengo hambre. Me como tres trozos de *bruschetta* antes de tirar del resto de la cinta. Al camarero le da tiempo a volver detrás de su barra. El contenido de la caja es privado, por eso estoy sentada aquí, sola, en mitad de la noche.

Levanto la tapa.

En el interior hay una caja más pequeña, gruesa y cuadrada, y dos sobres. Ambos están dirigidos a «Grace», escrito con esas finas letras negras inclinadas, su caligrafía pausada, la familiaridad de sus gestos.

El sobre de arriba, el más pequeño de los dos, tiene un «2» escrito cuidadosamente en la esquina superior derecha. Sigo mirando. El otro sobre tiene un «1». La caja que contiene un anillo, ya que, sin duda, es una caja de anillo, independientemente de lo que haya en su interior, pone «3».

El primer sobre contiene un billete de tren de ida en primera clase desde Ashford hasta París. La fecha es el próximo viernes. El 7 de octubre. Me invita a París.

Echo de menos París.

En la esquina del grueso sobre de papel de estraza hay dos llaves. Sacudo el sobre para sacarlas. Son las llaves del apartamento de David: una, la de la puerta exterior, y la otra, la que da acceso a la intimidad del apartamento. En ocho años, jamás tuve un juego de estas llaves.

Bebo otro sorbo antes de abrir el segundo sobre.

La carta está escrita a mano, con elegancia, como si David hubiese contado la cantidad de palabras que entrarían en una página y se hubiese asegurado de empezar en la parte superior y terminar en la parte inferior. Supe desde el momento en que llegó la caja que leería esto. Mi parte racional me dice que leo la carta porque quiero que me pida perdón. Deseo que me pida disculpas por todos los años que jugó con mi futuro, para que desaparezcan todo el dolor y el sufrimiento.

La otra parte de mí, aquella que me arrastra, física e inexorablemente, quiere que él me suplique, que me necesite, que ruegue por mí.

Querida Grace:

No hay palabras para solucionar el terrible enredo que he provocado. He perdido lo que más valoraba en el mundo. Y Grace, en los últimos meses he perdido muchas cosas. Hay algo que me quema, que me mantiene despierto por las noches. Te he perdido a ti.

No había imaginado que la vida sin ti sería de esta forma. He sido un imbécil.

No puedo empezar a contarte lo horrible que ha sido, y no deseo hacerlo. Sabes perfectamente todo lo que he hecho. No hay necesidad de escribir las cosas que me torturan durante el día y me persiguen por la noche. Tú sabes lo que he hecho, y no hay excusas. Todo ha terminado. He aprendido la más humilde de las lecciones de la manera más difícil.

Les he contado a mis hijos todos los errores que he cometido. Por primera vez en mi vida, he sido sincero con todos. He estado viendo a un terapeuta, y él me ha ayudado a asumir la responsabilidad de mis actos y de la forma en que he tratado a todas las personas a las que amo, no solo a ti.

Por favor, Gracie, si puedes soportarlo, ven a París. Mis hijos llegarán el sábado 8 de octubre por la noche. Me encantaría que los conocieras. Quiero presentártelos, a ellos y a nuestro futuro.

Lo siento mucho. Espero que encuentres en tu corazón la manera de perdonarme.

Te amo, Grace. Solo a ti. Siempre te he amado, siempre te amaré.

David

Abro la tercera caja, como iba a hacerlo desde el segundo en que vi el envoltorio azul oscuro y la cinta dorada, desde el momento en que supe que él había vuelto.

En el interior de la caja hay un anillo. Sin lugar a dudas, es un anillo de compromiso. Es un anillo de oro blanco con un único diamante redondo unido con el más diminuto de los engarces. El frente del diamante tiene un corte tan bello que hasta las luces tenues del bar rebotan en él desde todos los ángulos.

Extiendo el dedo anular de mi mano izquierda y me pongo el anillo. Pasa por las articulaciones de mi dedo, brillante sobre mi piel bronceada.

Me queda perfecto.

25

París sigue estando, como decía mi difunto padre, en el mismo lugar donde la dejé. La ciudad no sabe que algo ha cambiado. Como siempre, esta ciudad me acepta tal como soy. En respuesta, yo también la acepto.

Esta semana han llegado las primeras brisas frescas del otoño. Es mi estación favorita. Me encanta su elegancia, las hojas caídas, las señales de que todo estará desnudo y listo para un nuevo comienzo. El otoño me convence de que habrá un nuevo crecimiento, que llegará la primavera. Reafirma mi fe en el tiempo y el orden.

Camino la corta distancia que separa la Gare du Nord de la Gare de l'Est. Es suficiente como para recordarme que estoy aquí, que París es diferente de mi hogar. Esta ciudad canta y bulle, y está viva. Escucho las voces que pasan a mi lado por la calle e intento procesar la charla impenetrable.

Me pregunto cuánto tiempo tendría que vivir en París para poder hablar como ellos, para poder intercambiar experiencias como una persona nativa. Me llevaría toda una vida porque no tengo facilidad para los idiomas.

Me pregunto, no por primera vez, si los hijos de David hablarán inglés con acento.

En la Gare de l'Est bajo la escalera hacia el metro. Conozco el sistema subterráneo de París tanto como el metro de Londres, quizá mejor.

En el tren no hay mucha gente. Mis viajes favoritos son siempre aquellos donde alguien sube con un acordeón o empieza a cantar acompañado de una base musical grabada. Nunca he perdido el placer turístico por los músicos callejeros. Todo eso, para mí, es típico de París.

Algunas cosas se han vuelto homogéneas con el paso de los años. El olor a garrapiñadas que alguna vez señalaba mi ubicación exacta es algo que he encontrado también en Londres, y, en Nueva York, los tentáculos de esta ciudad se extendieron a otros corazones.

Salgo del metro en École Militaire. Ninguna otra ciudad tiene esta profundidad de arquitectura, esta historia tan transparente, tan evidente en cada esquina. Este sitio existe en la imaginación del mundo, en películas y libros, en poemas y canciones. Y es así por una buena razón.

Me encanta esta caminata, todo en ella es especial. Me gusta la superficie arenosa de los senderos que atraviesan el Campo de Marte, amo el Muro de la Paz y sus paneles de cristal tallado, pero, más que nada, me encanta la manera en que la Torre Eiffel se yergue sobre todas las cosas y nos reduce a las motas de polvo que somos, nos convierte en seres diminutos y uniformes, como hormigas. No es posible evitar la historia de París, nada la esconde ni la oculta, nada lo intenta. Detrás de mí, las paredes de la École Militaire están salpicadas de agujeros de balas de guerra, prácticas, ejecuciones y, sin embargo, ahora, en esta época de relativa paz, parecen tranquilas e inocuas. Napoleón estudió en ese edificio cuando era un joven soldado. Caminó con sus largas botas negras por los mismos senderos que estoy transitando ahora. Esta caminata nunca deja de sorprenderme y de ponerme en mi lugar.

Cuando le conté al señor Williams lo que sabía de Nadia, él ni se inmutó. Sus palabras exactas fueron: «Bueno, tendrá que pintar el cuarto de invitados, es demasiado aburrido para un bebé».

—¿No le preocupa que esté en su casa? ¿Allí, sola con un bebé? —le había preguntado. Estábamos sentados fuera de la estación de tren en Cremona. El señor Williams partía hacia su nueva vida. Llevaba consigo solo una maleta de cuero.

—Jóvenes con muchos menos recursos que ella lo han logrado, querida.

Asentí.

—Nosotros, los seres humanos, somos criaturas extrañas. Espero que lo logre.

Me sonrió.

—Te preocupas demasiado. Hasta ahora lo ha hecho muy bien ella sola.

—Sus padres se pondrán furiosos —pensé en voz alta.

—No por mucho tiempo, en mi experiencia. —Se reclinó sobre el banco y dejó que la luz del sol iluminara su cara—. ¿Cómo es esa frase? «Los bebés traen su propia cuota de amor». Y estoy seguro de que es así, querida.

Shota se mostró aún más tranquilo, estaba más desconcertado que otra cosa.

—No sé dónde guardan los bebés estas chicas —dijo.

Le he pedido que quedásemos para tomar algo antes de que me vaya. Así que nos sentamos fuera del bar en el que lo vi la primera vez.

—Marion tuvo una alumna de trompeta hace un par de años a la que le ocurrió lo mismo. No lo dijo hasta que le quedaban ocho semanas.

—¿En serio?

—En serio. Estaba delgada como un hueso...

—Como un «palo», Shota. —Y recordé que, en la universidad, una de las cosas que más me gustaban de él era cuando decía «diluvia a cántaros» cuando llovía.

—Todavía no me sale bien. —Sonrió y se pasó la mano por el pelo—. De todos modos, resulta que un día apareció en la clase de trompeta. Y al día siguiente tuvo al bebé en el suelo del baño.

—¡Cielo santo! —exclamé—. ¿Y qué ha sido de ella?

—Es primera trompetista en la Filarmónica de Reikiavik. Ha seguido con su vida. Su madre la ayuda mucho, creo.

Me pregunté qué sería de Nadia, cuánto apoyo tendría. Entonces, como una luz, como un nacimiento propio, recordé que me tenía a mí. Ella me apoya cuando lo necesito, y estoy más que dispuesta a hacer lo mismo por ella. Sería un honor para mí formar parte de su pequeño milagro.

—Ella vivirá cerca de mi casa —dije, como si fuera la cosa más natural del mundo.

—Ahí lo tienes, entonces —dijo Shota. Empujó una tarjeta de visita por la mesa—. Le he pedido que se mantenga en contacto conmigo. Es una intérprete fantástica. Le he dicho que le daría algunas clases magistrales la próxima vez que vaya a Reino Unido. Quizá sea aún más importante ahora.

Eché un vistazo a la tarjeta pero no reconocí el nombre.

—Es Rob —explica Shota—. Va a sumarse a la Filarmónica de la BBC en enero y no conoce a nadie. Se preguntaba si tú podrías enseñarle un poco de Londres. ¿Amor con amor se paga?

—¿A qué te refieres?

—Yo ayudaré a Nadia, le daré contactos, etcétera, si tú puedes cuidar un poco a Rob, presentarle a algunas personas, sacarlo a pasear...

Le respondí que sí, que por supuesto. Agregué, con todo mi corazón, que cualquier amigo de Shota es mi amigo.

—Y si quieres saber algo más sobre el asunto de Nikolai —se inclinó hacia mí con el rostro lleno de empatía, y se mordió el labio—. Puedo ponerte en contacto con algunas personas que saben más al respecto. —Apoyó su mano sobre la mía—. ¿Con respecto a lo otro? Catherine y todo lo ocurrido, quiero que sepas que lo siento muchísimo. Haría lo que fuera por cambiarlo, por volver atrás en el tiempo.

Shota es un buen hombre y siento pena por él. Lo más justo es liberarlo de ese fantasma, que descanse por fin.

—Shota, eras solo un niño. Los dos éramos unos niños. Y los niños cometen errores. Además, te la jugaste por mí delante de Nikolai. Eso todavía significa mucho. —Me puse de pie y le di un beso de despedida—. No pienses más en cosas feas. Yo tampoco lo haré, ¿de acuerdo?

Él me dio un fuerte abrazo.

—Por un nuevo comienzo.

La multitud no es tan abundante debajo de la torre Eiffel. Como siempre, hay cola en el pilar sur, pero no es nada en comparación con la cantidad de gente que suele haber. Estoy segura de que, a medida que pase el día, comenzará a llenarse de gente, pero yo ya me habré ido hacia el otro lado del río.

Camino en dirección norte hacia el Trocadero y sus fuentes. Consulto mi reloj para ver si tengo tiempo para esperar el desfile de aguas, la secuencia de aguas danzantes. David y yo observábamos estas fuentes en verano, cuando la fina llovizna del agua humedecía nuestros rostros bajo el aire reseco. No tengo tiempo para esperar a las fuentes, ni siquiera por los viejos tiempos. Debo estar en el apartamento dentro de pocos minutos.

El cementerio de Passy está a mi izquierda. Pienso en visitarlo. En cambio, continúo por la pared de ladrillos que bordea la calle y entro en el edificio de David. Él conoce el horario del tren que me reservó, tiene una idea aproximada de la hora en que llegaré. Los dos hemos resistido la tentación de escribirnos o hablarnos.

No lo vi desde su aparición en Cremona. No hablé con él desde que sus palabras me destrozaron el corazón en París.

La cerradura de bronce de la puerta principal data de la década de 1920. Es tan antigua como el apartamento, y su marco se ha pulido con los cientos de nudillos que giraron la llave.

Las contraventanas en la otra punta del apartamento están abiertas. Puedo sentir la brisa que juguetea en mis tobillos. En el pasillo hace calor, y la música acaricia suavemente mis oídos. Es Bach, las *suites* para violonchelo.

Quizá, pienso, el cielo se parece un poco a este sitio. En ese momento, David se acerca desde la puerta de la cocina.

Tiene puesta una camisa de color verde oscuro, con el botón de arriba abierto, y un pantalón de vestir de color caoba. Está descalzo. Está tan apuesto como siempre; quizá un poco más alto, más fuerte. Me lo he imaginado más bajo, y la foto que tengo en la cabeza se ha reducido. Ahora que estoy de vuelta, junto a él, mis ojos renuevan y corrigen mi recuerdo. Es alto y fuerte.

Levanta las manos muy lentamente y sujeta las mías. Está asustado, me doy cuenta, y tiembla un poco.

Tengo los labios secos. Trago con fuerza y levanto la mirada hacia él, hacia esa mandíbula, esos pómulos marcados, sus cejas perfectas.

Gira mis manos entre las suyas, las levanta hasta su boca y las besa suavemente en el dorso; primero una, después la otra.

Puedo sentir su olor, una mezcla de jabón y loción para después del afeitado, aromas limpios que el olor de su piel minimiza. Conozco su olor tanto como me conozco a mí misma. Inspiro profundamente, inhalo su aroma. Lo he echado de menos como al aire que respiro.

Él inclina la cabeza y roza mis labios suavemente con los suyos.

—Eres tan bonita... —murmura.

No confío en mi voz. Aprieto sus manos.

Él observa mis dedos.

—No llevas puesto el anillo.

Sacudo la cabeza.

—¿No te queda bien? —pregunta.

—Me queda perfecto. Te lo agradezco. —Suelto sus manos y rebusco en mi bolso. Cojo el anillo, todavía en su caja, y la pongo a un lado—. Ha sido una buena elección. Perfecta.

La mesa sobre la que apoyé el anillo es de roble antiguo, y veo el reflejo de una foto enmarcada. Me fijo en la foto; soy yo. Echo un vistazo a mi alrededor. Estoy por todas partes. Hay tantas fotos de mí como de los hijos de David. Parecemos una familia. La única foto que falta es una donde estemos todos juntos.

—Pero has venido hasta aquí... —No comprende por qué no llevo el anillo puesto, por qué se lo he devuelto. David me abraza con fuerza, me aprieta contra su pecho y puedo sentir los músculos de sus brazos, la fuerza de su pecho—. Has vuelto a mí, a nosotros.

—No me quedaré —murmuro las palabras, casi como si no quisiera que fueran ciertas. Pero lo son.

—Grace, mi amor, por favor. Mañana, los chicos...

—No puedo quedarme.

—Se lo he contado todo sobre ti. Van a venir hasta aquí para conocerte.

—Es demasiado tarde, David. —Estos no son mis hijos, ni siquiera son los hermanos de mis hijos. Ellos son responsabilidad de David, como también lo es su desilusión, su confusión.

—Gracie, por favor. ¡Estoy tan terriblemente arrepentido! Haré cualquier cosa.

Lo dice en serio, me doy cuenta. David, por fin, se ha convertido en la persona que yo quería que fuese. Ha cambiado, puedo sentirlo por la forma en que me abraza, puedo percibirlo, casi olerlo, en cada una de sus fibras. Su anhelo es real.

Pero yo no soy la misma persona.

—Nunca dejaré de amarte —digo—. Eres muy especial.

—No, por favor. —Su voz se quiebra—. Por favor, no me dejes. Te necesito.

Paso mi dedo por el contorno de su barbilla, acaricio su suave mejilla.

—Hemos pasado tan buenos momentos... —digo, e intento sonreír, aunque las lágrimas amenazan con abrumarme. No sería justo hablar de las épocas terribles, de los días oscuros de dudas y fracasos.

Ahora David está llorando, sin el dramatismo del pasado. Esto es real; arrepentimiento, pérdida y anhelo. Son sonidos que reconozco.

—Por favor. Haré lo que sea. Estoy viendo a un terapeuta, haciéndome cargo de mi comportamiento; mejoraré. —Me sostiene a cierta distancia de él, me mira directamente a los ojos—. ¿Por qué has venido hasta aquí si no me quieres?

Pronuncio las palabras y lo siento profundamente. Estoy realmente sorprendida de estar separándome de él por voluntad propia.

—David —digo—, he venido a despedirme de París.

Sé que no podré volver a París. Quizá algún día, en otra vida, pero para eso debe pasar mucho tiempo. Hasta entonces, espero que París pueda perdonarme; sé que lo hará. París, más que ninguna otra ciudad del mundo, sabe de amor.

Mi pequeña ciudad de postal de Navidad está plagada de rumores. Me sorprende ver cuántos de mis clientes locales conocen al señor Williams.

Estoy desconcertada ante la cantidad de pequeños trabajos de reparación que la gente me ha pedido que haga en sus instrumentos, solo para tener la oportunidad de averiguar lo que yo sé. Parece que el hecho de que un hombre de ochenta y seis años a quien creían soltero se haya ido a vivir con su novio en Venecia es una noticia más importante que la aparición en los diarios nacionales de la fabricante de violines del lugar.

Solo les cuento lo que sé: que el señor Williams está muy feliz y que, casi más que cualquier otra persona, se lo merece.

Le prometí a Nadia llevarle algunas sábanas y toallas. Sacarlas del armario para ventilarlas, como suele suceder en estos casos, se convirtió en una tarea de lo más complicada. Me pasé toda la tarde abriendo cajas de zapatos y recibos, arrojando al cubo de basura tonterías que guardé la última vez que limpié.

Saco las bolsas de basura de la parte de atrás del coche. Me estoy quedando sin tiempo. Esta tarde tengo una cita, una reunión inamovible con un querido amigo. Mi pelo está bien, un poco despeinado. Llevo puesto mi pintalabios favorito, con el cual no parece que esté maquillada, solo que mis labios son fabulosos por sí mismos.

La casa de Nadia está impecable. Vuelve a distribuir los muebles y endereza las cortinas el día entero. No creo que sea instinto maternal, sino, más bien, un juego. Nadia se ha encontrado en una casa de muñecas gigantesca y desea que sea perfecta.

—¿Dónde quieres que las ponga? —Arrojo las dos bolsas en el suelo de la cocina.

—Allí están bien, gracias —dice Nadia—. Las revisaré y sacaré lo que necesite. Pero ¿puedes llevarte el resto, dejarlo en la tienda solidaria? —Ella odia el desorden.

Se inclina y empieza a desdoblar y volver a doblar los juegos de sábanas y las toallas. Las coloca en dos pilas perfectas, con lo cual mi manera de guardar las bolsas parece descuidada.

Se agacha con facilidad. Su barriga empezó a aparecer pocos días después de su gran revelación. Aunque es evidente que está embarazada, es difícil creer que vaya a tener un bebé dentro de pocas semanas.

—Mañana es la última clase de preparto —dice, y me mira—. Vendrás conmigo, ¿verdad?

—¿Cómo iba a perdérmelo?

—Solo quería saberlo, es todo.

Estoy segura de que todo el mundo en las clases cree que soy su madre, y no me molesta. Me encanta la idea de ver cómo nace el bebé, aunque no me entusiasma tanto ser la caja de resonancia de Nadia. Ha absorbido cada idea holística y sobre parto natural que ha pasado por su camino. Tiene una aplicación en su móvil que medirá las contracciones y su duración. Cuando eso suceda, estoy segura de que será algo que ni siquiera ella podrá controlar, y será lo que tenga que ser. El bebé de Shota y Marion se niega a salir, lleva una semana de retraso. Estoy convencida de que ambos nacerán el mismo día.

—¿Cómo vas con la sinfonía? —le pregunto.

—Bien, muy bien. Es fácil pensar aquí. —La lista de cosas que no desea es enorme. Apoya el único juego de sábanas y la única toalla que le gustan sobre la encimera de la cocina—. Anoche le envié un nuevo movimiento a Shota por correo electrónico. Le ha encantado.

Shota está fascinado con la sinfonía de Nadia, y tiene fe en que será su pasaporte a la fama y a la fortuna.

—¿Y el último movimiento? ¿Ya está terminado? —le pregunto.

—¡Cielo santo, Grace! ¿Cuántas veces te lo he dicho? —Le da una palmada a su pequeña barriga—. Primero debo conocer a esta personita.

Me quedan tres minutos cuando abro la puerta de la tienda. Corro hacia la parte de atrás, paso junto a los contrabajos, derechos en sus filas, junto a los chelos, rectos y lustrados. Ya no queda nada por reparar. He arreglado todos los instrumentos y reina la paz por encima de todas las cosas. Parece arte de magia.

En el escaparate, sobre el atril, he dejado abierta la partitura de Nimrod, de Elgar. Noviembre casi ha llegado a su fin, y, de muchas maneras, todo habla de recordar, de escuchar las lecciones que hemos aprendido.

Hay un chelo más de los que había en el soporte. El chelo que me regaló David hace muchos años ahora está en venta. Es un instrumento al que todavía guardo mucho cariño, y precioso, pero jamás me separaré de mi hermoso chelo manchado de Cremona, y no puedo tocar en dos chelos.

Los violines cuelgan orgullosos de sus estantes, y las violas están detrás de ellos, apoyándolos. Todos miran hacia la puerta, hacia el mundo exterior, y toda la tienda parece preparada para encarar el futuro.

En el taller, mi iPad comienza a sonar. Son las tres de la tarde.

El señor Williams me sonríe cuando nos conectamos. Está bronceado y feliz. Es evidente que el aire le sienta bien. Nos saludamos con la mano durante diez segundos, aunque tengamos la posibilidad de hablar.

—Estás fabulosa, querida —dice—, muy elegante.

—No quería defraudarlo. Es la parte más importante de mi semana. Quería vestirme bien para la ocasión.

—Supongo que aún no hay noticias del bebé —dice.

—Todavía nada. Pero su casa está impecable.

—¿Te ha dicho cómo va a llamar al bebé? —Sonríe de oreja a oreja.

Asiento con fuerza. El bebé de Nadia es un niño. Lo supo en la ecografía que se hizo en cuanto volvimos a Inglaterra. Me preguntó cuál era el nombre de pila del señor Williams y le respondí que, lamentablemente, era Maurice.

—Pequeño Mo —dijo ella de inmediato. Y así parece que se llamará: pequeño Mo.

—Su abuelo paterno se llama Mohammed —dice el señor Williams desde la pantalla—. Así que es perfecto para todos. Pequeño Mo. —Agita la cabeza como si no se lo pudiese creer.

—¿Cómo está Laurence? —pregunto, aunque no tengo necesidad de hacerlo. Me doy cuenta, por la cara del señor Williams, que todo va de maravilla. He «conocido» a Laurence gracias a la magia de Internet, y no es en absoluto como lo imaginaba. Es más robusto que el señor Williams, y campechano. Su voz resuena en la tienda desde la pantalla, y se ríe al terminar casi todas sus oraciones.

En lugar de parecer alguien que vive en Venecia desde hace treinta años, parece que Laurence acabara de bajarse de su tractor. Lo único que le falta es un frenético *spaniel* a su lado e ir por los campos con una escopeta en la mano. No cabe duda de que él y el señor Williams tienen una vida envidiable.

—Tienes que venir a visitarnos, querida. Venecia es perfecta en esta época del año.

—Por el momento, no habrá más viajes para mí. Y mi primer viaje será a Hamburgo, iré a conocer al nuevo bebé de Shota en cuanto nazca. Quizá me lleve conmigo a Nadia y al pequeño Mo.

—Ya sabes dónde encontrarnos, Grace, cuando necesites paz y tranquilidad.

El propósito de esta llamada es verificar los detalles de la dirección de Laurence. Controlamos los códigos postales y el número del edificio, y los escribo sobre el paquete de papel color café que tengo enfrente con un rotulador grueso. Un mensajero vendrá a buscar este paquete mañana, y, al día siguiente, llegará a manos del señor Williams en Venecia.

En el paquete está el violín de Alan. Lo he restaurado completamente y es diez veces mejor que el violín que era antes. Debido al terrible daño que le infligí, tuve que estudiar con mucho esfuerzo su estructura para reconstruirlo. La madera del cuello, en cuanto estuvo partida y pude ver en su interior, no estaba bien trabajada. No habían pasado los tres años necesarios después de ser cortada para que dejara de crecer y perdiera su flexibilidad.

El trabajo, a pesar de toda la habilidad de Alan como aficionado, era malo, y el violín nunca habría sido lo suficientemente fuerte como para sobrevivir algunos viajes a la orquesta en su estuche, y, mucho menos, los próximos doscientos años en manos de distintos músicos.

Aunque nunca se lo diré al señor Williams, y él tampoco lo descubrirá, al violín le queda poco del trabajo original de Alan. En el exterior se parece al violín que fabricó su amigo, no parece haber cambiado, pero el interior fue reconstruido en su totalidad, según dicen, por una de las mejores fabricantes de violines del mundo. Es sólido y firme, y durará mucho tiempo. Como consecuencia de todo lo sucedido, es un instrumento en el que el señor Williams puede confiar.

—También he incluido un montón de recortes de prensa para usted. *Telegraph, Guardian, Times*. Hay también muchas revistas, pero no saldrán hasta el próximo mes. —He sido entrevistada, según parece, por todos los periodistas de Gran Bretaña. Ha pasado mucho tiempo desde la última vez que un británico ganó un premio en Cremona, y todo el mundo quiere hablar de eso.

—¿Y Revelation Strings? ¿Ya te has registrado?

—En realidad, sí. En serio. Iré esta noche. —Revelation Strings es una de las orquestas en las que el señor Williams tocaba. Ahora le falta un violinista. Son aficionados, pero el nivel para entrar es exigente, y casi todos los músicos son profesionales jubilados o padres.

Fui a muchos conciertos de Revelation Strings, y la tienda patrocinó sus programas durante años, pero nunca les había dicho que yo era música. Pensar en volver a tocar en una orquesta es como nadar rápidamente hacia la superficie de una piscina soleada. Saldré a la superficie a plena luz del día y mis pulmones se llenarán de aire.

Detrás del señor Williams, Laurence anuncia que es la hora del *apero*, y el señor Williams se desconecta fingiendo estar enfadado por la profunda alegría de que lo necesiten.

Solo tengo algunos días para terminar mi proyecto. Está casi listo.

Cuando regresé de París, lo primero que hice fue sacar las polvorientas cajas de cartón del taller. Detrás de ellas, escondidos y casi temerosos, estaban los trozos diminutos de un chelo que nunca terminé de construir.

He cogido las diminutas fajas, la voluta perfecta, y las he transportado con delicadeza a mi mesa de trabajo. Les he soplado el polvo con labios en forma de media luna, y una lágrima ha caído sobre la madera mientras me despedía con besos de mis bebés perdidos. La lágrima salada ha ablandado el polvo, y la llama de la madera ha hecho todo lo posible por brillar a pesar de los años de encierro.

La pequeña caja cincelada de este chelo tiene la forma perfecta. Aún me sorprende el gran trabajo que realicé hace tanto tiempo, por lo cuidado de su artesanía. Esta madera soportará que jueguen con ella, que la exploren, que aprendan y se apoyen sobre ella.

Ahora he juntado y pegado todas estas piezas. El chelo diminuto, más pequeño que un violín, está terminado. Lo he barnizado y alisado, lo he pulido y afinado. El puente y el alma están en su sitio, y hoy haré los ajustes finales de sonido.

Este chelo acompañará al bebé de Nadia hasta que sea más grande que él y, quizá, algún día, otro bebé lo necesite.

Por ahora, sus suaves dedos se aferrarán a la madera, lo explorarán, aprenderán. Será maravilloso observarlo.

La música volverá a sonar

Agradecimientos

El primer lugar es tanto para Phil McIntyre, quien dio protagonismo a Grace, como para Jacqueline Ward, por su constante *bullying* apoyo y estímulo incomparables. Tengo una gran deuda con cada uno de vosotros.

Merecen una mención especial mis amados fans de Marcus y Marinus (y Nick Royle, sin el cual el metro de París tendría un olor a diésel terrible...). Annie Barber, Louise Swingler o Bambi Worthington, que una vez escribieron un pequeño artículo sobre el día en que Colin destrozó los violines, y de esa pequeña semilla... Gracias a Ruby Cross, Ella Spraggan, Myriam Frey, Heinz Schär, Katherine O'Donnell, Tracy Brunt, David Morgan y Fay Franklin, por sus increíbles prelecturas.

Muchas gracias a mi hermano, Rob Baker, sin el cual todo este libro estaría perdido en un CD muerto (por lo menos dos veces). A James Overton y Christine Henriet, por sus traducciones, y a Haguebirds/Haarlem-BulbTrotters, por su amistad infalible.

Mi agradecimiento (desde hace mucho tiempo) a Fionnuala Kearney, Clodagh Murphy, Claire Allan, Keris Stainton y a todas las demás chicas de WriteWords, que siempre han tenido tanta fe en mí. A Matt Sharp, por aparecer en una ventana cercana, y a Mel McGrath, por dar una clase que hizo que desease volver a escribir.

Gracias a mi familia: a Colin, por todos los años de apoyo (financiero y de otra índole), y a Joe, Ella, Lucy, Georgina, Mike, Charlie, Ruby y Alba. Un agradecimiento especial a Judith y a Tony, por no asustarse cuando se los descubrió.

Mi equipo ha sido asombroso: mi enorme gratitud para todos, en cualquier territorio, pero, especialmente, a Jo Dickinson y al resto de sus brillantes colegas en S&S, en Reino Unido: a Carla, Gemma, Emma, S-J, Bec, Jess, Pip, Justine, Rich, Joe y todos los demás integrantes del equipo. Gracias a Richard Friend, por su preciosa ilustración. Gracias a Tara Parsons, a Isabella Betita, a Isabel, a Abby, y a todo Touchstone, en Estados Unidos, por su fabuloso trabajo. Un enorme agradecimiento a Jenny Bent, en Estados Unidos, Bastian Schlueck y Aylin Salzmann, en Alemania, y a todos los que se ocuparon de las ventas en el extranjero. La fe que todos habéis tenido en este libro, y el trabajo que hicisteis para que Grace y sus amigos salieran al mundo, significan mucho para mí.

Por encima de todo, agradezco a la MEJOR AGENTE DE TODO EL MUNDO, Sarah Manning: nunca las palabras «sin ti nada de esto habría sido posible» han sido más apropiadas. Sin duda. Y, por último, un consejo en general: en memoria de John Beecher, por favor, donad sangre si podéis; y si no podéis, insistid para que otras personas lo hagan. Y también en memoria de Martyn Hett, #bemore-Martyn. Son dos cosas buenas que podemos hacer.

Además (ya que esto me ha vuelto loca durante años), cuando veáis muchos nombres en unos agradecimientos, no significa que el autor tenga amigos en puestos importantes, sino que ha insistido y ha seguido esforzándose, y que también quiere agradecer su apoyo a (algunas de) las personas que ya conocía cuando comenzó a escribir. Nunca os deis por vencidos.

Y haced siempre una copia de vuestro trabajo.

En un disco externo.

La lista de reproducción de Grace

Existen muchas versiones diferentes de las siguientes piezas (quizá deseéis buscar algunas de las otras versiones en Internet). Sin embargo, estas son las que escuché mientras escribía la novela. Se trata de las grabaciones exactas que imaginé que Grace y sus amigos escuchaban y ejecutaban. Podéis encontrar una lista completa de enlaces a estas versiones en mi página web: www.ansteyharris.com.

Libertango: Astor Piazzola

Esta pieza da alas a Grace. Piazzola la escribió en 1974 y revolucionó la música de tango al incorporar elementos del *jazz* y de la música clásica.

Bach: Suite para violonchelo solo no.1 en sol mayor

Se trata de la versión que le gusta a Grace, ejecutada por Yo-Yo Ma. Nikolai le dijo a Grace que esta es la pieza idónea para comprobar las posibilidades de un chelo.

La Follia, adaptada para violonchelo por Maurice Gendron y Tanya Anismova

Es la pieza que David escucha cuando Grace entra en una habitación, y así es como ella la ejecutaría.

Vivaldi: La Follia

Esta es la versión de Vivaldi de *La Follia*; la misma pieza que la anterior.

Contrapunto invertible en el final del quinteto de cuerda en re mayor de Mozart, K. 593

Esta es la sección final de la pieza para quinteto. Nikolai hace leer la partitura a primera vista a los seis músicos que compiten por un puesto en el quinteto. Es muy interesante observar el análisis de la música escrita, y ver cómo los diferentes miembros del quinteto leen mientras tocan.

Bach: Sonatas para viola da gamba, Daniel Muller-Schott y Angela Hewitt

Esta es la melodía que Mathieu Scharf toca en el chelo de Grace. Es el tema de Jamie en el filme de Anthony Minghella, *Verdaderamente, locamente, profundamente.*

El ascenso de la alondra, Ralph Vaughan Williams

Esta pieza, cuya partitura Grace coloca en un atril delante de la tienda, le sirve para marcar la llegada del verano.

Elgar: Nimrod: Sir Edward Elgar

Esta pieza le sirve a Grace para marcar el avance del invierno y la época para reflexionar.

Grace también colecciona melodías folclóricas adaptadas por compositores de música clásica. Estas son algunas de sus favoritas:

Regalos simples de Appalachian Spring

Melodía folclórica tradicional, adaptada por el compositor norteamericano Aaron Copeland.

Béla Bartók: Danzas folclóricas rumanas para orquesta de cuerda Sz.56 BB 68

Greensleeves: interpretación de Jordi Savall

The Ashokan Farewell: interpretada por la banda del Cuerpo de Marines Reales de Su Majestad y el capitán JR Perkins

Melodía folclórica moderna compuesta por el músico norteamericano Jay Ungar. Es una de las mejores melodías de todos los tiempos (aunque no aparece en el libro).

I've Seen That Face Before (Libertango): Grace Jones Versión de Libertango de Grace Jones.

Canon en re de mayor de Pachelbel, Cuarteto de cuerda de Pachelbel

El *Canon* es la obra más famosa de este compositor. Se la suele asociar con el chelo. La progresión armónica de los instrumentos ha inspirado a miles de canciones modernas, entre ellas *All Together Now* de The Farm, *I'll See You When We Get There* de Coolio y muchos otros éxitos. La parte de chelo tiene solo ocho notas; aunque tres de esas notas se usan dos veces; de modo que, en realidad, son solo cinco notas, tocadas cincuenta y dos veces. El chelo es el protagonista de la pieza.

¿TE GUSTÓ ESTE LIBRO?

escríbenos y
cuéntanos tu opinión en

f /Sellotitania   **🐦** /@Titania_ed

📷 /titania.ed

#SíSoyRomántica

ECOSISTEMA DIGITAL